魅影神捕

③ 三星妖姬

王珂◎著

江苏凤凰文艺出版社
JIANGSU PHOENIX LITERATURE AND ART PUBLISHING, LTD

图书在版编目（CIP）数据

魅影神捕. 3, 三星妖姬 / 王珂著. -- 南京 : 江苏凤凰文艺出版社, 2017.10

ISBN 978-7-5594-1005-4

Ⅰ. ①魅… Ⅱ. ①王… Ⅲ. ①长篇小说－中国－当代 Ⅳ. ①I247.5

中国版本图书馆CIP数据核字（2017）第207976号

书　　名　魅影神捕 3 三星妖姬

作　　者　王　珂
出 品 人　陈昌芳　刘　迁
策　　划　高瑞贤
责任编辑　牟盛洁　李　黎
出版发行　凤凰出版传媒股份有限公司
　　　　　江苏凤凰文艺出版社
出版社地址　南京市中央路165号，邮编：210009
出版社网址　http://www.jswenyi.com
印　　刷　北京市平谷县早立印刷厂
开　　本　710×1000毫米　1/16
印　　张　15.5
字　　数　243千字
版　　次　2017年10月第1版　2017年10月第1次印刷
标准书号　ISBN 978-7-5594-1005-4
定　　价　38.00元

黎斯：29岁，大世四大神捕之鬼捕。办案风格大胆诡谲，常以他人无法想象的角度窥破案件真相，性格执着坚毅。

蒙锐：28岁，大世四大神捕之青锋神捕。脸有狰狞青胎，疾恶如仇，背后一柄『死神』专斩天下不平事。唯一的弱点是他早年失踪的妹妹。

老死头：60岁，或70岁，他的年龄没人知道。黎斯挚友，大世王朝第一仵作。因早年失意，心灰意冷，终年以尸为伴，座右铭是人会撒谎，但尸体永远不会欺骗你。验尸功夫精湛，乃黎斯最得力助手。

沈柔：24岁，黎斯初恋情人。后被大世王朝最神秘可怕的组织『黑夜』掳走，多年来黎斯一直苦苦寻找，心中有愧。

白珍珠：17岁，黎斯的红颜知己，天真烂漫，敢爱敢恨。梦想着同黎斯一起隐居，过世外桃源的生活，冰雪聪明，常常也能帮助黎斯找出案件的蛛丝马迹。

轩辕善：33岁，大世四大神捕之铁捕，为人处世如同一块铁疙瘩，一丝不苟，用黎斯的话来形容就是极端无趣之人。但做事光明磊落，眼睛里不揉沙子。

严成：50岁，鹰捕，大世四大神捕之首。做人处事低调不露锋芒，执掌大世六州总捕门。

『黑夜』：大世王朝百年来最神秘的组织。拥有恐怖的杀手、庞大的体系，其幕后之主更是拥有撼动大世王朝根基的强大实力和神秘身份。

大世王朝一百四十六年，鸿运三十二年，鸿运乃当今大世王朝皇帝世德宗年运号，大世至今分别经历了开国皇祖世太祖、世合宗、世德宗三代政朝。世合宗第十年，大世发生了震动皇朝根基的三王叛乱，叛乱持续六年，三王最终被剿灭，但同时也损害到大世国运及国力，自此外忧内患不断。世德宗即位后，大力推行仁政，大世显现出复苏之态，国民渐渐安业守家。世德宗十六年，大病，病后身体孱弱，随即准立皇二子周迢为储君，并恩封周迢舅父杜方郎为太子鸿父，恩封原太子管书黄流生为太宰辅佐太子周迢。

至鸿运二十九年，大世国土历经前朝崩乱，被外朝蛮族有所蚕食，国域并分六州一荒。六州，乃宿州、南仙州、归云州、青州、幽州、金州；一荒，则是皇朝根本所在的天荒城，亦被称作圣城。

世德宗共五子——

长子周道，分封定王，居金州天原府。

次子周迢则是世德宗钦点的储君太子，居圣城内，同天子为伴。

三子周逐，分封平道王，居宿州牧云府。

四子早夭。

五子周邀，分封康王，居青州天南府。

现年世德宗身体日渐孱弱，而储君周迢又过于软弱，导致其余三王都在暗中窥伺皇位，大世王朝一百四十六年，看似风平浪静的王朝天下，实则波涛暗涌。

魅影神捕 ③ 三星妖姬

目录

目录

魅影神捕 ③ 三星妖姬

暗之血

楔子　沉沉囹圄血光现

昏沉的日光从大牢外由天窗投射进来，洒在孙三肮脏不堪的脸颊上，孙三揉了揉眼皮，吐掉了嘴里含着的两根杂草，长长伸了个懒腰。这已经是他被关入银霜城大牢的第四天了，或者是第五天，孙三自己也有点搞不清楚，暗无天日的牢房生活总会让人忘掉许多东西。

大牢独有的沉默缓慢的气氛令孙三感到窒息，旁边是同牢室的狱友，孙三记得他叫刀疤黄。刀疤黄哈欠连天，发现孙三在看他，刀疤黄靠近了些说：『这大牢快把人闷出鸟来了。孙三，再把你那个鬼故事说来听听，解解闷。』

孙三身子一激灵，眼中出现惶恐不安：『我再说一遍，不是鬼故事，那是我亲身经历过的一幕……这一辈子都无法忘记的恐怖场景！』

『对，对，就是这感觉，继续，继续，把那晚你看到的都讲出来。』刀疤黄有了兴致，急急忙忙地说。

『那是几天前一个大雨滂沱的夜晚，我想趁着雨夜钻到首富崔云海家捞点黄白细软。我穿梭在崔府庞大的院落里，好不容易找到了崔云海的书房。我琢磨着书房里总该有几样值钱的字画古董吧，就准备往书房里闯。谁知道刚到廊前，书房门倏地一下子开了，里面有个人，是崔云海！然后，我看见崔云海……』

刀疤黄正听得起劲，突然牢房外传来『砰砰』两声巨响，像是有什么东西撞在墙上。

『该死的，这帮吃闲饭的狱卒不好好睡觉又瞎闹什么？』刀疤黄把脸贴在门口往外面瞅着。突然，孙三听到刀疤黄闷哼一声，紧接着他的身体就软软倒了下去。

几乎同时，囚牢门口出现了一个穿黑色大氅的人。

孙三看见他手里有一柄短刀，刀长二尺，刀尖滴滴答答淌着血！刀疤黄脖子上正有一道醒目的猩红刀痕……黑氅人目光如利剑，看向牢内：『你叫孙三？』

孙三忙不迭点头，腿脚一软，『扑通』一声跪在地上。

『你喜欢讲鬼故事？』

孙三低头瞧着黑氅人的影子，嚅嚅道：『我……瞎讲的。』

『好，很好。』黑氅人露出一抹狰狞笑容，『不过鬼故事应该是讲给鬼听的。既然你喜欢讲，我就送你一程，送你去见鬼！』

刀光闪烁，如同飞逝的流星划过了黑黢黢的牢房！孙三至死也无法忘记，那一腔子猩红液体喷射出来的绚烂夺目，他瞪大了眼，死死瞪视着停滞的空间。

一切再一次恢复到沉默缓慢的气氛里。

第一章 银霜如雪落孤城

经过半个多月马不停蹄地赶路，黎斯和白珍珠、吴闻终于在约定日期赶到了青州飞云渡，他们约好在这里跟老死头见面。

飞云渡乃青州一奇景。千寻断崖上涌出晶莹泉瀑，泉水坠落几十丈，落在山腹中一块光可鉴人的巨大青石上，飞银四射，奇景醉人，仿若攀缘九天的水晶之梯。

“哇，好漂亮的大瀑布，比南仙州的桑仙瀑布更漂亮！黎大哥，你说是不是哩？”白珍珠兴奋地拉着黎斯左说右说，黎斯的耳朵一个劲发痒，像钻进了好多小虫子。

“是，好漂亮。”

白珍珠得到了满意答复，一扭头，又瞄向吴闻。

“好漂亮的大瀑布，比南仙州的桑仙瀑布更漂亮！吴闻，你说是不是哩？”白珍珠心情好得问个没完。

吴闻只能说是，当然这是他的心里话。

“跟老死头约了飞云渡今日相见，他怎么还没来？”黎斯看向白珍珠。白珍珠嘟着小嘴道：“老前辈就是这么跟我说的，十二月二十二日，青州飞云渡。”

“谁知道老前辈人越老越不守时了，哼，等见到了非要说说他。”白珍珠气鼓鼓地转身。倏然一片白光飞射她脖颈，黎斯眼疾手快地用衣袖拦下了白光，刚开始以为是暗器，等展开衣袖才发现是一片水渍。

“这是？”黎斯迟疑道。

“吵死了。”从黎斯身旁一侧的树林里传出冷冰冰的三个字，接着枝摇影晃，一个穿灰长袍、白发苍髯的老者走了出来。老者翻着一双死鱼眼，把眼前三人逐个瞧了一遍，依旧用冷冰冰的语气道：“等你们好久了。”

“老、老前辈。”白珍珠吐了吐舌头。

白发苍髯老者正是被称作大世第一仵作的老死头。老死头面无表情地说：“小丫头，你说谁越老越不守时呀？还非要说说他，你说吧。”

原来老死头早来了，暗地里听到白珍珠说他不守时，老死头也动了小孩子心性，就冒出来跟白珍珠理论。白珍珠虽然平时伶牙俐嘴，但见到全身散发着一股阴气的老死头，还是感到畏惧：“老前辈，是我说错了。您很守时，没有比您老人家更守时的了。”

老死头点点头，用鼻音哼哼道：“这还差不多。”

黎斯在一旁瞧着一老一少两个小孩心性的人你问他说，忍不住笑笑，同时跟老死头久别重逢心头也感觉暖暖的。他插嘴进来说：“老死头，你怎么躲在林子里？”

老死头转头看了眼黎斯，冰冷的眼神里流露出少许暖色：“这飞云渡在五百年前是一片古战场，死了不下十万人。我刚刚躺在林子里跟他们聊天来着，却被你们打扰了。”

“啊，跟他们……聊天？”白珍珠左右观望，小心道，“老前辈，他们可是鬼哩！”

老死头咧咧嘴：“我知道。所以才找他们聊，活人我懒得搭理。”

白珍珠吓得跳脚，赶忙躲在黎斯身后。黎斯苦笑道：“你就别吓她了。”

“谁吓这小丫头？我说的都是真的。”老死头扫了扫灰袍上的落叶，“不说废话了，走吧。”

“去哪儿？”

“银霜城。”

银霜城坐落在巨大叶湖的中央，周围尽是浩渺的湖水。明媚阳光落在湖面上宛如一层银光涟涟的晶莹霜雪，故而有了银霜城这个名字。

银霜城仅有一条宽丈余的石桥通往岸边，因环境优美，游人众多，吸引了众多游商来此进行贸易。闾阎扑地，其繁华程度不比一般大城池要差。老死头随身之物遗留在了银霜城，要回去带走，所以他们先来银霜城。

前往银霜城的途中，黎斯和老死头谈起了蒙锐。老死头黯然道："我去晚了，只打听到蒙锐最后出现在定水城，然后再没他半点消息。而且眼下定王和太子的人都在秘密寻他，看来凶多吉少。"

"蒙锐做了什么事竟然让定王、太子的人都要找他？"黎斯心头疑惑。

老死头嗟叹："不知道，但必然是跟两方都有关的一件大事。"

"哇，好漂亮的石桥！"白珍珠笑容粲然，挥舞双手招呼黎斯。黎斯走上去跟白珍珠站在一块儿，偌大叶湖如同遗落凡间的天宫银盘，令人目眩神迷。

从暗红色的城门进入城中，城中人声鼎沸，如同过节般热闹喜庆。老死头半侧着身，开口说道："差点忘了，今个是银霜城一年一度的风筝节，你们可以去开开眼界。"

叶湖受到季节性海风影响，每年的十一二月湖风顺畅，最适合放风筝了。

"一定很精彩。"小丫头已按捺不住地想去见识见识了。

黎斯忽地听到身后传来凌乱的脚步声。回头一看，身后是一群鹑衣百结的人，有男有女，有老有少，正神情疲倦地进入银霜城。其中有一个光膀子的男人背影让黎斯目光停顿了一下，好像哪里不太对劲，但一时又想不起来。

"跟上啊，黎大哥。"白珍珠在前面喊。

黎斯点点头，跟了上去。

第二章 扶摇青天风筝戏

在黎斯一行人离去半个时辰后，一队商旅模样的队伍出现了。

队伍中间有一顶蓝布小轿，轿外跟随着一位六十岁左右的锦袍老者。老者双眼微眯，散发不言自明的威严。他身后是六名青衣随从，每一个人太阳穴高高鼓起，步伐沉稳有力，显然都是内外双修的武功高手。

距离这七人一轿十丈外，是另外一支十人商队。十人跟前面青衣随从相若，都是非凡了得的武功高手。

在银霜城第一个街道拐角处，前面的小轿停下来，老者仿佛对轿内人指了指方向。轿内人应当说了什么话，老者唯唯诺诺地听从。然后老者吩咐了几句，一行人沿左侧街道而去。

不远处一家豪华酒楼的雅室，四扇大窗都紧紧关闭，唯有一扇巴掌大小的美饰小窗开了道缝。一双阴鸷的目光注视着大街上的商旅队伍，待七人一轿的商队转左而去，小窗倏地关闭。

雅室里，一个有些沙哑的声音响起。

“是他，霍道章。”

四面不透光的雅室里还有另外的人。

“霍道章，太子府的老走狗。小轿里的人应该就是我们要等的人。跟上他，查清楚落脚地。”

“是。”

商队在银霜城内穿梭许久，巳时，商队来到了北城一家朱姓府邸前。从朱府里冲出来三四个人，其中一名衣着华贵的中年男子见到轿前老者，“扑通”跪下，说道：“霍大人，卑职朱超给您见礼了。”

“地上凉，快点起来。”霍道章用手虚抬，朱超不敢违拗地站起。

“准备得如何？”

朱超忙道：“内院已经打扫干净，请霍大人和小……”

霍道章摆摆手阻止朱超继续说下去，面带一丝忧虑道：“大家都疲惫了，都早些休息吧。”

“是。”众人回应。

小轿子抬入朱府。倏然一种芒刺在背的不适感令霍道章回过头，长巷尽头空无一人，霍道章轻呼口气，但不安的情绪并未减轻。

希望一切顺利，霍道章在心底暗暗道。

银霜城东城，这里密密麻麻挤满了人。长街上看不到人的全身，只能瞅见一个个黑圆圆的人脑袋，用白珍珠的话来形容：就好像无数大个儿的黑芝麻。

白珍珠望向天空：“那是什么呀？”

不光白珍珠，黎斯也茫然地凝望天空。悠悠白云中竟然飘浮着两个人，两个人手持刀剑正斗得不亦乐乎。仔细辨识下才发现是两只人形风筝，黎斯啧啧称奇。不多会儿又有八只人形风筝飞上天空，在空中上演全武行。

风筝马、风筝车也都加入战场。一派人仰马翻后，高台上鸣金锣鼓。旌旗摇摇，各类风筝事物按次序飘下天幕。

“怪不得老死头说要开开眼界，原来这并非一般的风筝节，还有风筝戏。以浩瀚天空为戏台，白云清风为背景，果然是无与伦比的好戏。”黎斯忍不住赞道。

“是哩。特别是放风筝的人最了不起了，要控制风筝人、风筝马在十丈高的空中行动自如，每一个动作还那么到位，真是厉害！”白珍珠用力鼓掌，连声喝彩。

老死头和吴闻去客栈取东西了，黎斯和白珍珠留在风筝节主办地等候。白珍珠扬高了白皙的蝤蛴项，眼带笑意地说："好像又有风筝戏了。黎大哥，这一次你想看什么样的故事？我呀，希望是关于爱情的风筝戏哩。"

鼻尖飘来少女迷人的体香，黎斯不禁心荡神摇，忙静神屏息。

就当所有人热切等待下一轮风筝戏时，不知何处忽然有人大吼一声："小心啊，有疯狗！"

疯狗咬人可轻可重，让人不由得害怕。人群开始一阵骚乱，同时伴随阵阵凶猛的狗吠和惨叫声。这期间有不少人失足跌倒，被后面的人踩踏。黎斯一把拉过白珍珠，把她护在胸前。

大约过了一炷香时间，人群渐渐平息，但很快有人喊道："死、死人了！"

长街东头有一个男人仰面朝天，长衫上尽是凌乱的脚印，显然因为踩踏受了重伤。黎斯松开男子前衫帮他呼吸，但男子生机渐渐流失。他仿佛也预感到了结局，突然抬起头，眼神怨恨地说："天……"

只说了一个"天"字，男子当即毙命。黎斯惋惜地摇摇头，但下一刹那他注意到绕在男子小手指上的细线，细线往上延伸。这是一根风筝线。

黎斯嘴里重复着"天"字，慢慢看向天空。

第三章 亡者筝语

任谁判断这都是一起因踩踏而意外致死的事件，但男子临死前的眼神久久停留在黎斯脑海中，还有环绕男子小手指的风筝线。黎斯心头充满疑窦，悄悄将风筝线缠在自己手指上。

白珍珠看出黎斯闷闷不乐，关心地问："怎么了？"

黎斯一笑："丫头，跟我去个地方。"

"去哪里？你不等老前辈？"白珍珠想到冷冰冰的老死头就害怕。黎斯接口说："让老死头多跟死人聊会吧。"

黎斯牵着白珍珠一路小跑，跑到城墙根下。刚刚头顶飘满了风筝，分不清哪只是哪只，但现在两个人脑袋上方只有一只金鱼图案的风筝。

黎斯缓缓收紧风筝线，见此，白珍珠吃惊道："哪来的风筝线？"

"秘密。"

白珍珠噘嘴："谁稀罕知道。"

很快，金鱼风筝收落。黎斯仔细观察，发现在鱼背支撑杆上粘着一截卷起的黄纸，把黄纸展开，上面赫然有九个字——"欲求真相，城西瞎徐娘"。

"风筝里怎么藏着黄纸？这上面说的真相是什么？"白珍珠对此产生了好奇。

"喃，恐怕只有瞎徐娘才能回答你。"黎斯将黄纸放入怀里。

真相究竟是什么？毋庸置疑，黎斯也很想知道。

银霜城朱府。

霍道章端着点心来到一间隐蔽小屋外，恭敬地敲了敲门。门的另一头传来轻微的咳嗽声，霍道章推门进入。

小屋雅致简洁，可以最大限度上保证对屋内每一样事物一目了然，对于这点霍道章很满意。梨木大床四周垂着紫纱，一个单薄瘦小的背影隐在纱后。

霍道章将点心往前一送，柔声道：“小殿下，吃些点心吧。”

纱后的人说话了，但声音微弱得只有霍道章一个人可以听到。霍道章听完点头说：“回小殿下，女娲神庙就在银霜城中，小殿下一路劳累，今明两日就请好好休息。待我准备妥当，后天一早便去女娲神庙祈福。”

霍道章小心翼翼地退出小屋，在廊里伫立片刻，往前院去了。霍道章并不曾发现，他的一举一动完全落入另外一人的眼里，霍道章背影消失，这人也悄无声息地溜出了朱府后门。

距离朱府百丈外的银霜城县衙，父母官县令王杭安安分分地站在自个儿书房内，不动神色地瞄了眼面前端坐的人。端坐之人五十来岁，天庭饱满，嘴唇单薄，而最令人印象深刻的是他的眼眸，如鹰隼般的眸光仿若瞬间会把你的内心看透。

“刺史大人。”王杭谨慎地开口。

鹰隼眸光的人正是王杭的顶头上司、北安中州刺史张象林。

张象林看着王杭，似要将王杭看透：“你是康王两年前向朝廷举荐入仕的，短短年余便政绩斐然，明年更少不了一步晋升。康王果是慧眼识珠，王陵公定不可辜负康王对于你的厚望啊。”

“陵公”是王杭游学时的字号。王杭一躬到底：“多谢刺史大人谆谆教诲，王杭铭记于心。”

张象林赞许地颔首：“其实不单康王，这两年定王也常常念叨你。说青州有一个王陵公，诗词双绝，为人做官都勤勤恳恳，用心做事。半个月前定王还嘱咐我要来银霜城拜会一下王陵公，代他表达一下惦念之意。定王对陵公之厚，连我都要嫉妒几分呀。”

张象林提及定王，王杭心知肚明。张象林乃定王心腹，三年前调任北安刺史，一方面是为了斡旋和拉拢康王，另一方面则是为了看牢北安这块贯通青州的门户地。

王杭回道：“王杭何德何能敢劳定王惦念，实属惭愧。”

张象林摆摆手：“哈哈，不说了。总之以后有什么难事，尽管可以来找我，定王跟我都不会坐视不管的。你切切要万分用心。”

王杭再一躬到底，恭敬倾听。

“就这样吧，我还要去拜访一位老友，先告辞。”

王杭送张象林出了县衙。县衙外巷角的阴影里伫立着两个人，张象林刚露面，他们就闪现在张象林左右。两个人脸上都没什么表情，一人身穿破旧的灰衣，另一个身披紫色对襟披风，赤裸的胳膊上文有骇人的五毒骷髅图案。

“吴毒，你盯死霍道章，还有王杭。看看他们之间是否有秘密来往。”张象林低声说。

披紫披风的人点了下头。

“时间也差不多了。丑魁，该去做你的事了。”张象林转向灰衣人。

灰衣人脸上泛过寒芒，默不作声地转身走了。

黎斯和白珍珠正回客栈寻老死头。转过两条街，远远瞅见一家粮铺前有人正在施粥，在粥棚周围有二三十人，其中更有一个大冬天赤露左膀的男人。这人黎斯在城门口见过，而且给他留下了不寻常的印象。

“小哥，能不能多施点粥？这碗太小了吃不饱啊。”有喝粥的人乞求道。

施粥棚的一个管事冷冷喝道：“爱吃不吃，白给你们吃的还挑肥拣瘦。有本事去酒楼吃肉喝酒去呀，在这里瞎咋呼。”

“你、你……”先前的人有些气结。

“哼哼，要不是银霜城首富崔大善人可怜你们这群逃灾的，你们还能有这口饭吃？做梦吧。”管事哼哧道。

“既然做善事，起码要给人吃饱啊。我们可以不吃，但我们的老人孩子都还饿着。”

管事横眼怒眉道：“真他娘的，还叫上板了。收了收了，这粥就是喂猪喂狗、倒掉了也不给你们这帮杂种吃！”

“你怎么骂人？！”逃荒众人气愤道。

“不仅骂，我还要打。”管事捡起一根木棒抡了过去。黎斯看着心头冒火，打算过去帮忙。不料横下里伸出一只手扣住了管事的手腕，管事的胖脸瞬间变成了猪肝色，而扣住他手的人正是赤露膀子的男人。

男人盯着管事，冷冷道：“我们是人，不是杂种。我们跟你不一样。”

“走！”男人推开管事，带领众人离开。

“真讨厌，我都想冲上去揍那管事一顿。”白珍珠摩拳擦掌地说。

黎斯则凝望赤膀子男人的背影：“走吧，老死头真要等急了。”

回到客栈里，老死头正埋头在床上睡觉。吴闻小声说：“老前辈找不到你们生了好大的气，回来就钻被子里不出来了。”

这老死头小孩子性情越来越厉害了，真跟白珍珠有的一拼。黎斯清清嗓子，然后把风筝戏发生的惨案、风筝线、黄纸留字一股脑说了出来。

最后黎斯道：“可惜了，这偌大的银霜城我们一点都不熟，去城西哪里找这么一位瞎徐娘啊。唉！”

老死头呼啦一下从床上坐起，用冰冷冷慢吞吞的语气道：“你们不熟，我熟。”

第四章 瞎徐娘

银霜城贫富划分得很清楚，城东和城北繁华鼎盛，处处是有钱人的府邸。城南住着一般的布衣百姓。而城西则是实至名归的暴力区，这里聚集了一大批妓院和赌坊，肆意的暴力冲突在大街小巷里时时可见。城的最西头，过了一座颓败石楼，就是贫民区，这里的人们或是没什么正经差事，或是伤残病老，都靠乞讨要饭为生。

吴闻留在客栈里，老死头则带着黎斯、白珍珠赶往贫民区。一路上醉汉赌徒挤满了黄土街道，老死头半闭双眼，看也不看他们一眼。

“老前辈闭着眼不怕带错路吗？”白珍珠拽了下黎斯衣袖，很小声地说。

黎斯尚未开口。老死头先回道：“错不了。因为义庄就在贫民区里头。”

“只要有死人在的地方，老死头就不会走错路。”黎斯相当佩服老死头这一点。

未时过半，黎斯他们进入贫民区，稍微一打听便寻到了那位瞎徐娘。

瞎徐娘的家是两间简陋破烂的小木房，他们刚走到附近，一道人影从门内窜了出来，险些撞到白珍珠。白珍珠吓了一跳，再仔细看，发现冲出来的是一个小男孩。

小男孩十一二岁，脸颊上布满了层层伤疤，有几道还在滴血。

黎斯三人的到来显然让小男孩十分惊讶，他警惕地挡在门口。黎斯想对小男孩解释两句，从小木房里又走出一个小女孩，她抓紧小男孩的手臂说："阿毛，奶奶不让你打架。你别再惹她生气了，她一生气就咳得好厉害。"

小男孩没理会小女孩，倔强的目光依旧盯着黎斯三人，装作大人模样地问："你们是谁？来这里干吗？"

"我想见见你奶奶。"黎斯说。

"不行！"小男孩拒绝得很干脆。剧烈的咳嗽声传来，小男孩身后多了一位满脸皱纹、双眼浑浊的佝偻老太太。老太太用翳眼看了看门外，突然问："阿鼠出事了？"

黎斯一怔："我们不认识阿鼠。我们来此是因为捡到了一只风筝，风筝的黄纸上写着要来找您。"

老太太露出忧心忡忡的神情，默默颔首："我就是瞎徐娘。"

"请进。"瞎徐娘把小男孩阿毛推到一边，黎斯、白珍珠和老死头钻进小木屋里。阿毛始终保持着敌视的态度，停了停也钻进来。

小木屋十分简陋，但很整洁。瞎徐娘让黎斯他们坐在床上，乖巧的小女孩扶着她。

瞎徐娘摸了摸小女孩的手："她叫小琴，刚才的男孩叫阿毛，他们都是我收养的孤儿，阿鼠也一样。唉，他虽然做了一些坏事，但他本性不坏，最起码对我这个瞎眼老太婆很有孝心。"

瞎徐娘面容悲切道："两天前阿鼠来找我，说有人可能要害他。我劝他去报官，不过阿鼠非说衙门里的人不会相信他一个贼，接着他交给我一封信。他说万一他出事了，我就把信交给来寻真相的人。"

"阿毛。"瞎徐娘唤道。阿毛"嗯"了一声，转身从裂开的墙缝里取出信。

黎斯原以为信里隐藏着什么秘密，但没想到只是讲了一个故事。故事是阿鼠从狱友孙三那儿听来的，背景就在银霜城，是一段听上去透着邪乎的经历：

那是一个大雨滂沱的夜晚，为偷点值钱东西的孙三潜入首富崔云海的书房外。就当他准备行窃时，书房的门突然开了，崔云海就站在门内。

孙三暗叫一声坏了，刚想转身逃走。突然看见崔云海表情诡异，孙三朝他仔细看了一眼……就这一眼差点把孙三吓得魂飞魄散！

崔云海张大的嘴里钻出一把猩红的匕首，匕首割断了舌头，舌头叭叽一声落在孙三跟前。鲜血从崔云海口里喷出，溅入孙三眼里，刹那间一切都变成了骇人的血红色。

崔云海绝望倒地，而在他身后，孙三看到了另一个崔云海……

另一个崔云海面带惨笑朝他走来——孙三眼前生缬，不顾一切地大喊了声救命，然后就晕倒了。接着，他被崔府家丁送进了大牢。

故事结束了。

一个匪夷所思的故事，若非故事的主角崔云海还好端端活着，黎斯会觉得更像一起杀人案。

信背面还有两行小字：十二月十八日，孙三死了，刀疤黄死了，旁边牢房的三个犯人也死了，还包括叫陈炳和满才的两个狱卒。我希望是我想错了，但听过孙三故事的人都死了。

不，除了我之外。但我好像感觉到在被人监视。若我死了，一定是死于这个故事……

故事内容已记在心里。黎斯把信递给老死头，老死头瞅了瞅问：“这个叫阿鼠的真是死于意外？”

黎斯无法回答，但只要对阿鼠验尸就能有答案。

黎斯对瞎徐娘道：“老夫人，阿鼠若是被人害死的，我不会坐视不管。”黎斯走出小木房，老死头慢悠悠跟着。白珍珠善意地朝小女孩笑了笑，又看了看阿毛：“你是唯一的男孩子，不要去打架，要好好照顾奶奶和小琴，懂吗？”

阿毛没说话，只是哼了声。

黎斯准备去县衙黑屋子，老死头拦下他。

“阿鼠死于意外事故，衙门不会当凶案处理。加上他没有亲人，所以尸体应该被送到了义庄。”老死头分析说。

黎斯笑笑：“有时候我觉得你更合适去当一个捕快。”

老死头脸皮子抽了两下：“我去当捕快，你来当仵作。”

“不干！”黎斯回答得干脆。

义庄就在城西，远远先看到了一片乱坟岗，义庄就处在乱坟岗中心。“义庄无大门，送迎黄泉客。”这是义庄的一句行内话。义庄果然没门，左右十几具棺材，有的封了盖，有的还没封。

守义庄的是一个耳聋眼花的驼背老伯，衣衫褴褛，衣服上还沾了不少漆棺材用的漆墨。

黎斯费了好大劲才让老伯明白他们要找阿鼠的尸体，老伯摇摇头说：“有人取走了，还给了我十两银子。”

黎斯忙问是谁取走尸体，长什么样子，朝哪个方向走了。老伯又摇摇头，脚步蹒跚地说：“眼花看不清楚，不知道啊。”

黎斯觉得只能先回县衙，希望从那儿可以找到一点线索。但出了义庄，黎斯老觉得心口发堵，猛然间他停下脚步。

白珍珠纳闷道：“怎么了，黎大哥？”

“不对！他穿的鞋子不是他的，那双鞋要比他的脚大。还有他纻衣上沾了许多漆墨，但手上却一点都没有。他是假冒的，赶紧回去……”黎斯冲回义庄，但耳聋眼花的老伯已不知所踪。

老死头转了一圈，皱眉道：“不光人不见了，还少了一具棺材。”

“阿鼠的尸体就在棺材里，可恶，被骗了！”黎斯恨恨地跺了一下脚，扬起了许多尘土。

“不过这也证明了一点：有人不希望我们找到阿鼠的尸体，也就是说阿鼠是死于他杀，而非意外。”老死头目光浑浊道。

黎斯冷静地点头：“或许该从银霜城大牢查起。”

第五章 迷雾幢幢生疑窦

酉时刚过，天空陷入一片暗色里，即使面对面都很难看清彼此的表情。

银霜城最大的粮铺中，黎斯白天遇到的那个粥棚的管事缩在那儿。管事面前有一把古色古香的黄花梨卧椅，上面半卧着一个华服男子。男子大约四十岁，声如鸹音：“叶管事，听说在粥棚里你跟一群人起了冲突，可有此事？”

“一群逃荒的难民胡搅蛮缠，白施粥给他们，还嫌不够吃喝，我看不惯就骂了两句。谁知道这些人命贱脾气大，但我也不怕……”

“住嘴！”华服男子正是银霜城首富崔云海。崔云海眉头挑了挑：“听出他们是哪里人了吗？”

叶管事摇摇头。

透过斑驳的暮光，能够看到空气里跳跃着不安分的尘埃。崔云海轻轻敲击着扶手：“有消息说北海海盗混进了北安中州各县，他们伪装成身份不明的外来人意图不轨。所以你给我收敛一点，不要惹麻烦。听清楚了？”

“清楚了，清楚了。”叶管事脑袋像小鸡啄米一样点个不停，而后被轰走。

房间陷入寂静。崔云海继续敲击扶手，与空气里跳动的尘埃保持同一节奏。

城西颓败的石楼阴影里，赤露左膀的男人看着黎斯等人远去，他如岩石般的面容上多了一丝彷徨。忽地，一只手搭在他肩膀上。

男人猛地回头，见是同伴才放下心来。

“黑哥，郭平和老幺的病情加重了，感觉快要喘不上气来了，怎么办啊？”同伴焦急地说。

“别慌，我先回去看看。”叫作黑哥的男人说道。而就在同伴转身的刹那，黑哥的眼眸里闪过一抹冷酷，转瞬而逝。

黑哥回到了逃灾人暂居的一间摇摇欲坠的破庙。

破庙供奉的泥像已经四分五裂，辨认不出是哪尊神佛。东边的庙顶也已坍塌，二十多个逃灾人全部挤在庙西头，最里面躺着两个奄奄一息的人，就是郭平和老幺。

黑哥掀起郭平的眼皮看了看，眼目无神，黑色眼瞳上有不少暗红色的小点。此外脸颊突棱，嘴唇发紫，阵阵腥臭味从嘴里散出，十指弯曲成鸡爪样。黑哥又看了看老幺，也是相同的症状。

黑哥摇头叹息：“看他们的样子不像是饿病的，也不是水土不服，想要救他们只能去找郎中了。”

“可我们没钱看病。”

黑哥咬牙道：“总会有办法的。先救人要紧，这事我去办。”

所有人将希望都寄托在了黑哥一个人身上。黑哥走出破庙，大踏步迈向厚重的黑色里。

黎斯决定去一趟银霜城县衙。衙役通报后，黎斯很快见到了银霜城县令王杭。王杭圆圆的一张脸，不管何时都挂着几分笑容。所谓伸手不打笑脸人，这类人你总不会很讨厌。

王杭言道，久仰大世神捕威名，只是无幸得见，今日终于一偿夙愿。

双方客套了一阵，黎斯便说出了此行的目的，想要了解一下银霜城大牢内孙三、刀疤黄等死亡的案子。王杭一愣，他显然没想到黎斯会问这宗案子。

“这案子大致已水落石出了，杀孙三、刀疤黄等七人的乃是北海海盗。海盗同孙三隔壁的三名江洋大盗有宿仇，乔装潜入大牢杀人，而孙三、刀疤黄以及两名狱卒看见了凶手样貌，所以被灭口。”王杭踱步道，“现场遗留了海盗用的弯刀，而三名江洋大盗遭到挖心裂腹，死状惨不忍睹。这些都可作为证据。”

王杭把案件分析得头头是道，而阿鼠之言很大程度来自于他的一己揣测。情形复杂，不可不慎重斟酌。

黎斯犹豫难决，这时一旁的老死头说话了：“能不能让我看看七名死者的尸体？”

王杭面露难色：“这案子发生二十多天了，尸体都被家人接走了，没家人的也都送去义庄下葬。而刚才我收到消息，义庄埋尸的老伯突然暴毙，眼下已经没人知道尸体埋在哪了。”

王杭无奈地摇摇头。

“竟然这么凑巧。”黎斯本就从义庄而来，埋尸老伯应该死于假冒者的手里。这样看来，此案大有问题。

黎斯进入银霜城大牢。这儿的大牢比其他地方的更为整洁，尤其是发生命案的两间囚室被冲洗得干干净净，这也等于说不会有证据留下了。

黎斯看了看王杭，王杭苦笑：“狱卒们说杀过人的囚室容易招惹不祥的东西，就把两间囚室多打扫了两遍。唉，也可以理解。”

本想来县衙寻找新的证据，但尸体找不回来了，凶案现场也打扫得干干净净。不过，黎斯反而觉得愈是无处下手，就愈有问题。

黎斯提出要去崔云海家转一转。王杭思虑再三还是同意了，他派了几名衙役跟黎斯一同前往。

不过天色已晚，只能明天一早再去了。

十二月二十三日，黑星日，凶煞于东。

辰时三刻，天空下了一层薄薄的霜雾，预示着冬雨将至。老死头执意要再去一次义庄，而且不带其他人。黎斯、白珍珠和吴闻来到崔云海府邸外，远远看到有两顶轿子停在崔府门口，不多会儿从府内出来两个人。

两人俱都衣着华贵，气度非凡。一人脸色黝黑，另一人面容白皙，两人低首交谈了几句，便各自上轿离开了。

“那两个人是谁？”黎斯开口问。他问的是随行的衙役。

一个年老的衙役回答了黎斯。脸色黝黑的叫作吴安才，面孔白皙的叫杜冲。吴安才是银霜城最大的米粮商人，而杜冲则是银霜城最知名的妙手郎中。

“米粮商人，郎中。”黎斯皱了下眉，没再多问。

黎斯吩咐道：“去敲门吧。”

衙役敲门，崔府家丁告知了崔云海。大约半盏茶工夫，穿着一身墨绿色大袍的崔云海出府相迎，先跟黎斯寒暄少许，接着引黎斯来到正堂。

“黎某登门叨扰崔老板，乃是为了孙三一案。”黎斯落座，直截了当地开口。

崔云海面色微变，语气冷下来：“黎大人，我崔云海虽称不上心胸广阔，但还不至于为了区区一个小毛贼杀人。所以恐怕让黎大人失望了，孙三的死跟我没关系。”

“呵呵，崔老板误会了。我说的并非孙三被杀案，而是孙三偷盗贵府的偷盗案。”黎斯继而说道。

“唔。哈哈，倒是我一时口无遮拦了，让黎大人见笑。黎大人竟然为了一起偷盗案躬身亲来，着实让在下佩服。不过幸而当晚没丢什么东西，也就不劳黎大人您费心了。”崔云海笑着说。

黎斯静观说话的崔云海，脑海里却浮现孙三故事中的画面：崔云海口被匕首贯穿，然后在一片血雾飞散里另一个“崔云海”诡异地出现了……这样说来，此刻正襟危坐的崔云海就是那个杀了崔云海的“崔云海”，黎斯暗暗一笑，这有些异想天开了。

“崔老板过誉。不管杀人案，还是偷盗案，都在捕快的职责范围内，理当身先士卒。至于偷盗的物件，当晚崔老板虽没丢东西，不过孙三在来贵府之前还偷了一件古董玉佩。眼下玉佩不见了，最大可能是遗失在了贵府，或尚未被发现，或者被下人捡走。所以黎某想打扰贵府半日，在这里寻一寻……这块玉佩。”黎斯把话讲明白。崔云海眼里光彩变换，想了一会儿道：“无妨，黎大人尽管查寻便是。”

“多谢。”

从崔府正堂出来，黎斯把衙役打发回去。白珍珠笑脸盈盈地望着黎斯，黎斯摸了摸脸颊："丫头，我脸上有花吗？"

"花是没有，不过脸皮却越来越厚了，比城墙都厚哩。说谎吹牛皮都不会脸红的。"白珍珠"扑哧"笑出声来。

黎斯摸了摸下巴："有时候对付谎言最好的办法，就是谎言。所以学着点吧，小丫头。"

"我才不管那些。我只希望黎大哥永远别对我撒谎，要不然我会伤心死的。"白珍珠美目晶莹，凝视着黎斯，"哪怕是善意的谎言，哪怕是为了我好，都不要骗我。"

黎斯仿佛陷入一团云雾里，心头甜滋滋的，伸手刮了刮白珍珠的鼻尖："真啰唆，办正事。"

山谷里北风凛冽，如同剔骨尖刀。还有五里地就可以走出这片狭长的山脉了，一身戎装的将军回首眺望，宿州多高山，青州多寒风，从宿州到青州几百里路，手底下的五千将士吃了不少苦头。然而最大的考验并非高山寒风，而是来自于人心。

将军细算之下，喃喃道："快来了吧？"

山谷的尽头，倏然冲来一匹黑马。黑马上稳当当坐着一个灰衣人，灰衣人双腿一蹬，整个人轻如柳絮般落在将军身前。

灰衣人将身一拜："请问是玄颉大营的隋将军吗？"

宁远将军隋冰轻轻颔首："是我。"

"小人丑魁奉命给隋将军送来密函。"丑魁把包裹严密的红皮书函递给了隋冰。隋冰读完浓眉一立，回身喝道："大军全速前进，两日内赶到北安中州。"

大军气势磅礴地行进，丑魁望着玄颉营大军远去，也翻身上马。

第六章 抽丝剥茧

银霜城崔府，黎斯和白珍珠把占地几亩的崔府游逛了两遍。白珍珠黑白分明的眼珠往后瞧了瞧，小声说：“黎大哥，后面有人跟着我们。”

“崔云海的人，没事。”黎斯说道。

“这么逛来逛去的，我的腿都酸了，好累呀。”白珍珠捶捶腿。黎斯笑了：“好吧，不用再逛了。”

白珍珠定睛一看，前面不远便是崔云海的书房。

书房前有花廊假山，后面还有一个波光粼粼的水潭。水潭正对书房的后窗，黎斯往书房那儿一指，白珍珠便看到了老死头和吴闻。

半个时辰前，黎斯让吴闻去请来老死头。

老死头夸张地打了个哈欠，用冷冰冰的语调说：“刚睡着又被你叫醒，我想好好睡一觉恐怕要等很久了。”

“啊！老前辈，你去义庄难道是为了……睡觉？”白珍珠吃惊不已。

“废话，还用问。”老死头很不耐烦，谁睡觉被吵醒了脾气都不会很好。

“好了，好了，办正事。”黎斯把情况一说。老死头耷拉着眼皮道：“你是想让我验验书房里有没有血迹？”

黎斯点头：“血迹一定被清理过了，需要特殊的法子才能发现，所以只能请你这位大行家出马了。”

“哼，小丫头，帮我个忙。”老死头把一个小瓷瓶交给白珍珠，又从怀中摸了一小撮黑乎乎的粉末。先把粉末均匀撒在门口，然后老死头接过瓷瓶，把里面的液体倒下去。

白珍珠嗅了嗅说：“好酸，是醋的味道。”

“十年陈的米醋，加上山阴生长的鬼头草粉末，不管你清理得多干净，只要这地方曾经有血就会显露出来。”老死头把瓷瓶往怀里一装，闭眼道，“等吧，一炷香。”

一炷香时间之后，门口的地面渐渐变了颜色，变成了暗红色。

“果然有血。”黎斯目光闪烁。

老死头不置可否。

“我越来越相信孙三的故事了。”黎斯淡淡道，他的视线停在假山后监视的家丁身上。

“如果孙三的故事是真的，那眼前的崔云海就是个冒牌货。他杀了真正的崔云海，然后乔装成新的崔云海。因为孙三撞破了他的杀人行径，所以他杀了孙三，以及听过孙三故事的人，包括阿鼠。”黎斯缓缓道。

老死头依旧闭眼不说话。白珍珠和吴闻义愤填膺，尤其是白珍珠，她觉得失去了阿鼠的徐奶奶很可怜，毕竟她把阿鼠从小养大。

“有理，但需要证据。不能只靠阿鼠的故事就把崔云海治罪，那样官府肯定说只是妖言惑众、无稽之谈罢了。”老死头忽地开口。

黎斯点头：“证据只能在这间书房里。”

“找。”

三个人分头行事，老死头则往卧榻上一躺，不多会儿便发出鼾声。白珍珠撇撇嘴：“老前辈不找哩。”

黎斯摆手示意她不要讲下去，又小声说：“你若让他听见了，他只会说：我仵作和捕快的活都干了，朝廷养你们这些闲人干吗？”

三个人仔细检查着书房的每样东西。黎斯忽然望着一张小红木凳出神，上面摆着一尊单足铜香炉。黎斯轻轻触摸红木纹理，而后蹲下身双眼同凳面水平。

“呼。”黎斯长吁一口气，“可疑啊。”

“黎大哥发现什么了？”白珍珠和吴闻凑上来，假寐的老死头也睁开一道眼缝。

黎斯把铜香炉移开说：“这小红木凳表面有三个微凹点，它之前摆放的应该是一尊三足炉，后来被换成了这尊单足铜炉。单足炉尚未留下凹点，说明它摆的时间不长……很可能是在崔云海被害之后。”

白珍珠也摸出了三个凹点，高兴得不住地称是。

“但是香炉跟崔云海被杀之间有什么关系？”老死头用鼻音问。

黎斯视线望向后窗：“我想快有答案了。”

在白珍珠惊讶的目光里，黎斯如梅花鹿轻轻一跃，跃出后窗。沿着水潭旁的鹅卵石小径走了六七十步，在一棵垂柳底下捡起了样东西。

原路返回，黎斯把东西搁在老死头眼前，老死头眼睁开了：“果然如此。”

黎斯手里的是半寸浅绿色残碎衣片。白珍珠看看衣片，又望望黎斯和老死头，面露疑惑：“你们在讲什么，我怎么一点儿都不明白呀？”

黎斯给吴闻使了个眼色，吴闻藏在门后观察外面的动静。

“孙三潜入崔府那晚，假冒者杀死了崔云海，但被孙三撞破。孙三被血腥景象吓昏了，在他昏迷前大呼‘救命’，声音引来了崔府的家丁，若非如此他早就被灭口了。孙三的一声‘救命’果真救了他一命。”黎斯顿一顿，继续道，“而假冒者杀了崔云海，又见大量家丁赶来，仓皇之下他必然要先处理尸体。书房就这么大，并没有能藏尸的地方，唯一的办法就在那里。”

黎斯凝视后窗外的水潭，白珍珠口快道：“尸体被扔进了水潭？”

黎斯点头：“假冒者心思缜密，他担心时间一久尸体会浮上来。所以他把崔云海的衣袍撕成一根根结实的布条，用布条把三足香炉绑在崔云海身上，增加重量以防止尸体上浮。接着便抛尸，再处理掉门口的血渍。”

“孙三入狱后，他再摆上新香炉以做掩饰。”黎斯稍吸一口气道，“不过天网恢恢疏而不漏，假冒者机关算尽还是有两点疏漏：第一点就是红木凳上的炉印；第二点则是残碎衣片。当晚风雨交加，崔云海的锦袍碎片很容易被风刮走。假冒者或许把书房里搜寻干净了，但忘记了外面。”

白珍珠望着黎斯："黎大哥，我们赶紧去把尸体捞出来吧。"

黎斯沉吟片刻，摇摇头。

"不可轻举妄动。尚不知假冒者是否转移了尸体，贸贸然捞尸只会打草惊蛇，再想顺利调查就很难了。况且水潭深浅情况尚不知，若是极深，就没那么容易捞尸。"黎斯想了想，先安排吴闻以调查玉佩为借口，从崔府数十家丁、丫鬟下手，秘密打听一下水潭的底细。

"另外……"黎斯转看老死头，"你不想说两句？"

"你都想到了，还问我？我懒得说话，也懒得跟别人比聪明。"老死头又打了个哈欠。

"另外什么哩？"白珍珠兴致盎然地问道。

"假冒者乔装崔云海二十多天却未被识破，说明他早就留意模仿崔云海的一举一动了，能做到这样的一定是崔云海身边的人。换句话讲，他之前就在崔府里，是家丁或者护院之类。"黎斯眼光深邃道，"只要问一问最近崔府什么人突然不见了，那么假冒者很可能就是他。"

"好哩，这事我去问。"白珍珠自告奋勇。

"要讲究办法策略，不可直截了当去问。"黎斯嘱咐。白珍珠点点头，跟吴闻朝家丁、丫鬟们休息的居所去了。

外面监视的家丁分了两人，跟住白珍珠和吴闻。黎斯倒也不意外，等白珍珠不见了身影，他像自言自语地说道："这里没有死人，你睡不着觉的。就真没想说的？"

老死头压了压太阳穴："真不应该有个当捕快的朋友，一点秘密都没有。没意思，没意思。"

"那更不应该有个当仵作的朋友，还是老朋友，害得我现在看到架锅的肉汤就反胃。"黎斯重新提起当初老死头架锅熬煮死人肉汤的事。

老死头僵直的面容有了变化，眼神浑浊而飘远："好怀念那种美味啊。"

"行了，不是让你说这些。"黎斯赶忙打住他。

老死头换上冷冰冰的表情，不紧不慢地说："事情不简单。他完全可以要挟崔云海交出所有钱，然后一走了之。但他没有，却冒着极大风险杀人冒充，即便能短暂蒙过众人，但时间愈久他就愈危险，最后可能钱捞不到命也得搭上。不智。而从整个案件的谋划来看，他很聪明。所以，应该另有企图。”

黎斯颔首：“若不是图财，还能为了什么？”

老死头满不在乎道：“那是你的事，与我无关。”

黎斯对这老头无语加无奈，脑子里忽地冒出一个念头：如果把冰冰冷的蒙锐跟冷冰冰的老死头关在一起待一天，会是怎样的一个光景呢？恐怕整间屋子都会被冻住吧。

“哈哈，哈哈！”黎斯不理会愕然的老死头，大笑着迈步走出书房。

二十三日，距离去女娲神庙祈福还有一天。

霍道章心里没底，早已布局好的一切总觉得不那么保险。自己的安危是小，倘若那个人有了意外，他就只能提着全家老小的头颅去见太子爷了。

因为昨日没睡好，霍道章让朱超给他送来了安神茶。

刚喝了一口，就见朱超慌慌张张地跑进来。霍道章不悦道：“出什么事了？大惊小怪。”

“是、是有人找您。”

“找我？”霍道章神经收紧。自己秘密来到青州银霜城，住进昔日下属朱超的家，除了太子爷，不应该有其他人知道。那么会是谁来找自己？

“谁？”霍道章挤出了一个字。

“他说是您的年谊，老相识。”

霍道章的心脏咯噔一下子，仿佛瞬间停止了跳动。整个人大脑一片空白，朱超唤了几回，霍道章猛吸一口气才回神。

不会有错的，当今大世朝廷仅存的一位年谊就是他，也只能是他——北安中州刺史张象林，那只可恶阴毒的老狐狸。自己躲来藏去，终究还是被他盯上了。张象林这么多年都是定王的心腹，莫非定王也……霍道章不敢想。

“要不要我把他赶走？”

“不，请他进府。”

厅堂上出奇的安静，只有两个人：霍道章和张象林。张象林掀开茶杯盖吹着袅袅的茶雾。霍道章面如冰石，从茶雾里凝视张象林。

张象林笑了，轻轻呷了一口茶。

霍道章受不了了，冷声问："张象林，你怎么知道我在这儿？你来找我又所为何事？"

张象林淡淡道："霍兄太紧张了。我不过是刚巧经过银霜城看到了霍兄，于是登门来叙一叙年谊之情，并无他事。"

"年谊之情，我们之间有过这东西吗？哼！张象林，你可还数得清被你害死的旧日年谊，冯半远、聂文正、张襄这些人不都是死在你的手里吗？"霍道章情绪激动道，"少在我面前惺惺作态。"

"霍兄又太激动了。我不否认我害死了一些人，但人在官场身不由己嘛。试问霍兄，你为官三十载就没有害死过人，还需要我一一提醒你？"张象林不让半分，针锋相对地回应道。

霍道章冷静下来，压住心头火道："废话少谈，你今日来到底想干吗？"

"我已经说了，久别重逢，叙一叙年谊之情。另外还有一句话想要奉送霍兄。"张象林粲然笑容里隐含杀机，"银霜城你不应该来的，既然来了……就别走了。"

"话说完了？"霍道章气愤道。

张象林碰了碰茶杯，笑道："茶已凉。"

"送客！"

"保重！"

张象林走到厅堂门口，倏然停住但没回首，说道："忘记说了，银霜城父母官王杭是一个不错的人，康王很器重，定王更加赏识。若有需要，霍兄可去结识结识。"

王杭、康王……霍道章心口又蒙上一层阴影，银霜城并非如表面般风平浪静，各方势力已渗透良多，接下来要做的事还会顺顺利利吗？谁也不知道，恐怕只有天知晓吧。

张象林平静地出了朱府，钻进轿子里。他往后一靠，语气阴沉地说："丑魁回来没有？"

轿子里藏着另外一个人，胳膊上文有五毒骷髅图案，是吴毒。

吴毒声音很小，似乎不愿意多浪费一丝力气："已回。"

"好。"张象林露出笑容，"我试探过了，霍道章那厮紧张得跟只疯狗一样，他这次护送的定然是太子府的小殿下、当今圣上的皇太孙。太子妃病重，小殿下风尘仆仆赶赴女娲神祠为母祈福，果然是个孝子。哼哼，不过女娲娘娘就算救得了他生母，这一次恐怕也救不了他了。"

"计划照常进行，通知魔人做好准备。"

吴毒缓缓点头，眼中迸射出惊人的狠毒之色。

第七章 鬼字暗码示魔人

未时，崔府后厨送来了包子，黎斯和老死头吃了几个。刚吃完，白珍珠蹦蹦跳跳地回来了，瞧她红扑扑小脸上的春风得意，此去应有不错的收获。

吴闻也回来了。

吴闻先道："我旁敲侧击问清楚了水潭的情况。水潭是五年前崔云海遵从风水大师点拨开凿的，风水大师说崔云海命格属水，有水傍身则无往不利。风水大师还占卜出三六吉衍之数，崔云海就把水潭深挖到了三丈六。"

吴闻略一停，又带着怀疑的神情说："还有件怪事，大约半个月前，崔云海梦见了财神撒金。他找神人请教了下，回来便吩咐人往水潭里成筐地倒黄沙，说什么'金沙旺水'，也就是兴旺他崔云海。"

"好个冠冕堂皇的由头。想是怕尸体久则生变，用黄沙盖住尸体罢了。"老死头不屑道。

黎斯反而笑笑："崔云海此举却证实了尸体还在水潭里，没被转移，倒也省去了我们不少麻烦。"

吴闻说完，大口喝着茶水。

"丫头，你呢？"黎斯问道。

"我的收获可不小。我啊，先找了几个年轻的帅家丁聊天，他们被本小姐迷得神魂颠倒，三两下就将肚子里的小秘密说出来了。”白珍珠瞅瞅黎斯，暧昧地说，“黎大哥，人家还是很受欢迎的哩。你要好好把握机会哟。”

黎斯正在仔细听白珍珠说她的收获，突然听到两句露骨的暗示，不由得老脸也是一红：“别岔开话题，赶紧说。”

白珍珠的粉脸更加娇羞：“帅家丁们告诉我，崔府最近二十天有两个人久出未归，一个叫小六儿，一个叫林莽。小六儿是老家人帮他相中了一门亲事，让他回去操持成亲。至于林莽，则是突然人间蒸发了，没人知道他去了哪里。而且这人来历不明，府里没什么人知道他的底细。”

“林莽很可能就是假冒者。”黎斯凝眉道。

“是吧，我也觉得他很可疑，所以把他的住处也打听到了。”白珍珠俏皮地吐了吐小舌头。老死头瞄了小丫头半眼，阴阳怪气地说：“老朋友，你这贴小狗皮膏药贴得十分牢靠，不错，不错。”

黎斯岂能听不出老死头话里有话的讥讽之意？只是碍于白珍珠在，不好找老死头算账，只能狠狠瞪了他一眼。老死头完全不在意地摸了摸脸。

过了一会儿，白珍珠问：“现在该去捞尸了吧？”

黎斯摇头说：“你当是去捞金鱼啊，这事白天干不行，只能等到晚上再潜回崔府行事。不过眼下有别的事要做。”

“什么事？”白珍珠问。

“去林莽的住处瞧一瞧。”

黎斯故意留吴闻在书房里搞出点动静，吵嚷着发现了古董玉佩的玉坠，几嗓子喊下去果然吸引了七七八八的崔府下人来围观。黎斯、白珍珠和老死头趁乱从后窗溜了出去。

白珍珠三绕四绕地进了崔府一个偏院。偏院靠墙搭着几根竹竿，晾着几件衣服，往后是一排外观相近的小屋。白珍珠指了指最东头的一间说：“就在那儿。”

小屋没上锁，一股子霉味先飘了出来，白珍珠捏着鼻子说好难闻，黎斯皱了皱眉。老死头一点事都没有，这个比起满屋子尸臭可差了十万八千里。

小屋子里除了一张木床、一个敞开的衣橱、一张小桌、两把木凳之外就没什么了。房间好像有人专门整理过，没留下哪怕一丝一毫关于林莽的痕迹，简直像从来没人住过一般。

找了一会儿，白珍珠疲惫地往床上一靠。床板发出吱呀的响声，还伴随着一阵晃动。原来床腿一高一矮，矮的床腿底下垫着两块砖头。

老死头语气冰冷道："没什么发现。"

白珍珠脸上也挂着"失望"二字，只有黎斯目不转睛地望着白珍珠的……腿！

白珍珠发现了黎斯怪异的目光，扭捏道："黎大哥，你、你看什么呢？"

黎斯没回答，直接行动了。他猛地一下子蹲到白珍珠身前，白珍珠"呀"地叫了声，老死头一副非礼勿视的表情，转过头去。

"丫头，别乱叫。"黎斯发现举动有些不雅，干咳两声解释道，"我是发现这床腿有问题。"

"床腿？"白珍珠嘴上说着，心头略感失望。

"床腿切口太平滑了，像是被人故意斫断了一样。"黎斯一边说，一边单手抬起木床，把垫床腿的两块砖头取出来。

两块砖头表面布满了烟熏的污渍，黎斯用手在上面摸了摸，目中精芒乍现，把一块砖头的中间部分抠出来。砖头中心有花生仁深浅的一个洞，洞里藏着一张折叠得四四方方的信笺。

老死头和白珍珠都伸长了脖子瞧，黎斯把信笺一层层展开，最后信笺上写满了鬼画符。

满满一整张的鬼画符，有些像是字的偏旁部首，有些像是某个字的一部分，有些则是不知所谓的图形符号。黎斯看得一头雾水，白珍珠直叫眼晕，而老死头浑浊的眼刹那变得贼亮，他接过信，一字一字地说："这是鬼字暗码。"

"鬼字暗码！"黎斯闻言一震，他亦听说过这种流行于前朝皇宫中的暗语术，相当神秘罕见。黎斯不敢相信地问："你确定这是鬼字暗码？"

"废话。"老死头回骂一句。

"什么鬼字，什么暗码……我只觉得眼花缭乱。"白珍珠摆摆手不再看。

"那是你阅读的方式不对。我年轻时遍游天下，曾经遇见过一位研究暗语术的隐士高人，从他那里看到过类似的符号。"老死头昂着脑袋。黎斯恍然道："这么说你能破解鬼字暗码！"

老死头桀骜道：“有何难？”

“那快点破解它，看看上面究竟说了什么。”白珍珠兴致勃勃地说。

“破解鬼字暗码其实并不难，只是世上很少有人通晓方法。要读懂它，得分开读：首先横读，寻找每每两个在一起的字体部首，例如娘的部首‘女’，炜的部首‘火’等诸如此类。然后按照寻到的先后列序，单数组取单数部首，双数组取双数部首，像第一组就取第一个部首，第二组取第二个部首，第三组再取第一个部首以此类推，通篇将所得部首一一记下。接着是竖读，就是按竖行从上到下地阅读，寻找两两相挨的缺失部首的半字，例如娘的半字便为‘良’。这个需要费点功夫，因为有些生僻字的半字很难辨识。同样按照先后列序，单数组取单数半字，双数组取双数半字。通篇记下。”

黎斯和白珍珠都聚精会神地聆听，老死头歇了口气，清清嗓子继续说下去。

“接下来是把部首和半字匹配。匹配规律是单配双：第一组的部首配第二组的半字，以此类推，匹配完毕就可以得到答案了。一般情况下部首、半字的数量相吻合，但在特殊的情况下部首会多一些，那是因为多出的部首可以独立成字。比如人，部首为‘人’，而若破解答案里也有个“人”字，只需要保留‘人’字部首即可。通常情况下，独立字的部首会在排序的最末端。”老死头徐徐讲完。

黎斯和白珍珠意会片刻，随即三人分头破解鬼字暗码。老死头独自破解横读的，黎斯和白珍珠破解竖读的。一时间鸦雀无声，只有三只弯腰读字的大虾米。如此过了三刻钟，终于把通篇破解，再将部首和半字相合，得出了鬼字暗码的内容。

白珍珠捧起写下来的内容，清脆如银铃道：“崔已除，顺利。魔人叁。”

通篇鬼画符，想要说的却只有这八个字，忒累死人不偿命了。

“崔已除，是指杀了崔云海。林莽无疑就是假冒者了。”黎斯望着信笺道，“他也绝非图财害命这么简单，还有更深的目的。这封鬼字暗码的密信应该是他写给外面同伙的，或者幕后主脑。”

“但这封信为何没送出去，却一直留在林莽的小屋里？”老死头心头起疑。

黎斯绕着小桌走了两圈，倏然停下说：“密信没送出去的原因可能有几个。第一，同伙已经知道情况或者同伙不在了，信就不需要送了。第二，林莽身份有所暴露或者被人怀疑，为避嫌所以没有送。第三，内容有误或者变更，林莽写了封新的送出去。我能想到的就这三个原因。”

白珍珠点点头。老死头冷眼瞧着鬼字暗码的密信，吸一口气说：“你说得很全面了。但不管是上面哪一个原因，这封信都不应该在这个地方。如此危险的证据，它应该被销毁，从这间屋子里永远消失。”

“林莽并没有这么做。”老死头闭上眼。

“也许还有我们无法揣测的第四个原因……”黎斯嚅嚅自语。

“信上的‘魔人’是什么意思？”白珍珠好奇地问道。

黎斯转回思绪：“魔人可能是林莽的秘密代号，而更关键的是后面的‘叁’。莫非前面还有魔人壹、魔人贰，或者之后更多的魔人？若是真的，这么多魔人的存必定为了某件大事，超乎我们想象的事。”

白珍珠想想有些害怕，担忧地说：“黎大哥，那我们要怎么办？”

“首先，我想知道魔人是怎么混入崔府的。”黎斯清楚道。

“我再去找那几个帅家丁打听打听。”白珍珠小跑到门口，又回过头望了望黎斯，“可别吃醋哩。”

老死头冰僵的脸皮都忍不住泛起涟波，似要爆发地大笑一场。黎斯则歪头苦笑，嘀咕半句：“这丫头……”

白珍珠片刻工夫就撬开了几个帅家丁的嘴，得知是崔府胖头管家力荐林莽入府的，还上下打点了不少人。

“崔府管家，得见一见他。”

吴闻继续在书房搅和，黎斯找来了胖头管家。胖头管家一见黎斯把他带到林莽的小屋，白胖胖的脸就变了色：“大人，您找我有什么事？”

“还能有什么事，当然是林莽的事了。”

黎斯话刚落，胖头管家便捶胸顿足道：“我就知道，我就知道是他。自打他二十天前突然不辞而别，我便开始怀疑这小子了。大人，古董玉佩是他偷走的吧？”

黎斯笑着点头：“就是他。”

胖头管家咬牙切齿地恨恨道：“这该死的小毛贼竟敢在崔府偷起东西来了，等我找到他，非得剁了他的贼爪子不可。”

“林莽是你力荐入府的吧。他偷了值钱的宝贝，你能没份？谁信哩！我劝你还是赶紧老老实实交代。”白珍珠掐着小蛮腰，杏眼圆瞪，煞有一派大世女神捕的风范。

“啊！天地良心，天地良心啊，我跟那个小毛贼一点都不熟。他偷东西我压根就不知道……大人千万别听信小人的谗言，我是清白的。”胖头管家脚脖子一软，“扑通”一声跪在了地上，溅起了满屋子的灰尘。

“你撒谎！你跟林莽不熟会力荐他进府？还上下打点让他干了最轻快的后厨帮工。你说的话谁信！”白珍珠有理有据地质问。

胖头管家大脑门渗出了大颗大颗的汗珠，他用袖子擦了下，哀叹一声：“事到如今，我也不怕丑了。我跟大人们讲实话……其实我是收了林莽一点点小礼，所以才答应帮他进府的。”

“一点小礼就让你这么上心，那是什么样的宝贝礼物？说出来听听。”白珍珠好奇心又冒头。

“不太……不太好说。”胖头管家皮笑肉不笑。

“快说！”白珍珠一跺脚。

“我说，是乌猴草。”

老死头眼皮子睁大了些，黎斯一怔，白珍珠茫然地问黎斯：“黎大哥，乌猴草是什么东西？很值钱吗？”

黎斯面露古怪，迟疑地说：“乌猴草，它是……老死头见多识广，你还是问问他吧。”

白珍珠将好奇的目光转到老死头脸上，老死头哼哧了哼哧，利索地回答：“乌猴草又名销魂草，是男人在闺房秘事中所用的强劲良药。不过其往往生长在峭壁洞穴内，极难采摘，所以面世很少。”

“你、你！”白珍珠小脸滚烫滚烫，眸光带霜瞪着胖头管家，“你不害臊！不要脸！”

胖头管家苦笑一声：“这位女上官，我说了不太好说嘛。”

“别扯远了。”黎斯截断了乌猴草的话题，不怒自威道，“我暂且相信你说的话。接下来你把如何跟林莽相识、收礼，再力荐其入府的前后经过讲一遍。记住，要滴水不漏地说完整。”

“是，是，我明白。”胖头总管抿了抿嘴，开始讲述。

胖头总管跟林莽相识于酒楼，林莽经介绍知晓了胖头总管的身份，于是主动接触。胖头总管当时喝得正起劲，倒也是来者不拒。三杯酒下肚，林莽便开始诉苦，说他是个孤儿，四处流浪，特别想找个地方安稳落脚。接着他说有一样能让男人欲仙欲死的物件，问胖头管家有没有兴趣。

胖头管家这两年身体被酒肉整垮了，有些事有心无力。他一听林莽的话，心里狂喜，之后便如一条上钩的胖头鱼任由林莽摆布了。林莽也如愿进入崔府。

胖头总管把整件事说得细致入微，最后补充说，林莽送了乌猴草给他，又叫来四五个人一同喝酒。但胖头总管很快被灌得酩酊大醉，就在迷迷糊糊之间他隐约听见有人说要去吴府和杜府。

黎斯打住他：“哪个吴府和杜府？”

胖头总管晃了晃脑袋：“他们没说，我也不知道。”

黎斯脑海里却浮现两个人，正是在崔府外遇到的吴安才和杜冲。

胖头总管交代完，黎斯提醒了他两句，就让他走了。而后黎斯对白珍珠和老死头道：“林莽叫来的也是魔人，这些魔人的目标里包括吴安才、杜冲二人。此刻二人恐怕已凶多吉少了。”

“剩余的魔人还锁定了其他目标，想想银霜城里不知何人是真，何人是假，太可怕了。”白珍珠觉得周身冰寒。黎斯靠过来，拍了拍她肩膀。

“更令人担忧的是众多魔人背后的巨大阴谋，到目前为止还看不出丝毫端倪。”老死头皱眉道。

黎斯笃定地接话：“总有办法的。”

“只要找出真正崔云海的尸体，林莽就无所遁形。再以他为切入口，顺藤摸瓜挖出其他魔人，到时候阴谋诡计就可以真相大白。”黎斯缓缓说，但声音连他自己听着都觉得有一丝虚无。

第八章 幽水寒潭觅尸踪

天幕低垂，酉时三刻。

城西破庙，隐藏此处的逃灾众人期盼着黑哥，但黑哥去找郎中还没有回来。

“黑哥没钱，会不会被人打了？”一个饿得面黄肌瘦的少年说。

其他人面面相觑，大家都不说话了。破庙里弥漫着让人窒息的沉默氛围，唯一的声音就是肚子咕噜噜的叫声。长久的压抑换来的是爆发，终于有人跳出来吼道：“我受不了了！不管是偷是抢，只要能填饱肚子，他娘的我什么都干！”

好像点燃了一根导火线，破庙里大多数人烧了起来，眼睛里是熊熊烈火，那是饥肠辘辘之人想要活下去的火种。

“去粮铺，不给吃的就抢了他们！”有人喊。

逃灾众人冲到门口，忽然一阵狂风吹断破庙仅存不多的一根木柱，掉落下无数瓦片，被砸的地方正是郭平和老幺的草铺。

大家愣了一会儿，立即赶上去救人。

而猝然从残破的瓦片里传出了声响，并非痛苦的呻吟声，而像是凶残野兽饥饿的咆哮。“砰！”一只手击碎了瓦片，有力地弯曲着。

颓败的石楼旁，脸上增添了新伤疤的阿毛握紧拳头，远眺着半里外的破庙。

刚刚仿若从那里传出了凄惨的叫声，夹杂着巨物崩塌的震响。

阿毛暗忖：破庙那儿出了什么事?

他迟疑着，要不要去看看，腿刚刚迈开，身后就传来熟悉的声音。

“阿毛，奶奶说天黑了让你赶快回去。快点回去啦。”声音属于小琴。

“听见了，真烦人。”阿毛松开了拳头。

小琴拉住他的手臂：“奶奶又咳出血来了，我好担心她。怎么办啊，阿毛?”

望着小琴红红的眼圈，阿毛声音变得柔和：“别担心，一切有我。”

少女朝着少年点头。

黎斯四人离开了崔府，崔云海盛意挽留，黎斯以公务在身为由跟崔云海告辞。在客栈熬到天黑，黎斯把白珍珠和老死头留在客栈。自己和吴闻潜回崔府，准备捞尸。

白珍珠不情不愿地留在客栈。此行凶险未卜，黎斯不能让她冒险，嘱咐老死头看牢了她。

戌时将尽，天完全黑透了。

黎斯在崔府闲逛半天，就是为摸清崔府的里里外外，知道哪里比较容易潜入。东边第二个偏院墙头陷了小半，黎斯便从这里潜入崔府。

远远看见几团移动的火光，应该是巡夜的家丁。黎斯避开家丁，绕到书房、水潭之间的鹅卵石小径上。吴闻不善水性，捞尸的活自然由黎斯来干。

黎斯让吴闻藏匿好，自己凝望了一眼幽幽浮沉的水面，深吸一口气滑入水潭。冬日潭水冰寒刺骨，黎斯禁不住狠狠打了个冷战，强忍寒意往潭底下潜。

水潭深有三丈六，黎斯默默估算深度。到了三丈之余，在浑浊的水中隐约看出了潭底的轮廓，黎斯便开始摸索潭底尸体。一点银光闪过，接着黎斯觉得左手腕被什么东西咬了一下。

待看清楚，黎斯才发现那是一条两尺长的银色水蛇。

水蛇还想发动偷袭。黎斯哪还容得了它?并掌如斧斫中了蛇头。水蛇晃荡了晃荡，便如浮草漂向水面。但黎斯也不好受，被咬的手腕发麻发痒，不多会儿小半边身子开始僵木。黎斯暗呼一声不妙：这蛇有毒!

必须马上找到崔云海的尸首，否则潭底将会多一具冤尸陪伴了。

老天有眼，黎斯终于摸到了一张冷冰冰的人脸。人脸上落了半尺厚的一层黄沙，黎斯扫掉黄沙，贴近那张脸。人脸双眼紧闭，面色发紫，腰旁牢牢捆绑着一个三足铜炉。

尸首是崔云海的没错！

黎斯将带来的绳索一端扣住尸体，另一端系在自己腰上。双脚在潭底一蹬，借力上游。快到水面之时，黎斯突兀地全身发抖，心口冰冷，四肢渐渐失去知觉。黎斯咬破舌尖，腥涩的血味让他猛一激灵，用尽全力往水面冲刺。

“哗啦！”出水声刺破潭面的宁静，黎斯露出头来。

“这边。”吴闻挥手。黎斯拽着尸首向那边靠近，倏然前头传来了几声呼喊，有家丁扯着嗓子说：“水潭那好像有动静。”

“有个鸟毛！这半夜三更的还有人去冬泳呀？铁头，你又喝高了吧？”

叫铁头的家丁被说急了，叫嚷道：“你才喝高了。我真听到动静了，要不然咱去看一眼？”

“嘁，行呀，但你可得请兄弟几个吃夜宵。”

“别废话了，赶紧的。”

火光朝水潭移来，黎斯手脚如坠着千斤巨石，拨水愈加吃力。吴闻焦急地也要下来，但被黎斯拦住：“别下来，没用。”

巡逻队的脚步声依稀可闻。吴闻做了决定：“不行，我不能扔下你。”

“吴闻！”

就当两人争执不下时，前面一个堂屋突然有人大呼大叫：“快来人啊，有贼！”

喊叫的是个女子，黎斯听出是白珍珠那丫头。她还是来了，没听自己的话。家丁们循声跑远了，黎斯勉强游到潭边，吴闻把他拉上来。

人影晃动，老死头和白珍珠也出现了。

“我这招声东击西厉害吧……黎大哥，黎大哥！”白珍珠正想卖弄，忽然一转脸发现黎斯面色铁青，双唇颤索，虚脱地往前一倒。吴闻眼疾手快，连忙抱住。

老死头翻过黎斯手腕摸了摸，皱眉道：“不好，他中了蛇毒。毒已快入五脏，赶快背上他找地方解毒。”

白珍珠泪珠儿闪在眼眶，哽咽地问："要去哪儿？"

"林莽的小屋。"

吴闻背着黎斯冲进林莽的小屋。老死头从灰袍子里摸出一个葫芦瓶，倒出一粒指甲盖大小的粉红药丸。黎斯已经昏迷，老死头撬开牙关把药丸送进他嘴里，再轻轻捶打胸口，令黎斯吞下药丸。

老死头又把黎斯上衣脱掉，用力在心窝口揉搓，帮助心脏回温。人一旦心脏冻僵了就算神仙也难救。

"老前辈，我来帮你。"一双巍颤颤的小手接触到冰冷的心窝，白珍珠强忍眼中泪珠。黎大哥必须活下去，哪怕用自己的命去换，白珍珠不停在心中祈祷。

大约过了一刻钟，黎斯吐出一口浓浓的黑血，接着悠悠转醒。

白珍珠又哭又笑："你醒了，你终于醒了！"

黎斯虚弱地说："别哭了，丫头。我没事。"

"还好没事。"老死头长吁一口气，"咬你的是银头阎王，剧毒无比。人被这玩意咬了，两百步内必定毒血攻心，七窍流血而亡。幸亏我今晚被这小丫头缠着跟来了，要不然你的小命也就交代了，所以小丫头算是救了你一命。包括刚刚医治你蛇毒时，她不顾男女之嫌，只恨不得以身替毒，啧啧啧。"

"老前辈，别说了呀，黎大哥还很虚弱。"白珍珠脸红得快冒火了。

黎斯望着这一路陪他走过来的女孩，她的一笑一颦、一怒一喜都在眼前飞掠，他把这些画面都留在心底。黎斯并非不知道珍惜，但埋藏在内心最深处的那道倩影仿佛一把刀在刮骨剜心让他疼得无法呼吸。黎斯没有自信可以再对谁承诺，而且，漂泊于乱世狂风中的自己，还有能力去给谁幸福……

"丫头，谢谢你。"

黎斯纵有千言万语，但最终说出口的只有这五个字。

白珍珠报以嫣然微笑，容颜倾城。

时辰已过了丑时。黎斯闭目休养了片刻，倏然说道："崔云海尸体到手，现在立刻去找王杭。要趁魔人阴谋未显露之前将其扼杀掉。"

吴闻刚想背尸体，老死头伸出一只手拦下，转脸看向黎斯："你能确定王杭还是王杭？"

黎斯闻言一怔，魔人的目标皆是银霜城有钱有势的人，王杭并非一定安全。

黎斯想了想说："去试试他。"

白珍珠眸光闪烁，忽然道："对哩，要不然撕掉魔人的人皮面具，他们不就露出真面目了？"

老死头哼唧哼唧说："没那么简单。据我所知，南疆有一种神秘易容术可改变人的面骨，重塑人的面皮。碰上这种绝顶易容者，你就算撕烂了他的脸也没用。我看林莽的易容术就非一般，极有可能跟南疆易容术有关。"

"那要怎么试？"白珍珠无奈地说。

"有办法。"黎斯说，"即便魔人可以变脸成被害者，模仿其动作神情、行为举止等，但在下意识里有些东西却是无法改变的。比如睡觉时说梦话、每顿饭的饭量，甚至于爱不爱洗脚、脚臭的程度之类，并非全无破绽。"

"但只有最亲近的人才容易察觉出来。"黎斯微一顿，"王杭的夫人应该能提供有用的东西，但要如何套出她的话？"

"这有何难？交给我喽。"白珍珠拍拍胸脯说。

"你行吗？"

"别小瞧人了。女人跟女人有的是话讲，而且我还有秘密武器。"白珍珠机灵古怪地说道。

"什么秘密武器？"黎斯和老死头都瞪眼问，两人都是女人方面的白痴。

小丫头只回了两个字："保密。"

最危险的地方也是最安全的，老死头和吴闻留在林莽小屋里等候，崔云海尸体也留下。黎斯则和自信满满的白珍珠前往银霜城县衙。

天色渐亮，银霜城外一片开阔的田野里，黑压压的军队把衔接城内外的石桥封锁。训练有素的兵团呈马蹄形阵势散开，严阵以待。

军队最前方的正是宁远将军隋冰。隋冰望着慢慢浮升的红日，呼着寒气道："该来的终于来了。"

同一时间，整夜未合眼的霍道章揉了揉发涩的双眼，起身望着窗外点点红光，喃喃自语：“天快亮了，不知小殿下睡得怎么样。”

他说得很轻。不远处斑驳的树影摇晃，宛如真人。

而盘踞城东一座恢宏府邸里的张象林，此刻正闭眼养精蓄锐。听到外面更点，他慢慢睁开了眼：“一切可妥当？”

距离他半丈外是一座山水屏风，屏风微开，走出两个人。

灰衣人丑魁恭顺道：“隋将军已到银霜城外。”

披紫披风的吴毒声音缓慢地说：“崔、吴、杜、花、雷府都已准备妥当，绝无差池。”

“好。”张象林赞许道，“黑夜七色殿威名赫赫的十大杀手果然不同凡响。丑魁、吴毒，待此间大功告成，我向定王为你们请功。”

“谢大人。”

城西贫民区，这一夜少年阿毛翻来覆去没有睡好，每每快要入睡，他总模糊听见有人呻吟和尖叫的声音，就仿佛白天在破庙外听到的一样。

终于睡着了，却梦见有一头长着人脸的老虎冲过来咬住了奶奶和小琴。

阿毛忽地惊醒，满头冷汗……耳畔的尖叫声仿若并未消失，而天快要亮了。

颓残的破庙，迎着黎明前最刺骨的寒风，一张张失神狰狞的面孔在哽咽。

最终走了出来……

第九章 人间泥犁暗血潮

十二月二十四日，寅时。魔生东南。

黎斯见到了王杭。刚进入正堂，白珍珠就说有礼物要送给王夫人，不管愣神的王杭，径自冲进了内眷后院。王杭想拦已然晚了，黎斯摇手道：“就由她去吧。小丫头一直说想要见见王夫人，女人跟女人之间总有话题可以说的。王大人请坐呀。”

正堂这儿两个人有一句没一句地聊了半天，然后白珍珠喜滋滋回来了。她看看黎斯，撒娇地说：“我跟夫人聊了这么久，嗓子好喝，先喝口茶。”

白珍珠端起黎斯面前的茶杯咕咚喝了两口，喝完了小声跟黎斯道：“王夫人说王杭一切正常。”

“你用的什么秘密武器？”原来黎斯还没忘了这码事。

白珍珠扑哧笑了：“好啦，告诉你，圣城万雀楼的顶级妃子红胭脂。”

黎斯恍然大悟，而后蓦地起身对王杭道：“王大人，闲话聊完，该进入正题了。”

王杭面带诧异：“黎大人请讲。”

“银霜城正陷入一场可怕而未显露的阴谋中。”黎斯正色道，“这一切当从二十多天前银霜大牢血案讲起……”

王杭屏息聆听。黎斯将风筝戏中阿鼠冤死、贫民区寻到瞎徐娘、得知孙三的恐怖故事、入崔府发现种种疑点、破鬼字暗码发现魔人真容、下水潭觅得真尸诸般经历讲给了王杭。王杭又询问几次才豁然明了。

“崔云海是魔人假冒的，真正的崔云海早已沉尸水潭！”王杭像不敢相信似的重复说了一遍。

“是哩。尸首已经捞上来了，正有人看着。”白珍珠回应道。

“这还只是表象。最可怕的是那些心怀叵测的魔人摇身一变成了崔云海、吴安才等银霜城有头有脸的人物，计划周全，手段毒辣，他们绝非单纯为了黄金白银，而是有更惊人的阴谋。”黎斯语气里透露着深深的担忧，“这也是我最担心的。”

王杭意识到事态的严重性，他捶手道：“那我该当如何？”

“阻止魔人。”黎斯斩钉截铁地说。

“怎么阻止？”

黎斯吸口气道：“先把崔云海、吴安才、杜冲缉拿回县衙，通过撬开他们的嘴，顺藤摸瓜控制剩余的魔人。不过这事一定要做得隐蔽，用最信得过的人，因为说不定县衙里也有魔人潜伏。”

王杭打了个冷战，点头道：“一切就按黎大人说的办。”

天色蒙亮，王杭安排好了人手：“人已妥当，同时去三府抓人，现在出发吧。”

黎斯颔首：“好。”

县衙大门打开，倏然闯进来一个人。他惊慌失措的目光在每个人脸孔上徘徊，声音震颤地喊：“你们谁是王杭王大人？我要找王大人！”

王杭凝眉开口说：“我就是王杭，你是谁？”

“我是礼部尚书霍道章大人的下属朱超，霍大人让我来找王大人去保护一个人，一个关系着大世皇朝未来命运的人……”

黎斯和王杭面色顿变，惊愕万分地对望一眼。

王杭神色变换：“你慢慢说明白。”

朱超干咽了口吐沫，点点头。

而此时就在隔壁长街传来嘈杂刺耳的哭闹声，若在之前一定会引起黎斯和王杭的注意，但眼下两人都被朱超即将说的话牢牢牵住。

卯时末，朱府。

十六名高手列成的方团把霍道章和小轿团团围拢，速度不快但稳健地挪向下一条街。小轿有人撩起帘布，拳头大小的帘缝露出了一张脸色苍白的少年面庞，他双目空洞地望着霍道章，嘴唇翕动似说了几句话。

霍道章恭敬地点头，吩咐道："加快脚步。"

十六人的领头人低喝一声，方团速度变快了。但快则失稳，方团难以避免地露出了破绽。

小轿的帘布放下。霍道章不动声色地转动眼角余光，在几条深巷的尽头恍惚都有人影，霍道章一阵心寒——张象林还是动手了。现在只好寄希望于朱超可以尽快搬来救兵，有康王的人涉入，张象林当有所顾虑。

对霍道章一举一动了如指掌的张象林正在三丈外的云上云酒楼，他低唱着晦涩的地方小调曲。吴毒不知何时出现了。张象林瞥了眼吴毒，阴鸷地说："最精彩的好戏就要上演了，咱们去女娲神庙。"

辰时初刻，高手方团抵达女娲神庙。

女娲神庙单一色地用青砖青瓦筑殿，前后两座殿宇。前一座是拜殿，殿外两条滚龙抱柱，雕龙画栋，气宇非凡。后一座为正殿，供奉女娲娘娘。

小轿落定。方团闪出一条行进的路。帘布掀起，少年闭目缓缓睁开，刚要出轿却被霍道章拦下。

"小殿下先不要出来，女娲神庙不太对劲。"

女娲神庙声名在外，祈福朝拜的香客们应该络绎不绝才对，但眼下除了己方竟没有一个香客。霍道章嗅到了一丝危险的气息，倏然有脚步声从神庙内传出。

脚步声凌乱无序，显然并非一个人。霍道章心提到了嗓子眼，莫非张象林的杀局就藏在女娲神庙里？要不要逃走？但如何跟千里迢迢为祈福来的小殿下交代……霍道章额头布满了冷汗，紧张注视着神庙门口。

一个妇人半侧身子，歪歪扭扭地走出了神庙。她颧骨高耸，眼瞳仿佛晒干了的山枣般呈现诡异的暗红色，又仿佛在眼眶里漂浮着一块污血。四肢失协，双手扭曲成鸡爪状，指甲发紫发暗。

这妇人像身患可怕的恶疾。

但接下来的一幕令霍道章瞠目结舌——从神庙中陆陆续续又走出来十几个人，他们有老有少，有男有女，面容症状无一例外地跟妇人相似。十几人眼神空洞地望向霍道章这边。若非朗朗白日，神庙在前，霍道章真要以为这些人是从地狱里爬出来的魍魉之鬼！

领头人惊疑道："霍大人，怎么办？"

眼前触目惊心的场景令霍道章的恐慌愈加厉害，他回望一眼小轿："立刻回朱府。"

"是。"

高手方团开始移动。仿佛方团的声音惊动了那十几个面容骇然的人，他们猝然像疯了一般尖叫，叫声似兽非人。转瞬十几个人冲向方团。

"保护小殿下！"霍道章喊。

方团倏地一分为二，前面的留下抵御敌人，后面的掩护霍道章和小轿后退。十六名高手乃是霍道章从太子府精挑细选出来的，每一个人都身经百战，足能以一敌十。但战局并没有被压制。疯扑的人眼眶洒出了点点血斑，肌肤渗血仿若一个个暗血人。

暗血人被高手折断手脚，但他们好像感受不到一点疼痛，继续用残肢厮打着，身子一寸寸地挪动仍要攻击对手。终于高手狠下杀手，拧断脖子，暗血人才不动了。

"杀光，杀光他们！"领头人杀红了眼，厉声喝道。

瞬间十几个人毙命。

霍道章稍松一口气，蓦然回首发现在逃路前方密密麻麻出现了几百人……他们每个人眼角都凝固着暗红色的血斑，仿若暗血之泪。

"呜呜呜！"几百人发出呜呜声，像失控的庞大鹿群奔袭而来。

方团一下子被冲散了，仅余的六名高手护送着霍道章和小轿退入神庙，反手将神庙大门轰然关闭。

外面剩下的高手同诡谲恐怖的暗血人展开绝境厮杀，这场厮杀一开始就注定了悲恸的结局。尽管高手痛下杀手，但怎奈敌人太多，且毫无畏惧如海浪般一次次汹涌扑上。

“啊！”第一声来自高手的惨叫，他被暗血人咬断手腕，瞬间又被咬断了脖子，鲜血喷如泉涌。紧接着绝望惨呼声此起彼伏，一声声如同利刃刺在幸存者的心口。

霍道章紧闭双目，整个人抖索如风中残叶。

大约过了三刻钟，惨叫声渐渐平息。但也就意味着最后一个高手也死了，现在门外只剩下了如魍魉恶鬼般的暗血人。

霍道章脑中一片空白，仅留下三个字——怎么办?

银霜城县衙。

朱超正容道：“霍大人这次是秘密陪一个人来银霜城的。”

“谁？”王杭紧张地问。

朱超一字一字说得仔细：“当今圣上的皇太孙、太子府的小殿下。”

王杭和黎斯神情顿变，王杭支吾道：“皇、皇太孙。”

朱超郑重地点点头。

“皇太孙是为太子妃祈福而来的，原本计划着秘密行事。谁知一到银霜城就被定王的人——北安中州刺史张象林盯上了。他心怀叵测想要谋害小殿下，霍大人担忧小殿下安危，所以请王大人派兵保护。”朱超一口气说完。

“北安刺史。”王杭沉默着，难以下决心。张象林是他的顶头上司，与其针锋相对总归有害无益。黎斯瞧出了王杭心思，小声提醒：“小殿下真要在银霜城出了事，你是万万脱不了罪的，也包括你身后的康王。”

王杭惊出一身冷汗，连忙下令：“召集县衙差役保护小殿下。”

得知霍道章和小殿下已然去了女娲神庙，黎斯和王杭也带人前往神庙。突然眼前灰影一晃，老死头不知从哪里冒出来了。

“老前辈！”白珍珠亲热地叫着。

“好丫头。”老死头脸上挤出一点笑容。

“你不是在看管尸体吗？”黎斯问。

老死头斜着眼说：“我发现崔云海偷偷摸摸地溜出了府，恐有变化就来告诉你一声。尸首我让吴闻藏好了，他还在守着。”

黎斯心头一沉，莫非魔人的阴谋跟小殿下的安危有关？这念头如巨石般横亘在心里，黎斯又把朱超带来的消息告诉了老死头，老死头跟随众人一起前往。

踏入外面街道的刹那，黎斯、王杭等人都被眼前的一幕惊呆了、吓傻了。长街几乎处处上演着血腥杀戮，一个个拥有血色眼瞳的杀戮者仰首咆哮，身形歪歪扭扭地追上逃散的人群，凶残地撕裂被逮住人的肢体，然后张开臭气熏天的嘴啃咬脖子和头颅。片刻后，被咬过的人挣扎着爬起来，眼瞳亦呈现可怖的暗红色。

王杭惊骇道：“天啊，到底发生了什么事……人怎么都变成了这种鬼样子！”

所有人惶恐不安，只有老死头面无表情。他越过众人，一招擒拿扣住一名杀戮者，头也懒得抬道：“黎斯，别让人打扰我。”

黎斯立即挡在老死头身前。

老死头用小银刀割开杀戮者的手掌，刹那间一股腥臭的暗色血液淌出来。老死头吸了吸鼻子，又挑起杀戮者眼皮观察，再检查了舌苔、鼻孔、牙齿等，最后摸了摸心脏。

做完这一切，老死头面容凝重地开口：“这是一种罕见的瘟疫，我只在典籍里看到过，叫作暗血瘟。感染暗血瘟的病患最开始是昏迷发热，之后眼瞳生出暗红点斑，颧骨突出。若无法医治眼瞳就蜕变成暗红色，血也变成暗红色，神智丧失，以暴虐食肉为欢。暗血瘟还是一种具有惊人传染性的疫病，由血液传播，一旦被暗血人啃咬就会变为感染者。”

“所有暗血人不累不休，心跳速度是正常人的十几倍。心脏乃人存活之根本，十几倍的心跳也就意味着它的生命消耗速度是正常人的几十倍，甚至上百倍。”几十人面面相觑，老死头说得更明白些，“就是说暗血人只能活一个月。”

“有法子治吗？”王杭抬头望了望满街的暗血人，久为地方父母官的他如何能不心疼？

老死头缓缓摇头：“古本典籍没有说。不过据我所知，暗血瘟的根源是人体内钻入了某种肉眼不可见的微虫。微虫游入大脑，蚕食神经感知。所以只要找到灭杀微虫的方法就能治好暗血瘟。”

“那要怎么灭杀那虫子？”王杭忙问。

“不知道。”老死头果断地说。

王杭沮丧地扼腕叹息。旁边一名差役突然喊：“大人小心，他们来了！”

百余名暗血人发现了藏在一角的黎斯众人，齐齐扑来。每个暗血人都像是从血泥潭里滚了几滚，污血碎肉遍布全身，伴随恐怖的吼叫，仿佛从地狱之门逃出的血色修罗。

黎斯如心上悬刀，沉声道：“退！”

老死头忽然想起了什么，大声说：“慢着，我记得典籍上有说微虫厌热，那么暗血人应该也怕热……火，他们怕火！谁带火石了，把火点燃？”

差役里有人取出火石，从旁边店铺拆下两根木条，点燃了木条。火光热浪，暗血人果真慢下来。朱超触目惊心地望着暗血人：“小殿下肯定也被暗血人攻击了，情况危急，我们得赶紧去援救。”

王杭迟疑一下道：“好吧，多点几根火把护着左右。”

银霜城女娲神庙。

将近午时了，庙外的暗血人轮番进行撞击。幸亏庙门足够坚固，并未被撞破。过了不知多久，暗血人徐徐退去。

领头人抹了把脸上的血汗：“那群怪物应该走了。”

霍道章走向小轿，不知是惊吓还是劳累，小殿下睡着了。霍道章凝声道：“先把小轿抬进正殿，等确保无事了再作打算。”

领头人指挥高手将小轿子抬入正殿。

霍道章望着满院血渍，心情黯然，刚想进正殿去陪陪小殿下。倏地从背后传来惨叫，定睛回看，三十几个暗血人从后门冲进了神庙，咬伤了一名高手，高手疼得五官扭曲，挥掌劈碎了对方的天灵盖。但暗血人天灵盖碎了，嘴却不松开，死死咬住高手的脚踝。高手无法挪动，最终被后上来的暗血人生生压倒。

“保护霍大人！”领头人怒喝，跟两名高手杀入暗血人群里。霍道章由剩下的两名高手保护退入正殿，正殿的大门轰然关闭。

霍道章眼角湿润，回身望见神圣端庄的女娲神像，“扑通”一下跪倒。

“女娲娘娘，求求您……求求您保佑无辜的人们，停止这场噩梦般的杀戮吧。”霍道章老泪纵横，“咚咚咚”重重将头磕在青砖上。

距离女娲神庙不远的一个山头，张象林如石岩毅然伫立，看了许久道：“高手死了七七八八，还坚持了这么久。哼，霍道章，你的命还真大。”

身侧一脸凶狠的吴毒缓慢说：“让我去吧。”

破旧灰衣的丑魁也道：“我的手痒痒得很。”

张象林瞥了瞥两人，摇首道：“不急，好戏就要慢慢来。我要让暗血人把霍道章折磨得求生不能求死不得，最后也变成一个人鬼难辨的怪物。”

吴毒和丑魁对视一眼，都保持沉默。

殿外厮杀结束，只有领头人狼狈地逃回来。

霍道章看看剩下的几个人，除了手无缚鸡之力的自己和小殿下，只剩下领头的和两名高手。殿外则是成百上千、黑压压数也数不清的暗血狂徒。

暗血人开始如飞蛾扑火般冲撞殿门，殿门不比庙门，很快就有了三四道裂缝，不用多久就会被撞开了。

霍道章仰脸惨笑，既已走上绝境，与其坐以待毙不如痛快了断。他跟领头人要来一把青芒匕首，横在腹前道：“杀一个赚一个，杀不了我就自行了断。宁死也不便宜了这帮畜生！”

霍道章颤抖地攥着匕首，正准备跟随时闯进来的暗血人拼命。谁知就在此时，殿门外忽然响起了敲门声……

第十章 生死茫茫血残阳

银霜城的天幕突地阴沉下来，好像在酝酿一场寒冬腊月里的大雨。

女娲神庙殿外响起了敲门声，霍道章愕然失神，凶残的暗血人自然不会敲门，那么敲门的是谁？领头人转脸看向霍道章，霍道章虚弱地点点头："去开门。"

门开了，一阵凛冽的寒风先吹了进来，然后走进来黎斯、王杭、老死头、白珍珠、朱超和三十个差役，以及一路救下的八九十名幸存百姓。

"朱超？"霍道章一眼看见朱超，瞬间明白对方是什么人了。

霍道章如释重负地笑笑，笑容饱含酸楚。王杭上来介绍自己，同时也介绍了黎斯等人的身份。霍道章得知黎斯便是大世神捕，目光闪过一丝惊诧，随即友好地朝黎斯颔首，又跟众人打过招呼。

朱超把暗血瘟疫的情形告诉了霍道章，又言明暗血人惧怕热火。

差役还举着火把，刚刚便是靠着几十根火把驱赶走暗血人，黎斯、王杭才得以赶来正殿。霍道章望着火把，叹口气说："总算那帮魔鬼还有惧怕的东西，没有比这个消息更让人欣慰的了。"

"接下来怎么办？"霍道章询问王杭。王杭迟疑着望向黎斯。黎斯扫视所有人，缓缓道："现今之策是先安顿好眼下的人，救援其他幸存者，再准备好食物和水。而最重要的就是出城求救。"

霍道章和王杭表示赞同。女娲神庙足够宽敞，前方拜殿也可以收容几百人。王杭立即安排差役取粮提水，有些人受了外伤，还需要些良药救助，王杭一一布置妥细。霍道章和小殿下受惊不轻，留在正殿。朱超和两名高手前往百里之外的风溪下州求援。

轿里的小殿下面色苍白，只朝着黎斯等人挥了挥手，并没有过来说话。

霍道章心疼道："小殿下为太子妃祈福，途中本就染了风寒，尚未痊愈，这回又受到惊吓。该死的张象林，待我回圣城奏明万岁必将这恶贼满门抄斩。"

黎斯嘴唇努了努，似欲说话但最终选择了沉默。从目前掌握的情况来看，银霜城的确有人搅得腥风血雨，但一定说是张象林尚缺乏铁证。

王杭恭顺地跟霍道章聊着。

黎斯退到老死头和白珍珠身旁，白珍珠看到那些受苦的百姓，尤其里面还有孩子，不由双眼发红，眼泪珠一颗接一颗滚落。

"他们太可怜了。没了家，没了亲人，还要四处逃命。"白珍珠美目里积攒霜寒，"不管是谁害得他们，都要付出代价。"

正殿里的人们都因为惊吓、疲惫、难过诸因素而变得沉默，时间在这种仿佛凝滞的空间里流逝得飞快，眨眼过了一个多时辰，尚未见任何人回来。

申时二刻，朱超先回来了。紧随其后，各路差役也都返回。

每个人面色都不好。

差役们一一回禀王杭，说各大粮铺、酒楼里都没有粮食。不仅这些，连药铺里都没有哪怕一根药材。王杭脸色频频变换，焦急地捶胸顿足。

朱超更沮丧道："银霜城石桥外驻扎了一大批官兵，他们说接到重大瘟疫发生的请报书，特此封锁了整座银霜城，以防疫情蔓延毒害更多的人。为首的将军说，他不会让任何一个人离开银霜城半步。"

霍道章脸色铁青，吼道："你没跟他说小殿下也在城内？"

"我说了。但那将军说，他只奉太祖铁律营规，不管什么殿下不殿下。而且他只认识万岁……没见过小殿下。"朱超苦着脸说。

"你问过他是哪个军营的吗？"黎斯忽然开口。

朱超忙道："问了，他说是玄颉大营。"

黎斯微叹。王杭目光压抑。霍道章则咬牙切齿地说：“玄颉大营谁都知道归附于定王，这一定又是张象林那卑鄙小人做的好事。他这是要绝了我们所有人的后路啊！”

“等一下。灾疫请报书我根本没写过，他怎么会有那种东西？”王杭猛然想起来。

所有人看向朱超。朱超肯定道：“是真的有，他们还让我亲眼看了。我想起来了，请报书署名不是王大人，而是县丞花万田。”

“花万田，花县丞！怎么可能是他？”王杭惊诧不已，请报书除了县令，的确只有县丞才可以执笔。但这花县丞给人印象是老成厚道，怎么突然变了脸，背叛自己写下这种祸害整座银霜城的东西？

黎斯心口有东西被戳中了，他暗忖道：魔人、粮药、玄颉大营、暗血人、银霜城……这就是林莽等众多魔人背后的大阴谋！

黎斯哀叹出声，王杭来问。黎斯怫然道：“恐怕花万田已非王大人所认识的花万田了。”

王杭一语被点醒，瞠目道：“你是说……魔人？”

黎斯慢慢点头：“综合以上事实，银霜城惨落到今日境遇全出自于一个隐藏很深的阴谋。阴谋的幕后主脑很可能就是张象林，以及他背后的大人物。张象林先安排林莽等一批魔人混进银霜城，神不知鬼不觉替换掉包括崔云海、花万田等在内的城中掌握实权的大人物。而后他再把暗血瘟的携带者送进城内，潜伏一段时间后暗血瘟爆发，继而扩散至全城生灵涂炭的地步。”黎斯顿一下，再说：“还有最恨的一招，魔人利用假身份把城内粮食、药材转移或焚毁，并利用一纸请报书将玄颉营大军招来，断绝了我们跟外界求救的念想。”

“玄颉营隋冰或许知晓这个阴谋，但他亦沆瀣一气，助纣为虐。”黎斯目射冷光，“为了不让阴谋泄露，这帮人先后杀了银霜大牢七人、阿鼠、崔云海、吴安才、杜冲、花万田等人，如今更丧心病狂地想利用暗血瘟屠杀整座城的人。真是好不心狠手辣！”

“至于整个阴谋的目的只有一个人。”黎斯缓缓看向小轿内的小殿下。

“令小殿下死于天灾人祸的大瘟疫里，就可以逃脱杀储之天罚。”

王杭、霍道章听完黎斯的话，都觉得全身被一团冷气包裹，从头到脚冷透了。王杭详尽地把黎斯从调查孙三、阿鼠开始，到进入崔府发现魔人之谜，找到崔云海的尸首等细节一一告知霍道章。

霍道章暴跳如雷地怒吼："张象林，只要我霍道章尚存一口气，就绝对不让你的阴谋得逞。"

王杭嗟叹："为了一己私欲诛杀银霜城两万人，我身为父母官不能坐视不管。"

"我要去见隋冰。"王杭铿然道。

始终庸庸碌碌的王杭露出了无悔的果决。黎斯望着他，暗道：康王用人果然有一套。有些人平时庸庸碌碌，但越到危重时刻就越发镇定自若，善掌大局。此王杭虽无大将之才，却具备良臣之望。

黎斯赞许地点头："我跟你同去，我与隋冰有过一面之缘。"

白珍珠见黎斯要去，立马跳出来说："黎大哥到哪，我也去哪。"

黎斯面露难色，求助地望向老死头。老死头干脆把头转到一侧，像自言自语地嘟哝道："谁的狗皮膏药谁自己贴去，不要难为老人家。"

黎斯无法，只能应了。

酉时，天色渐渐黑沉。铅块般笼罩在银霜城上空的阴霾久聚不散，零星地开始飘落一条条雨丝，虽细小却同样冷彻心寒。

黎斯、王杭、白珍珠及十名差役一路用火把开道，逼退了数不清的暗血人。昏暗日光里，这些噬血吞肉的暗血人更似从某个地洞里爬出来的怪物，一双双干瘪暗红的眼瞳在暮色中发出诡谲的红光。

白珍珠微一回头，看见有无数道红光投向自己，不由得缩了缩身子，紧紧依靠在黎斯身旁。黎斯看着她担惊受怕的小脸，朝她笑笑给予鼓励："别害怕，丫头。就把那些当成调皮不听话的红屁股小猴，多想想你就不害怕了。"

白珍珠莞尔一笑，回复黎斯。

终于来到了城门前，可以遥望到石桥对面架起的高高鹿砦。王杭身形于风中颤抖，但脚步一步未慢，徐徐走到鹿砦前。鹿砦后面是整整齐齐三排身披兜鍪铠甲、手持刀戟的士兵。

这些士兵不移的眼神中只能读出四个字：军令如山。

王杭平复了心境，朗声道：“我是银霜县令王杭，请告知隋冰隋将军，我要见他。”

王杭连喊三遍，对面士兵表情一丝变化都没有，目光齐齐望着前方未知的某个点。王杭还要再喊，黎斯拦了拦：“我来试试。”

“隋江军，故人来访，何不出面一见！”黎斯催动内力，声音变得悠长而高亢。片刻，从三排士兵之后缓缓走出一个身披银白铠甲的矮壮男子，他炯炯有神的眼睛里仿佛藏着一头蓄势待发的豹子，凛冽生威。

他正是御封宁远将军、大世六大军营之一玄颉营的统帅隋冰。

隋冰盯着黎斯，渐渐露出一抹笑容：“果然是故人。自从上次在皇廷同饮后有四五年没见过面了吧。黎神捕，别来无恙乎？”

黎斯也笑笑：“隋江军海量，上次皇廷对饮黎斯输得心服口服。只不知以后还有没有机会再跟隋江军把酒言欢，畅谈朝夕。”

隋冰目光黯淡下去：“一切随缘吧。”

王杭抓住机会道：“隋将军，我是银霜县令王杭。你收到的那封请报书乃是有人伪造的，算不得数。还请隋将军放一条生路给城中两万百姓。”

隋冰看了看王杭，倏然拍手。

须臾，从营地深处推出一辆囚车，里面五花大绑押着两个人，两个暗血人。隋冰道：“不管请报书是否作假，这总做不得假了吧。”

“两万百姓可怜，但若真放纵出去，只要其中有两三个疫种携带者，所屠戮的就绝非单单两万人，而是北安中州的十万人，整个青州的两百万人。”隋冰剑眉挑了挑，“王县令可听说过太祖十二年的平虎之殇？”

王杭一怔，无言以对。

“太祖十二年，平虎爆发大规模风瘟，遇风传播。时任平虎刺史的朱刚伦因徇私情放走了城中感染者十人，最终导致了归云州三年死了五十万人，整整五十万条性命啊！”隋冰扼腕叹息道，“太祖十五年，太祖立下大世军营七条铁律，第二条就是：凡遇重大疫情传播地，无论时任官员何人，无论营军有何要务，俱视无妄。遣兵封锁疫情发起地，待疫情被控制方可撤离。”

“这就是太祖的铁律营规。你们还有什么话要讲？”隋冰漠然道。

黎斯深深望了隋冰一眼，轻轻摇头：“没了。”

黎斯言罢就走，心中笃定明了：当初那个把着酒壶当尿壶、快意恩仇的性情豪杰已不在了，现在留下的只是一张趋炎附势的皮囊……而已。

不远的天际，最后一轮暗淡红云垂垂消尽。但银霜城所有人的猩红血云却渐渐凝聚，最终会演变成怎样可怕的魅妖魈精，谁也不可知，只能是一步步走下去了。

城门外，白珍珠正挥手等待。黎斯微笑，一抬头发觉脸颊冰冷，天下雨了。

王杭惊声道：“不好，火把！”

黎斯猛然醒悟，雨陡然如水泼。城门口差役的火把晃了晃，毫无反抗地被冰冷雨水浇灭，下一刹那四周徘徊的几十个暗血人蜂拥扑来。白珍珠并没发现这突如其来的噩梦，还沉溺在对黎斯的幸福等候里，婉然微笑，直到一道黑影抓住她，一口咬住了她纤弱的手臂……

“不！”黎斯震天怒喝一声。

白珍珠看清了暗血人，挣扎着却无济于事。黎斯闪电般奔回，灌足内劲的一脚踢碎了暗血人的头颅，红白血水飞溅。白珍珠渴望地看着黎斯，伸出手，但眼里的神采迅速消散，仿佛生命转瞬间离她远去……她倒下了。

黎斯双目血红，冰冷的液体滚落脸颊，分不清是雨水还是泪水。他拔出长剑，癫狂般左砍右斫，剑剑如刀，杀意凛然。几十个暗血人陆续倒在了血泊里。

王杭和差役悲凉地看着奄奄一息的白珍珠。

少女粉白色的脸颊笼罩一层死气，已有点点红斑映在眼瞳深处。黎斯跪下来，抱着她，喃喃倾诉：“别害怕，丫头。你会没事的，你一定会没事的！看着我，看着我！”

白珍珠勉强挤出一丝笑容，目光飘散：“黎大哥，被你抱着的感觉……真好。好想……一直这么下去……”

“我答应你，一直抱着你，再也不松开。”黎斯用力地紧紧抱着。

白珍珠幸福地躺在黎斯怀中，声音渐渐虚弱：“黎大哥，你答应过我……带我去东海里的……小岛，坐着看日出，躺着看日落……你和我，属于我们两个人的小岛……好想去呀，我做了好多梦，梦里见到那个小岛，真的很美很美……但我可能去不了了……”

“不，你一定可以去的。我发誓会带你去看日出日落的小岛！”

白珍珠脸上迸发出惊人的光彩，仿佛见到小岛，看到了日出和日落。她笑笑，带着一贯调皮可爱的语气：“黎大哥，我不想变成怪物。那样太丑……我不愿意让你见到丑陋的一面……所以杀了我。”

“丫头，你又在胡说。你不会变丑，也不会变成怪物，更不会死……黎大哥向你保证，让你永远漂漂亮亮，永远都是迷死人的小丫头。”

“真的？”白珍珠朱唇翕动。

黎斯重重点头：“真的。”

白珍珠莞然而笑，双眼悄然闭合，再没有动静。

黎斯脸颊的液体变得滚热，那不是雨水，而是从身体里流出来的热泪。耳畔传来更多凶狠的嘶吼声，黎斯漠然抬头。城门口堵满了暗血人，目露暗红凶光，人头攒动足有两三百人。

热泪已冷，变成了冷血。黎斯轻轻放平白珍珠，捡起长剑：“我留下，你们赶紧走。”

王杭无不担忧道：“那你怎么办？”

黎斯没回答，直接冲向暗血人。人如杀入暗红色天幕里的一道流星，撞碎了一切。黎斯杀开一条血路，血花飞洒染红了他的鬓发，他面如冰石地继续斫杀。

差役们护着王杭从血路逃生。

浓烈的血腥味吸引来了更多的暗血人，他们一层层挤压黎斯，黎斯手脚渐渐无力，逼不得已开始后退。当退到白珍珠身畔，黎斯用尽最后一丝力气斫开了两个暗血人的头颅，随即长剑锵然落地。

黎斯仰天长啸，冷血的目光缓缓变得柔和。他紧抱着白珍珠，将身体护在她身前，毫不动摇。

“丫头，等着我。”

黎斯嘴角上扬，决绝般闭上眼帘。

世界仿佛在这一弹指间静止了，唯有雨珠溅碎的声音“啪啦啪啦”……

倏然隐隐约约有一阵笛声悠然飘来，如天泉之音洗涤了黎斯心中的杀戮。周围的暗血人始终没有动静，黎斯徐徐睁开眼，眼前发生了令人震惊的一幕。

无数暗血人如落潮般后退，就在黎斯注视下消失得干干净净。

而在暗血人退却的角落，黎斯看到了一个熟悉的身影，赤露着左膀……是那个逃灾人！他攥着一把笛子，目光倔强地望向黎斯。

黎斯心头一颤。从一开始见他就觉得哪里不对劲，现在明白了，是眼神！逃灾人的眼神似曾相识，以前绝对见过，在哪里见过？他是谁？

一道步伐缓慢，但异常执着的身影从久违的回忆里浮现，还有那漆黑倔强的眼神。天啊，是他！邺城凌云宫之巅的复仇少年——骨头！

容貌虽然有所改变，但绝不会错，就是骨头。

黎斯张了张嘴想要叫住他，但望望骨头攥着的笛子，暗血人就是听到笛音才溃退的。骨头和暗血人之间有什么关系？黎斯眼前闪过那二十几个鸠形鹄面的逃灾人。难道、难道暗血瘟的携带者就在那些人里……

黎斯惊骇，再去看骨头。骨头已经混入暗血人潮中飘然不见。

黎斯茫茫然凝视白珍珠，心如同被掏空了。他抱起白珍珠，喃喃自语："老死头，找老死头。他也许有办法救丫头。"

黎斯朝女娲神庙狂奔，怀里的白珍珠毫无声息。

第十一章 女娲像前风云变

戌时初刻，冰雨突袭的女娲神庙鬼影幢幢，失去了火把的威慑，暗血人重新占据殿外院子。正殿的人用火把挡住门口，阻止暗血人突破这最后一道屏障。

王杭已归，霍道章得知隋冰拒绝放行的消息，脸色灰暗地守在小轿旁。帘布拉开，小殿下不时跟霍道章低语两句，领头人和两名高手守卫在一丈外。

雨幕中，黎斯冲回神庙。他估摸了下形势，从院墙翻入，一手抱紧白珍珠，一手持剑舞个密不透风，艰难靠近正殿。

“老死头！”快靠近大殿时，黎斯怒声呼唤。

殿门开了一道缝，两道火光飞进暗血人中间，暗血人倏然两散，黎斯趁机钻入正殿。正是老死头扔火把接应黎斯。黎斯看到老死头，仿佛看到了希望，颤声道：“老死头，救救她。”

老死头瞅了一眼白珍珠，目光瞬间浑浊不堪：“她被咬了。”

黎斯木然地点头。老死头检查了被咬的伤口，冰冷冷道：“幸亏咬伤不深，而且只有一个伤口，所以她尚存着一口心气。但等这口气消了，她也会变得跟外面那些怪物一样。”

“我不会让她变成怪物，更不能让她死。帮帮我！”黎斯深切地望着老死头，老死头闭眼摇头。

“真的一点办法都没有？无论付出什么样的代价，只要能救她……”黎斯紧抱白珍珠，不肯松手。

老死头眸子闪过半缕光芒，忽然低声道：“救活的办法没有，但救死的办法我倒有一个。”

“救死？”黎斯一怔，“什么法子？”

“以毒攻毒。”老死头道出四个字，而后解释道，“我漂泊江湖这么多年，闲着没事也炼制了几味精绝毒药，毒性异禀，足可毒杀万物。而暗血瘟也属于毒疫。若毒药可以毒杀暗血瘟入脑的微虫，或可有一线生机。”

“不过即便以毒攻毒成功，也有极大可能会留下严重的后遗症，难以根治。甚至于……终生昏迷不醒。”老死头叹一声，“办法告诉你了，用不用你来决定。”

黎斯凝视白珍珠片刻，用一种异常坚定的语气道：“就用以毒攻毒。我相信她会醒过来。”

老死头微微颔首，从灰袍里摸出一个黑色小瓶，倒出一颗漆黑散发腥臭味道的毒丸，撬开白珍珠的嘴服下。

“剩下的就只能听天由命了。”老死头转过脸，不再看两个人。

黎斯目不转睛地盯着白珍珠，希望看到她眼皮跳跃的一瞬间。但半个时辰过去了，一点动静都没有。

“砰！”殿门发出撞击声，接着有人大喊。

老死头用同样办法救援，被救进来的并非他人，正是吴闻。

原来吴闻在崔府守护尸体，久久不见黎斯等归来，心中惦记就去了县衙。从留守的人那里打听到黎斯、王杭去了女娲神庙，继而又赶往神庙，途中遭遇暗血人的袭击。幸亏吴闻随机应变，发现暗血人四肢失协，就蹿上了屋顶，从屋顶一间间挪向神庙。停停走走，直到此刻才赶到神庙。

黎斯很欣慰看到吴闻没事，吴闻看到白珍珠的模样也十分难过，过了一会儿他悄悄靠近黎斯道：“捕头，在崔府我发现了一个新疑点，也是十分奇怪的地方。”

“你说。”

吴闻小声将线索讲给黎斯。黎斯无光的眼中顿现精芒，喃喃自问了两句：“怎么会是这样？怎么会是这样？……”

黎斯望了望昏迷中的白珍珠，倏地起身道：“吴闻，帮我照顾好她。我要离开一趟。”

“去哪儿？”老死头转过脸问。

“崔府。”

黎斯并没向王杭等人解释，只身出了神庙。一番鏖战后翻过了墙头，按吴闻的法子专找高耸林立的屋顶行走，虽行路坎坷，但好歹没有暗血人的骚扰。大约三刻钟之后，黎斯返回了暗色无光的崔府大宅。

崔府的人早逃光了，处处狼藉杂乱，黎斯径直来到了书房。根据吴闻探来的消息，黎斯重新检查小红木凳，轻轻触摸三个微凹点，继而往中间一滑。

黎斯眼露精芒，暗暗道：果然有问题。

黎斯伫立在鹅卵石小径中，凝望银白泛光的幽寒水潭。真相就藏在这片止水之下，他往前一跃，纵身入水。

雨势越来越大，漫天银珠中观赏好戏的张象林打着一柄油纸伞，饶有兴趣地哼着小调曲，眉眼耸动。

突兀地有人打断了他的雅兴。张象林回头见是丑魁，问道：“什么事？”

“探子密报：凤溪那边有情况，有来历不明的兵马正从凤溪赶来北安。”丑魁语气紧张地说。

张象林眼中闪过一丝忧虑，远眺山下氤氲不清的女娲神庙，冷声说：“好戏也该结束了，接下来轮到我们上场。”

丑魁和阴影里的吴毒阴森森笑起。

女娲神庙，临近子时。

殿外的暗血人突然骚动，不再惧怕火光，犹若受惊的野兽不顾一切撞击殿门，断木声无比刺耳。差役们点燃了更多火把，但都无济于事，随着“咔嚓！”一声，殿门被生生撞开……

暗血人蜂拥扑入正殿，二十个差役勉强抵挡了一阵儿就抵挡不住了，便各自逃命，霍道章仰首长叹，摸出了匕首。领头人和两名高手护在轿前。王杭、朱超被冲散，不知所踪。吴闻横刀挡在老死头和昏迷的白珍珠身前。

暗血人先攻击手无寸铁的百姓，撕心裂肺的悲鸣中多数人难以幸免于难，成了暗血人的猎物。少许体壮的人拥出正殿，消失在茫茫黑夜中。

约莫一炷香的工夫，正殿的百姓死逃殆尽，挤满正殿的几十个暗血人目标转移到霍道章等人身上。王杭和朱超幸未遇难，王杭满面黑血，举着即将烧尽的火把喝道："来吧，你们这些混蛋，我跟你们拼了！"

暗血人狰狞地扑向王杭，王杭狠狠把火把戳向血目，暗血人吃痛得恶声咆哮，而火把熄灭的王杭凄然合眼。便在此时，门口传来一阵阴鸷的笑声，接着七八个人缓缓进入正殿。

霍道章双眼血红，切齿道："是你，张象林！"

女娲正殿出现的正是张象林，此外还有丑魁、吴毒和五个紫色劲装男子。

老死头摸摸鼻子，张象林身上有一股浓厚的花木异香，稍嗅片刻便感觉头目发晕，脚下无根。满殿的暗血人也似惧怕这种异香，张象林所到之处皆自行避让。张象林走到霍道章两丈外，惋叹道："霍兄，我早就跟你说过了。这银霜城不是你该来的地方，既然来了就再也走不了。"

霍道章恨声道："你这卑鄙无耻、阴险恶毒的小人，你想要害死小殿下！"

张象林哈哈大笑："霍兄啊，你也贵为堂堂三品尚书，不会到此刻才明晓其中玄机吧？若不是为了太子府的金贵之躯，我岂会如此劳师动众，殚精竭虑地布局操纵这一切，甚至不惜拿两万银霜百姓来陪葬？"

王杭插嘴道："张大……张象林，暗血瘟是你投放的？"

"杀皇太孙是需要付出代价的，这暗血瘟和两万百姓就是代价。当然了，也包括在场的各位。"张象林毫不掩饰地承认。

"简直丧心病狂！你可知那是两万条鲜活的性命啊，有老人也有孩子，你却为了一己私欲屠杀他们……人在做天在看，你会遭天谴的！"王杭厉声呵斥。

"一己私欲？哼，我是为了天下社稷才这么做的。"张象林语气森森，"谁都知道当今太子孱弱无能，若江山交给他只会日薄西山。而定王则胸怀天下，志向远大。只可惜皇上太过宠爱太子府的这位皇孙，将太子位传于周迢也多因此事，皇上被皇孙翳目看不清真伪，我要做的就是帮陛下清龙目。"

“只要周烨死了，皇上震醒，储君位必定重新排序。定王有望，大世亦有兴国拓疆之望。”张象林冷眼望着霍道章背后的小轿，轿内便是皇太孙周烨。

霍道章紧握匕首：“乱臣贼子人人得而诛之。张象林，只要我活一日，你的窃国阴谋就休想得逞！”

“嘿嘿，就凭你？现如今城内肆虐的暗血人，城外铮铮五千玄颉铁军，你对付得了哪一个？就算眼下你攥着的匕首，除了能杀自己，你还能伤得了谁？耄耋老朽，苟延残喘而已。”张象林揶揄道。

“你、你……”霍道章气愤不已，话不成句。

王杭插嘴问道：“玄颉铁军、潜伏魔人也是你的杰作？”

“正是。为了确保计划万无一失总得采取些有效的手段，潜伏的魔人就是为了断粮断药，让你们于困境里自生自灭。而遣调玄颉铁军是为了绝你们后路，打消求救的念头。”

“你把阴谋诡计都讲出来了，就不怕我们泄密？”王杭迟疑地说。

张象林把殿内的人仔细瞅了一圈，而后狞笑道：“不怕，死人是不会泄密的。我这次露面就是为了早一步送你们入地府，在那儿你们爱怎么说就怎么说。嘿……吴毒。”

吴毒极其缓慢地答应道。与之形成鲜明对比的是吴毒的速度，宛如鬼魅，只一眨眼已欺身至一名高手面前，双拳内扣疾风般施展出一招“老汉抱钟”。这名高手眼疾手快，半转身撩踹下阴。吴毒冷声一笑，单踩脚“凤凰展翅”，变拳为掌横扫对手面门。高手也挥出一掌。

在两掌相对的刹那，高手惊愕地发现对方手掌呈现深紫色，掌对掌，高手陡然眼前生缬，喉咙一甜，吐出一大口紫血。

“掌上有毒！”高手硬生生憋出四个字，砰然倒下。

吴毒阴恻恻地骂道：“没用的东西。”

话落，他纵身扑向第二名高手。第二名高手眼瞅吴毒掌上有毒，刻意避开与其对掌，但也只坚持了四五个回合，就被吴毒妖魅身法转得晕头转向，后背着了吴毒一掌。高手毙命，其他人注意到吴毒的手掌又变成了深蓝色。

王杭喝令仅余的三名差役，差役颤巍巍横刀而上。

但只一息之余，三名差役各中吴毒一掌，三人猝死。而吴毒的掌面瞬时连变红、绿、黄三种颜色。张象林拍掌道：“五毒魔君的五毒掌果然名不虚传，每一掌都蕴藏不同的剧毒，让人看着便已吓破心胆。”

吴毒睥睨地跳过三具尸体，奔向领头人。领头人拎着一把沾满血迹的朴刀，昂然道：“来吧。”

眼见功劳都将被吴毒一人独揽，灰衣人丑魁袖里滑落一柄短刀，身如秃鹰般猛地袭向领头人，同时喝道：“吴毒，这家伙让给我。”

吴毒满脑子尽是血淋淋的杀伐，又岂能把大肥羊让给丑魁？手掌接连变换五色，五毒掌酣战领头人。丑魁恨得咬牙切齿，长袖半卷刀锋刺向领头人后背。

张象林眼瞅着霍道章最后一道屏障即将崩塌，不由心情大悦。冷不丁听到一声惨呼，随声望去——吴毒后心竟插着一柄短刃，而下手的赫然是一脸孤傲的丑魁。

“你敢对我下黑手……”吴毒表情如同要吃人。丑魁牙缝里挤出半个“喊”字，抽回短刃，一道血泉从吴毒后心喷出。

吴毒闷哼倒地，死不瞑目。

“丑魁，你在做什么？”张象林又怒又惊。

“老匹夫妄想谋权乱政，我丑魁怎会跟你狼狈为奸？今个就拿了你这老贼向霍大人请罪。”丑魁刀砍向张象林。殿中五个紫衣劲装男子齐齐飞身而来，护着张象林，同丑魁战作一团。

情势风云突变，谁也没想到丑魁会反戈一击。领头人望了望霍道章，霍道章默默点了下头，领头人也加入战场，与丑魁肩并肩对战五个紫衣人。

殿中每个人的视线都集中在丑魁这里。在完全没人注意的情形下，一道模糊的人影闪入殿内，浮光掠影般绕开众人，停在了小殿下轿前。

人影伸出手，掀起小轿帘布。小殿下仿佛受惊，惊讶地望着帘外人。

人影摸了摸小殿下的脸颊，小殿下动也没动，任由抚摸。人影似发现了什么，缓缓挑起小殿下的眼睑，凝视观察……倏然一只手拉下帘布，怒声道：“黎神捕，你胆敢冒犯小殿下！”

说话的是霍道章，轿前的人正是黎斯。

黎斯淡淡道：“黎某不敢。只不过有样东西想给小殿下看一眼。”

“给我看也一样。”

黎斯颔首，缓缓从怀里取出一样黑沉沉的物件。

霍道章一怔，盯着物件问道：“这是什么东西？”

“这是铜炉碎片，是从崔府潭底第二具崔云海尸体上发现的。”黎斯目光同霍道章在半空相遇。霍道章眼神躲闪道：“你、你在说什么？”

“霍大人，你应该知道的。因为我要说的，正是你做的事。”

第十二章 黄泉无伴魔人泪

银霜城女娲神庙正殿，殿中央鏖战正酣，一侧角落里只有黎斯和霍道章面对面伫立。

黎斯轻声徐徐道来。

首先吴闻在守护崔云海尸首之时，无意间听到隔壁两个家丁在悄声谈论，其中一个家丁说："老爷最近神神道道的，不到一个月往水潭里撒了两次黄沙。非说什么金沙旺水，估计只有他才相信术士的谎话。"

"说起这个，我也觉得老爷最近有点反常。以前他在书房里只喜欢摆三足香炉，摆了就不轻易换掉，但最近却连换了两个炉子，最后这个还是单足炉，你说怪不怪？老爷莫非转了性子，也喜新厌旧了？"

"嘘嘘，有人来了。忙去吧。"

这便是吴闻听来的新线索：往水潭撒了两次黄沙，换了两次香炉。

吴闻将这些告诉黎斯，黎斯就像在漆黑长夜里发现了一抹流星，一个大胆的近乎疯狂的念头涌向心头。于是黎斯只身出庙，返回崔府。

在崔府书房里再次检查小红木凳，结果在三个微凹点中发现了新的微凹点，同样有三个，证明了之前吴闻听来的消息无误。黎斯暗忖：两次撒黄沙，两次撤换香炉，还有最关键也是迄今为止都无法解释的一条线索——林莽为何没有把鬼字暗码的密信销毁？综合以上三点，黎斯心头那个疯狂的念头愈加肯定了。

林莽之所以没销毁鬼字暗码的密信是因为——他已经死了。

在林莽杀了崔云海后，没几日他也被另一个人杀死了。这另一个人就是同样失踪的小六子，所谓回老家成亲只是障眼法，小六子做着跟林莽一样的事，秘密模仿崔云海，然后取而代之。但小六子还多了一个任务，就是除掉或囚禁林莽。

两次撒黄沙、两次撤换香炉就是为了掩盖潭底的两具尸体。

如果说林莽是阴谋里的一枚棋子，棋子名叫魔人。那么小六子则是同盘棋局里一枚隐身的棋子，可以管他叫影子魔人。影子魔人监视控制着魔人，数量也应相同。

黎斯越想越心惊，来到水潭边，真真假假的答案就藏在平静的水面之下，黎斯跃入水潭。在潭底一尺黄沙下，黎斯果然找到了第二具尸体，因为这具尸体更早，所以他才是真正的崔云海。早前被找到的尸首，则属于林莽。

黎斯携着尸体浮上水面，同时一个更大的疑问在眼前闪过——魔人是张象林秘密安插在银霜城里的，那么影子魔人又是谁安插的呢？

黎斯想到了一个人，只有他才有可能。

“霍道章。”黎斯一字一字说出他的名字，回忆结束，对面就是面无表情的霍道章。黎斯把线索、过程、结果都讲完了，感慨道：“虽然我很肯定影子魔人的幕后主脑就是你。但有一个问题，我却很难理解。”

“银霜城发生的一切无疑是数个阴谋垒砌的必然。即便你早已透彻张象林等人的巨大阴谋，并将计就计利用阴谋来重新制作计划，欲一举扳倒张象林及其幕后大人物。不过将小殿下置之死地这个筹码未免太大了，况且小殿下深得皇上宠爱，太子断然不会冒这么大的风险。我有过小殿下也是影子魔人假冒的念头，但转念一想，张象林这只老奸巨猾的狐狸若拿不准小殿下的真实性，是绝对不会冒失出手的，更不会拿两万人性命去冒险。所以，小殿下必然是真的。”黎斯嗟叹道，“问题又回到原点。太子不会放小殿下做筹码。张象林又必然肯定是小殿下。真相到底如何？”

“老死头说我是一个大胆的人，不是因为我胆子大，而是我敢大胆去想。”黎斯目视霍道章，“我绞尽脑汁终于想到了一个可怕而合理的答案。所以我秘密潜回神庙，就是为了验证我的想法。”

黎斯望向小轿：“小殿下面目虽如常，但双眼呆滞无神，双手垂而虚力，印象最深的是小殿下瞳孔里的黄绿色眼液，那并非眼泪，而是一种可以将尸体保持常态的古老药物的衍生液。我真希望我从未听过这种古药，但偏偏从老死头的《古物纪事》中读到过，它叫作神仙散。神仙散可保持尸体不腐不朽整整百日。”

“所以很可怕的猜测是正确的——小殿下早就死了。”

黎斯放缓语气，但声音渐渐凝聚成一股不容置疑的力量：“因为死了，太子才会答应你的要求。而你则利用一具尸体钓上了张象林这条大鱼，甚至是更大的鱼。至于影子魔人的存在，就是为了把魔人一网抓尽，用作以后问责张象林的人证。北安中州、定王心腹、玄颉大营、暗血人魔、两万无辜百姓，种种因素叠加，恐怕你要问责的不单单是张象林，更欲向皇廷和天下人问责于定王吧，甚至于小殿下的暴毙也会算到定王头上。可对乎？”

霍道章深深凝视黎斯片刻，哂笑道：“久闻黎神捕心思缜密，洞察入微，今日初见足让霍某人佩服得无以复加。”

黎斯淡然未语，他在等霍道章之后的话。

霍道章先咳嗽两声，才道：“当今大世皇朝看似风平浪静，实则波涛暗涌。太子势单力薄，加秉性纯良，早已成为众矢之的。有多少人在觊觎谋算，黎神捕也应当知晓。吾等愚臣为护皇室正统，有些事情必须去做，哪怕这些事是肮脏的，甚至于会惹得天怒人怨，也在所不惜。哼，虽然我憎恶张象林这等卑劣小人，但他说的有一句话我赞同：寄身皇廷，身不由己。银霜城的事，我亦是万般无奈下的身不由己。”

“黎神捕的推测不假。我也可以尽然告诉你。”霍道章继续说，“十一月小殿下突染怪疾暴毙，太子伤心欲绝，同时发现身边藏有定王系的内奸。我于是冒死向太子献策，太子几经思量应允了。太子府封锁了小殿下暴毙的事实，并散播太子妃病重，小殿下欲往女娲神庙祈福的消息。张象林等定王心腹几番明里暗里地试探之后确信不疑，继而着手在银霜城谋害小殿下的阴谋。至于小殿下掀帘、挥手等动作都是由轿内安装的精巧机关所控制。”

“对于张象林的阴谋你了若指掌。若我猜得不错，太子府里有定王的人，而定王身边亦有太子的人。”黎斯眸光射向殿中央的丑魁，缓声道，“就比如他。”

霍道章饱含深意地微笑：“黎神捕智珠在握，还有何事能瞒得了你？”

“不错，丑魁就是太子的人，也是他提供了银霜城阴谋的细节。魔人、暗血瘟、玄颉大营等，我相应地进行了安排。就像黎神捕前面推断出来的一样，影子魔人对付魔人，尽量生擒以作人证。我还从幽州急调神射大营七千精锐以牵制隋冰。”霍道章顿一顿，“崔府的林莽是个意外，他识破了影子魔人，我只能杀他。但偏偏小贼孙三目睹了林莽被杀的场景，还在大牢里胡说八道，为了确保计划万无一失只能再开杀戒，我派丑魁去大牢里清除祸端。后来又查到一条漏网之鱼叫什么阿鼠的，丑魁也把他杀了，并从义庄盗走尸体销毁。”

“本以为毫无破绽了，但没想到黎神捕如此厉害，竟然一路查到了这一步。除了钦佩，我也无话可说。”霍道章摇头道。

“你想没想过张象林阴谋中最恐怖的环节是暗血瘟。你安排了影子魔人，安排了神射精锐，却忽略了被暗血瘟感染的庞大暗血人，万一你的护卫保护不了你，你可知后果？”黎斯目光熠熠地问。

霍道章脸色凄凄地颔首：“可我若瞻前顾后，张象林那只老狐狸怎肯相信我已是瓮中之鳖？无论何时，要收获就要付出代价。哪怕这代价如飞蛾扑火，无法回头。”

“银霜城两万百姓也是代价？”

霍道章一怔，缓缓点头。

“那么你跟张象林又有何区别？”黎斯赫然道。

“当然有区别。他是乱臣贼子，谋位乱政。我是匡扶皇统，身正其位。即便我双手染满鲜血，死后贬落泥犁魔狱我也无愧于心。”霍道章目露神光，咄咄逼人。

殿中央鏖战已近尾声，五名紫衣男子只余两名，丑魁和领头人愈战愈勇，胜利在望。

黎斯加快了语速：“你全盘托出，就不怕我告之他人，或者奏明圣上？”

霍道章眼含深意地看了看黎斯：“黎神捕，凡事三思。银霜城识破张象林阴谋的是你，定王心胸狭隘，必定视你为眼中钉肉中刺，欲除之而后快。倘若你再树立太子为敌，实为不智不谋。我既然坦诚相对，便是相信黎神捕能做出正确的抉择。”

“还请不要让老朽失望。”霍道章语重心长地说。

黎斯眸光坚毅，低首不语。

霍道章捕捉到黎斯细微神情，朝老死头那边望了望道：“有时候人不能只为自己着想，还要多为关心自己的人着想。”

黎斯身子一颤，顺着霍道章目光看到了昏迷不醒的白珍珠。

“我有一个要求。”黎斯眼神深切。

“请讲。”

黎斯吐言：“我要张象林交出暗血瘟的解药。”

“如果有的话，我答应你。”霍道章毫不犹豫说道。

殿中央，紫衣人全部毙命。

丑魁和领头人的刀尖上流淌着鲜血……这也是代价。

张象林想逃跑，但被王杭和朱超擒下。

同一时刻，银霜城外驻守的玄颉营地。隋冰眺望的尽头，黑尘翻飞，高竖着“神射”战旗的精锐步兵团如浪潮汹涌奔来。

隋冰如释重负地漠然道：“好想再痛快地醉一场啊！”

神射大营接管了玄颉大营的地盘。二十五日巳时，身披兜鍪铠甲的七千精锐进军银霜城，剿灭全部暗血人，救出了礼部尚书霍道章、银霜县令王杭、神捕黎斯等诸人，小殿下不幸遇害。

短短一天的时间，银霜城两万百姓有八千人惨死，血流成河，生灵涂炭。

幸存的一万二千人接受了严格的疫种检查。八千尸骸在城外三里挖巨穴掩埋。

大雨终于停歇了。银霜城贫民区的一间地窖里，一个圆乎乎的脑袋从窖口冒了出来，眉宇间凝聚着深刻的坚毅。当他看到一张张人脸而非怪物时，他从地窖里蹦出来，同时激动地朝里面喊：“奶奶、小琴，没事了。那些怪物都不见了，不见了！”

小琴搀着奶奶出来。

“希望每一个人都平平安安。”小琴揉揉酸涩的眼睛说。

暗血瘟没有解药。张象林身上可令暗血人避让的是一种叫作枯骨香的香粉。据说是由食虫魔花提炼出来的，极其神秘稀有，能令百虫丧胆。

前夜神庙暗血人的骚动也是源于枯骨香的威慑，迫使暗血人发狂。

霍道章跟黎斯、王杭告别，押送着张象林和剩余的魔人回圣城。

老死头突然不辞而别，只给黎斯留了张纸条说遇见了老朋友。吴闻有事他往。白珍珠一直昏迷，黎斯买了辆马车把丫头安置妥当，准备送丫头先回白家。黎斯想起再看到轩辕善时，不知道该怎么样对他解释。

朝阳稀稀，马车徐徐。

尾章

三天后，青州金州接壤的哈尔湖。黎斯睡醒一看，脚跟前站着一个人，是一身灰袍、看人用鼻孔的老家伙，除了老死头还能是哪个。

老死头跟黎斯解释，原来他遇见了鹰捕严成，打听到一些关于蒙锐的消息。据闻蒙锐不但没死，而且去了东海中的一个神秘小岛寻找他失踪的妹妹。

接着，老死头跟黎斯讲了一个更惊人的消息：在返回圣城的途中，张象林和魔人都被杀了，杀人者竟然是崔云海。

老死头一边说，一边挑着眉毛。这老死头肯定也洞察到影子魔人以及霍道章的阴谋了，却装作跟没事人似的，好不狡猾。

黎斯干脆跟他全说了，而后诧异道："这个崔云海无疑就是影子魔人小六子，但他没理由杀张象林和魔人呀，这不等同于背叛了太子，而帮了定王？"

老死头沉声不语。

黎斯脑海里倏然又闪过一个大胆的念头，出口道："莫非这个崔云海是林莽，而小六子才是被杀死的那个？"

老死头慢吞吞接话："那林莽杀了小六子，察觉到霍道章的把戏后，为什么没有告诉张象林？如果他说了，张象林也不至于此。"

黎斯心头千回百转："我一直在想魔人跟张象林之间应该并非直接联系，而是还有一个衔接的中间人。林莽把发现的告诉了中间人，但中间人并没有告诉张象林。”

“那么鬼字暗码的密信又如何解释？”老死头又问道。

“我们看到密信在林莽的小屋里，先入为主地认定它就是林莽写的，但或许它跟林莽毫无关系呢。”黎斯语出越来越惊人，“我甚至觉得那是有人故意留给我们的一条线索。”

“谁？那个中间人……”老死头想想说。

黎斯慢慢点头。

“中间人到底是谁？”老死头深思道。

黎斯没说话，眼前倏地闪现过一张熟悉而陌生的面孔，他有着一个坚硬无比的名字——骨头。

会是他吗？会是吗？

而当黎斯和老死头喋喋不休谈论之时，马车里昏迷不醒的白珍珠眼皮轻轻动了动，一滴清泪悄然滑落脸颊……

她是否知道，有人在等着她醒来？

无果门

楔子　夜雨萧萧鬼门开

这一夜，安城下起了入春以来的第一场大雨。漆黑的雨幕里，南涧收了收裹在身上的长衣，一阵突如其来的寒意让南涧有些惊讶。许多年了，江湖上的血雨腥风，早让南涧忘了寒冷的滋味。但这一夜，南涧重新感觉到了寒冷，而这寒冷似乎并非来自这冷寒的春雨，南涧停住了脚步，转过头。

安城外的长桥旁，流淌而过的黑河压抑着似乎要飞冲而出的浪花，南涧走在桥边，方才那股冰冷的寒意更清晰地传来，袭上了南涧的身体、血脉，直到心脏。

几乎是本能，南涧撩开了长衣，他赖以成名江湖十六年的飞燕剑就贴在他腰畔，南涧的手搭在剑上，人剑合一，只要手中有飞燕，南涧的脑海中就不再考虑别的东西，寒冷、恐惧、迟疑通通靠边，只留下一个字——死！

不是飞燕饮血，便是自己亡命于他人剑下。

南涧目光盯着黑河河面，他在等，等令他感到心寒的真相出现。但黑河河面依如原样，由于焦急，南涧额头冒出了汗珠，为什么？南涧不明白，融入身体中的嗜杀本性令他随时可以找出身边的危险所在，但这一次，南涧觉得自己把握不准了，握剑的手轻微地抖动起来。

时间如同黑河河水一直流逝着，南涧脸带迷惑地放下了长衣，方才的寒意完全消失不见了。南涧转身，陡然一声异响，黑河河面上的水波突然收拢，一抹黑影从河水深处浮了上来。

飞燕已然出鞘，南涧冷眼望去，在迷茫的目光里，他看到一个沉重的黑木箱子缓缓从河中浮上来，上面扣着一把同样黑沉的大锁，木箱完全从河底浮了上来，漂荡在黑河河面上。

这是什么东西？南涧心中自问。刹那间，消失须臾的寒意再次袭来，直迫南涧心脏，让他感觉呼吸困难。南涧是个名闻天下的剑客杀手，但他并不是个有耐心的剑客，飞燕飞射而出，刺落了木箱上的大锁。

木箱缓缓打开，南涧目光随之一点点聚集，那是……

南涧惊讶地张开了嘴，目光中现出惊恐，乃至绝望的神情，黑乎乎的箱内开启了一扇——门！

一扇黑门，如同是来自地狱的鬼门。

南涧最后的意识就停留在黑门被打开的一刹那，他的精神世界崩溃，整个人跌落进汹涌翻滚的冰冷黑河水里。而漆黑的木箱缓缓合上，如只是水花一朵乍现而逝，转瞬便沉入到了河底。

第一章　不可思议的死法

黎斯静静地坐在漆黑的巨大石屋里，屋子里弥漫着一股冰冷的死亡气息。对于这种死人的味道，黎斯其实并不陌生，自己的老朋友老死头就是个专门验尸的仵作，对于黎斯来说，对这种味道非但没有感觉厌恶，反倒是有了几分亲切感。

黎斯笑了，这次来安城的前一晚，自己抢占了老死头的敛尸房做睡房，让他在外面冻了一晚上。黎斯此时还记得，老死头送别自己离开时，恶狠狠地说：“走了好，走了好，到活人堆里去，少来我这死人窝里烦我。”

黎斯想罢，抬头瞅了瞅面前，黑黑的敛尸房里阴风阵阵，看来就算离开了似水城，离开了那老死头，自己还是离不开这死人窝啊！

黎斯伸出了手，轻轻一搭，放在前面一名老捕快的肩膀上，老捕快怪叫一声，脸色铁青地回头看着黎斯。黎斯笑笑问道：“怎么了，冯成？”

冯成可是安城的老捕快了，做了整整十年的捕快，但从来没有进过这敛尸房。这次若不是上头派来的这位黎捕头非要进敛尸房，又偏偏碰上敛尸房的捕快出丧，他是断不会走进这生人忌讳的禁地。

冯成随即苦笑一声，说：“黎捕头，这人身份已经查清了，乃淮南有名剑客、江湖人称‘金燕子’的南涧。他的死因也明了了，是落水窒息而死。只不知道黎捕头还要查什么呢？”

黎斯拍了拍冯成的肩膀说："冯捕头，查查只有死人才知道的事情。"

冯成似懂非懂地点点头。

黎斯转问："南涧留下的东西里可有什么可疑的？"

冯成迟疑了下，说："若真说可疑的东西，的确有一样东西我看不明白。"

一张纯白色的纸片，拇指大小，静静地放在黎斯手掌中心，纸片正中模糊地写着四个字——莫涟旧友。

"莫涟旧友，难道南涧此次来安城是为了会友？那他的死是否同这位旧友有关？"黎斯喃喃自语。

身旁冯成突然闷哼了一声，两眼直勾勾望着黎斯身侧，声音颤抖地说："动了……他动了！"

黎斯转过身，发现南涧早已僵硬的身体突然抖动不止，如同一只巨大的白色尸虫。黎斯目光被吸引住，南涧惨白的肌肤上，一缕缕诡秘的紫线出现在血脉之中，瞬间汇聚到心脏附近。随之，紫线变深，成了模糊的紫气一片，游荡在南涧心口。

黎斯恍然道："竟如此！"

"什么？"冯成惊慌道，"黎捕头，这、这莫非是诈尸？"

黎斯摇头："诈尸又岂有这个可怕！你可知道南涧胸口的紫气是什么？"

冯成摇了摇头，黎斯缓缓接口："这是南涧生前对敌时凝聚在体内的庞大内力，但不知道什么原因，南涧并没有将内力挥出。更可怕的是，这些内力完全崩溃了。这说明，南涧在临死的时候，心脉碎裂，内力散于身体各处气脉。而能让心脉碎裂的，只有两个，一个是被高手以内力震碎，但这并不可能，因为全无南涧与人对敌的痕迹留下，而另一个……"

"另一个是什么？"冯成接口问。

黎斯目光收紧，道："恐惧，绝望的恐惧，直至肝胆俱裂，心脏破碎！"

冯成目瞪口呆地望着黎斯，又看着渐渐平静下来的尸首，冷汗流了下来。

但会是怎样的原因，怎样的情景，才能让南涧这样刀口舔血过日的江湖剑客，肝胆俱裂，活活被吓死呢？黎斯想不出来，只觉得一股子寒气在敛尸房漆黑的空间里，禁不住打了个冷战。

“可以走了。”黎斯撂下一句话，走出敛尸房。冯成这才缓过神来，迅速地跟在黎斯身后走了。

冯成领着本城的捕快去寻找南涧一案中莫涟旧友的线索，而黎斯呢？

一张桌，一张椅，一把壶，一盏杯，一碟菜，一大碗热面，黎斯在吃面，已经吃得满头大汗。吃了一大碗辣子牛肉面，黎斯打了个饱嗝，一股暖意从内心涌出，这才将背后的寒意消去了不少。想起今天发现的种种，黎斯就觉得头大，干脆继续埋头喝牛肉面汤。

牛肉面店铺并不大，就在安城县衙背后的小巷口，巴掌大的地方，生意也并不热闹。牛肉面店铺老板是个须发皆白的老者，看样子有六七十岁了，老者眯着眼睛，专心地嗑着面前柜台上的一小堆花生。说是嗑花生，但根本就听不到什么声音，估计是老者的牙都已掉光了。

这个牛肉面店铺是冯成介绍的，开始时黎斯还不以为然，但没想到吃过后，觉得这家的辣子面独成一味，让人馋舌。于是黎斯每每心情不佳时，就喜欢来这里吃面，吃得越多，心中的烦心事也就去得越多。

黎斯重重地将面碗搁在木桌上，觉得心里舒坦极了，数了数桌上的空碗，足有四个。黎斯摸了摸肚子，笑了。

“老板，可有方便的地方？”黎斯向老者问道。老者随手指了指自己身后的一扇小门，黎斯推门出来，没想到，门后豁然开朗，有一块占地不小的空院，院子的一侧是一堵高墙，县衙的高墙。从这里可以看到高墙上黑色的壁沿，整座县衙中，只有一个地方是由黑色壁石垒砌而成——敛尸房。

黎斯背对着黑墙，对着一棵枯死的树方便。须臾间，黎斯突然觉得浑身不自在，尤其是后背一阵阵地发冷，黎斯心中一惊，猛地转身。

一双冰冷的目光正静静地盯在黎斯身上，黎斯只望了这目光一眼，就全身软了下来，禁不住叫道：“你，南涧？”

这双眼睛的主人就是南涧！只是此刻南涧脸上、身上每处都是鲜血，黎斯看到高墙上有一道暗黑色的血迹从另一端蜿蜒而来，他稳住心神，冷冷地说道：“南涧，你没死？”

南涧不说话，只是盯着黎斯，喉咙里发出类似野兽的低吼，双手双脚着地，整个人如狗一样蹲在地上。突然南涧冲向黎斯，黎斯早做好准备，一闪而过。谁知南涧身体在半空里弯曲到一个不可思议的角度，然后窜进了牛肉面店里。

黎斯追了出来，南涧却早没了身影，黎斯忙去问老者，老者慢条斯理地抬起头来，完全不知道发生了什么事情。见无法找到南涧，黎斯准备返回县衙敛尸房。

敛尸房的门被黎斯一脚踹开，阴冷的气息扑面而来，黎斯同冯成都是忍不住心中发寒，黎斯将目光投进敛尸房，虽然已经知道希望不大，但他还是寻找着南涧的尸体。

出乎意料，南涧的尸体还在，平静地躺在尸床上，只是南涧的人皮却不见了！

鲜血滴滴答答溅落，黎斯望着血肉模糊的一片，只觉得胃部翻腾似城外黑河之水，再也无可压制了。

事实是：尸体在，皮没了！

第二章 妙笔生花鬼影重

展信的心情还是不错的，埋藏在心中多年的那个梦想又在蠢蠢欲动了，而且这一次，似乎梦想的实现不再遥远。展信抬起头，借着日落余晖，望着灰白城墙，墙头上写着两个大字——安城。

多年后，自己竟然又将见到那个人，他果然会有自己想要的东西吗？展信只觉自己在被命运捉弄。

安城里的日光突然暗了许多，展信便加快脚步。走过一个长街拐角时，展信停下来，他感觉自己走不动了，因为他的目光被一样东西所吸引，再也无法移开。

女孩举着扇画，窃窃私语，微微回头却发现一个高大男子站在自己身后，眼睛眨也不眨地望着自己。女孩低呼了一声，扔下扇画跑了。扇画老板见状，面容愤怒，喝道："你搞什么，坏了我的生意！"

展信没说话，将一锭银子砸在老板货架上，举着扇画，迎着暮色日光，面容沉醉地微笑。扇画老板觉得自己碰到了疯子，悻悻地收了银子走了。展信摇晃着扇画，扇画上其实并没有多少景致，只一户高门宅院，藏于自然山水中，门外有一架微摇而起的秋千，一方绣着仕女的手帕落在秋千下。展信耳边似听闻到一个声音甜美的女孩，嬉笑着说："我的帕子落在外面了，我去找来。"

展信眼睛散发异彩，牢牢盯着那扇大门。

门一点点被打开了，一个纤细的身影缓缓地流了出来，如此美好……

门敞开了，在展信眼中，门后的所有事物汹涌而出，灿烂夺目！展信忘我了，甚至在最后听到一声凄惨的叫声后，展信都没有明白，这一声惨叫竟是属于自己！

黎斯筋疲力尽，这两天发生的不可思议的一幕幕转过脑海，让黎斯辗转反侧睡不着。黎斯转身，发现一个诡异的黑影出现在自己门前，扑在门上，使劲地砸门。

“谁？”

“我，冯成。黎捕头，出事了！”

黎斯打开门，问：“什么事？”

“又、又死人了！”冯成快哭了，黎斯也好不到哪里去，这就叫“好事不成双，坏事相伴来”。

深夜，县衙，敛尸房。

黎斯看了下新送来的死者，又发觉冯成面色始终难看，黎斯觉得有些不对，问道：“是不是你发现了什么？”

冯成点头，从旁边小架上取来一块小银牌，银牌上用篆书镂刻着几个字——流风场展信恭侍。黎斯也是朝廷中人，虽不愿同官场上的虚假面孔来往，但这流风场的名头还是听过的，乃是当今太子一手扶持的官场势力，其中多有朝中重臣，这个所谓“恭侍”既是叫得出名号，想来官阶也不会低了。

“黎捕头，这下麻烦大了，流风场的人死在安城，估计安城少不了一片血腥风雨。”冯成面容凄苦地说。

“多说无用，先看看死者。”

展信平躺在尸床上，面容松弛，一抹诡异的微笑凝在嘴角，双眼微睁，似乎望着或回忆着什么，服饰平展，没有异常。冯成额头满是汗水，叹息一声说：“怪了，全身上下并未发现一处伤痕，人却这么死了，会是怎么死的呢？”

黎斯也是上下仔细查看了一遍，目光一收，突然道：“冯捕头，你看他右手。”

冯成忙去看，看到展信右手拇指竖立，四指微拢，看上去都在用力。冯成瞧出点端倪，说道：“他死前莫非手中有物，就用这右手握着，但死后却没有发现什么，是被人取走了吗？”

黎斯点头说：“有这个可能，如此一个外乡人来到安城不应该没有人注意到，冯捕头，多加人手，我们需要当时在场的证人。”

冯成点头应着，心中自叹：看来这外来的捕头果真有几分眼力。

“但他的死因呢，不会是平白无故的猝死吧？”冯成疑虑道。

黎斯目光流转，同展信目光相对，黎斯心头一动，他微微探下身，挑开展信微睁的双目，一根细若游丝的银针深深刺入展信目中，没入大半，只余了根针尾在外面。

黎斯捏住针尾，缓缓抽出了银针，冯成愕然望着，张大嘴道：“眼中针杀人，前所未闻，前所未闻啊！”

黎斯望着银针，神情一点点变冷，喃喃道：“凶手早已做好了杀人的准备，我预感，这场杀人游戏并未结束，还会继续发生。”

冯成闻言，神情肃然。

黎斯盯着展信淡然的目光，低声说：“可究竟看到了什么，让他连死都在笑？”

黎斯看得出神，一声惨叫突然传进了敛尸房，冯成面色瞬间煞白，支吾道：“难道、难道又出人命了？”

冯成话音刚落，黎斯早已经冲了出来。声音来自敛尸房后，黎斯绕过黑屋，敛尸房后只有一堵插入黑夜的高墙，黎斯没有迟疑，整个人像只巨大的夜鸟飞了上去。

墙外是黎斯经常去的牛肉面店，莫不是老者出了危险？

墙的这一侧很昏暗，黎斯脚下突然一滑，同时一股浓烈的气息迎面而来，黎斯脑中“嗡”的一下，这浓烈的味道如此熟悉——是血！

黎斯脚下赫然出现了一大片血泊，似小河般蔓延于院中，黎斯心冷了下来，这血是谁的？莫不是老者已经遇害？他会是这一系列离奇杀人案的第三名受害者吗？

路只有一条，黎斯踩进血泊里，对着店内喊道：“老先生，可在？”

店中无人回应，只有角落中摇曳着一点烛光。黎斯刚准备走向店内，脚下突然一紧，黎斯低头看，暗红色的血泊中，一双血手抓住了黎斯的脚，死死抓住不放。

随后，一道虚弱的声音传来：“救我，救我……”

“是你？”黎斯发现脚下之人正是面店老人，但老人此时此刻满身血污，一双目光惊魂未定地瞧着黎斯，若不仔细认，根本分不出是人是鬼。

“老先生，这里到底发生了什么？”黎斯问。

老者浑浊的目光充满惊恐，声音诡异，说道：“门，那里有一扇门！”

门？黎斯心中一惊，目光随着老者而望去，但视线尽头，就只有一棵枯树，哪里有什么门？

老者挣扎着站起身，目光骇然道：“黎捕头，我没骗你。方才那树上果真有一道门，漆黑黑的门，门打开后，涌出了好多的血，还有、还有一张人脸！”

“人脸？”黎斯再是一惊，问道。

老者点头：“我当时想逃。但那张人脸像是活的，它游了过来，贴在了我的脸上。我惨叫了一声，就没了记忆了，醒来时，就看到了你。”

枯树尖锐的枝条指向天空，黎斯望着，心中突然有了一个古怪可怕的念头——门，莫不是传说中百鬼夜行而出的鬼门？！

面店老人受了不小惊吓，一整晚都在自言自语，黎斯担心他出意外，陪着老人一直待到天亮，老人鼾声迭起，黎斯才打着哈欠从面店走了出来。黎明时的风最冷，这个时候的人也是最脆弱的。

昨夜惊魂种种，似已在新一天来临的曙光里，消散得无影无踪。黎斯心绪渐平，他开始用头脑冷静地将自己置身事外，另辟蹊径去思考。有时就是如此：当局者迷，而旁观者清。

黎斯转过面店小巷，拐进另一条窄巷里，窄巷尽头就是县衙大门。

微薄日光中，有个人影一直跟在黎斯身后，黎斯加快了脚步，身后的人如影随形。

转进一道巷门后，人影停住了脚步，因为，黎斯不见了。人影愣在原地，头顶突然一痒，像有人在挠自己的头皮，人影抬头，黎斯正双腿撑墙，置身半空中。黎斯望着人影，突然笑了：“久违了。大清早还跟着我，真是辛苦了，要不要请你吃个饭？”

瘦长人影一声冷笑，手摸向腰旁，一道金光闪过后，瘦长人影连着黎斯都不见了。

——他们，一个、两个，人呢？

牛肉面店的老板余老头揉了揉眼睛，昨夜的枯树鬼门让他后怕不已，活了几十年了，第一次碰到只想想就后背发麻的事情，余老头暗下决定，自己一定把那棵枯树砍掉。余老头抬头瞧着店中角落的黎斯，心道：这黎捕头昨夜里守了自己一夜，果真是个好捕快。

"吃。"黎斯说了"吃"字后，狼吞虎咽地吞了三碗热腾腾的牛肉辣面，这余老头可能是念着自己照顾他的情分上，白送了自己一顿，这可不能浪费。黎斯将第三个空碗撂在桌上，才说出了第二句话："你怎么不吃？"

黎斯对面的人，身材高瘦，腰旁别挂着一柄金刀，漠然说："你说请我吃饭，我以为是什么样的山珍海味，却只是面。"

"呵，还好意思说，大清早跟在我屁股后面，若不是我先认出了你这个老朋友，恐怕早一拳砸在你脸上了。"黎斯瞧了瞧面前人，道，"轩辕善，你可知道为什么我一下子就能认出你来？"

轩辕善摇头。

"就因为你这张脸，冷得跟天池的千年寒冰似的，我想不认出你来都难。"其实黎斯知道轩辕善自小接受非人的磨炼，虽练出了一身的好本事，但同时也练就了这样一张万年不化的冷脸，黎斯对此早就别无他法只能无奈接受了。黎斯擦了擦嘴，"真是，跟你一起吃饭，简直比去见阎王老头还难受，吃到肚子里也是冷的。不吃了。"黎斯打着饱嗝说。

"你不吃了？"轩辕善问。

"不吃了。"

"好。"轩辕善举起了筷子，慢条斯理地吃起面前的面。黎斯看着好笑，道："我还以为你不吃呢！"

轩辕善只管吃面，冷冷地放出一句话："两个人在一起时，至少有一个人必须是完全警觉的。"

黎斯笑了，这便是轩辕善，自己认识了十年的老朋友轩辕善，同时也是当今三大神捕之一的"金刀"轩辕善。黎斯望着轩辕善，目光含着暖意。

轩辕善吃完了，他吃得很干净，吃完后用随身手帕从内到外擦拭了一遍，才望着黎斯说道："问吧，我知道你有一肚子问题要问我。"

“好，我就在等你说这句话。”黎斯顿了下，问，“你一直待在金阳府，为何此次不远千里来到这西域小城？”

“为了一个人。”

“谁？”

“展信，太子礼师。”轩辕善毫无保留地答。

“果然是他。”黎斯叹息一声，道，“恐怕这次他回不去了。”

“为何？”轩辕善目光一冷，问。

“因为他已经死了。”

“哦。”轩辕善淡漠地瞅着空碗，“我还是想见见他。”

展信的面容僵硬，肌肤上出现了浅色的点点尸斑，轩辕善望着展信，心中想到，自己一共见过展信三次。一次是在太子府的礼堂上，当时他给太子讲礼。另一次就是在刑部大牢里，展信执太子信物，将一名外官全家二十余口全部羁押大牢。而第三次便是此刻，却已生死两隔，轩辕善望着展信尸体旁的致命银针，一时沉默。

黎斯忍不住问：“你不问我是谁害死了他？”

“你若知道早就告诉我了，你不说，说明你还不知道。你既然不知道，我自然没必要问你。”轩辕善话语里毫无情感波动。黎斯听他说话总觉得古怪，喃喃道：“轩辕善，你当差这么多年来，有没有人说你像个怪物？”

“有！”轩辕善突然从嘴角挤出了一抹笑容，却比哭好看不了多少，道，“他们总说我是怪物，因为我终日同怪物为伴。”轩辕善说完，意味深长地瞧了黎斯一眼。

黎斯心中窝火。轩辕善接着说道：“展信既死，太子定不会如此罢休。我不知道他同太子的关系，但既然叫得动我来寻展信，说明太子很重视他。估计用不了多久，太子的人就会来了。黎斯，你要早做准备。”

黎斯笑了，拍了拍轩辕善肩膀道：“准备我以前没有，但你来了，我就有准备了。”

轩辕善转头看着黎斯，黎斯正在笑，很坏很坏的那种。

轩辕善轻哼了一声，心中道：很不巧，自己又上了贼船。

第三章　碎碎平安　天下太平

正午时分，在安城东郊的乱坟岗里，一个身材瘦小的男子不住地颤抖，他在看着自己的手。

瘦小男子的目光里满是恐惧，绝望、无法说出来的恐惧，他的目光随着身体一并颤抖！

手微开，平伸。手中却是，一张轻笑的人脸，绝色、勾人。人脸印在一幅扇画上，扇画则放于瘦小男子的手掌中间，瘦小男子的目光便是瞅着扇画中绝美女子的笑靥。

火辣辣的日光在直射着，男子的额头却直冒冷汗，他喉咙滚动一下，身体猛地一抽，动了，动了，又动了！男子骇然的目光里，扇画表面泛出一丝异样，画中女子绝美容颜缓缓、轻柔地转身，纤细的背影流转在男子的瞳孔内，除此之外，在女子后脑上赫然出现了第二张脸。漆黑的面容，鲜红的五官，惨白的牙齿，吞吐的长舌，这已不是人脸，而是一张令人心惊肉跳的鬼脸！

瘦小男子的面部剧烈地抽搐，他挣扎着想要扔掉手中的扇画，但无论如何用力，扇画就像是长在自己手掌之上一样，无法摆脱。瘦小男子额头充满了冷汗，他张开嘴想要呼救，但要说的话刚到喉咙口，就被死死地卡住了，完全说不出一个音。

瘦小男子绝望的视线里，扇画之上，那张黑红白三色组成的鬼脸狞笑起来，一双白骨拼成的手从鬼脸口中吞出，刺出扇面，如蛇一样蜿蜒游向瘦小男子脖颈。男子双眼怒睁，但毫无反抗之力，男子绝望地低吼一声，一只手扼住了他的咽喉。

手是冰冷的，却光滑细腻，如同婴儿的肌肤。瘦小男子诧异地睁开了紧闭的双眼，眼前出现的是一张绝色少女的面孔，着一身翠绿如湖水般的莲裙，脸色绯红地盯着男子，男子再一低头才看到扼住自己脖子的根本不是什么白骨枯手，而是自己的手。男子一只手扼住了自己喉咙，另一只则抓住了绿衣少女伸来的纤手，抓得紧紧的。

绿衣少女冷冷地说：“还不放手？”

瘦小男子忙松开了手，手一松开，一件东西砸落在脚面上，却是那柄诡异全极的扇画。男子心一惊，还好，此时的扇画已然闭合起来。

绿衣少女用手帕用力擦了擦手，一脸晦气地说：“真是讨厌，本以为你要在这坟地自杀，好心出手救你一命。不想，你却是假装自杀，反过来要轻薄我，但很可惜，你找错了人。”

绿衣少女走上一步，一把抓住了男子的肩衣，像老鹰捉小鸡般将男子提了起来，冷若冰霜地说：“走，跟我去衙门，我要打你板子。”

“不，不，姑娘，你误会了。我不是想轻薄你，不是这样的……你听我解释。”瘦小男子无论如何解释，绿衣少女一概不理。瘦小男子实在不知道该说什么了，脱口问了一句：“你、你究竟是谁啊？”

不料这句话一出，绿衣少女脸色倏然变换，由冷若冰霜变得春光满面，少女回转了目光，笑道：“你问我是谁，是吗？”

瘦小男子不知所措地点点头。

“你记住了，我叫薛灵儿，是个捕快。”少女薛灵儿嫣然道。

“捕快？你是个捕快？”瘦小男子突然跳了起来，神情激动地说，“捕快好，捕快好啊，姑娘，你快点救救我，有……东西要杀我，它要置我于死地啊，你快点救救我！”

“谁要杀你？”薛灵儿神情一肃，问道。

“它！”瘦小男子将手一指，指着自己脚下，薛灵儿目光落了下来，那里，只有一柄扇子。

暮色时分，安城沉寂得如同一只巨大的黑兽，只听到城外黑河剧烈地拍浪，如同黑兽在低吼。

庭院森森，一条高瘦的人影似这黑夜的蝙蝠，轻灵敏锐地在假山小径间穿梭，只见人影微微一停，接着便已走出了几丈。终于，人影停住了脚步，微微抬头，面前是一幢漆黑阴冷的石屋。

人影伸出了手，摸向门锁，黑屋门锁落地，人影闪进了黑屋，径直走到黑屋最深处的一张木床前，木床上盖着一张尸布，人影毫不犹豫地揭开了尸布，尸布下，一张脸正对着他微笑。

“等你好久了。”黎斯从床上一个鹞子翻身，纵起、挥拳，捣向人影胸口。

人影没想到尸布下会是个活人，只需臾间，人影已回过神来，避开黎斯拳锋，整个人倒跳着如同僵尸奔向黑屋外，向敛尸房外逃去。

人影刚跳出敛尸房，一个人缓缓从旁边的树丛走了出来，一脸冰冷，腰旁金光微闪。轩辕善从不是多话的人，见到人影，他的金刀抽出，劈天裂地地罩在人影头顶。

人影转身蹿上了敛尸房房顶，身形如一只灵猴般跳跃至不远处的一棵树上，再一跳，又落在了假山山顶。但轩辕善的金刀一出，不见血是不会收鞘的，金刀仿佛是活的，任人影如何逃避，始终是罩在刀锋范围之内。

人影越来越近，轩辕善瞧见了他枯瘦的背脊。轩辕善冷喝一声，金刀终于斩了出去，“砰”的一声巨响，金刀斩碎了一堵月牙墙。

而夜袭而来的人影则静静地站立在咫尺外，轩辕善的目光望着他，一点点变冷，然后变得不敢相信。轩辕善看见了一扇门，一扇漆黑的门，门缓缓打开，人影一点点融入门里，不见了。

黎斯追上来时，轩辕善还在出神。黎斯问：“人呢？”

“逃了。”

“逃了？怎么可能？他不可能从你的金刀下逃跑。”

轩辕善摇摇头，指着面前一堵白墙说：“因为突然出现了一道门，他从门里逃走了。”

“门？”黎斯转目，望着空空荡荡的白墙，心中倏然想起了余老头所说的那扇门，那扇鬼门！

“我不知道究竟发生了什么，但我不会看错，是一扇门，一扇漆黑的门。”轩辕善抬头，仰望星空，缓缓说，“黎斯，这下我们真有麻烦了。”

黎斯重重地叹息一声。

黎斯稳稳地坐着，轩辕善望着他，缓缓道：“又请我吃面？”

黎斯摇头。他跟轩辕善又来到了余老头的面店——就在敛尸房后。黎斯望着身后端面来的余老头，说：“是吃面，但不是我请你，是你请我。因为你这家伙没有帮我逮到人。”

“我说过了，那人影躲进那扇黑门里了。”轩辕善淡漠道。

端面来的余老头听到“黑门”两个字，身体一阵颤抖，端着的面险些翻落，黎斯忙接了过来，余老头擦了擦鼻尖的汗珠，转身回柜台去了。

黎斯将面摆在自己跟轩辕善面前，说：“这自是怪不得你，但如果当时换了我，我一定追进那扇黑门里，就算真的有鬼，我也要抓住它，问问它，为何要一而再，再而三地现世害人？”

轩辕善听之一愣，许久才道：“不错，你会这样做。我们两个是不同的，有时，我很羡慕你的无所顾忌。”

“我也很羡慕你，永远那样冷静。”黎斯笑说。

“算了，吃面吧，要不会很酸的。”轩辕善突然笑了笑，这一次黎斯觉得他的笑容不是很难看了，原来这冷冰冰的家伙也会笑的。

轩辕善吃面很慢，也很仔细，像是要咀嚼出每一根面条的味道，他吃了几口，没抬头，问道：“有件事，我不明白。你是不是一早就知道凶手会来劫走尸体？”

黎斯吞食着面条，一口就吞掉了小半碗面条，裹在嘴里大口嚼着，过了一会儿说：“这凶手夺走第一名被害人的尸皮后，我就留了意，等到展信被杀，我虽不肯定他会来，但做做准备，要是能来个瓮中捉鳖也不错。”

“第一名受害人，就是那个剑客，叫南涧？”

“就是他，他可真是够惨。不仅被活活吓死，而且死后连皮都被凶手剥走了。”黎斯微微摇头，大口吞面。

“这有些说不通，既然凶手杀死了受害人，为什么不第一时间剥掉死者的皮，却要等到被县衙发现，再从敛尸房里盗尸剥皮呢？而且，这凶手为何要剥掉死者的皮呢？想不明白。”

“想不明白就别想了，要不脑袋疼。”黎斯说罢，顿了下又说，“不过，我倒是想到了一个理由。”

“什么理由？”

“凶手可能早就有了剥掉死者人皮的打算，而之所以等到县衙介入，再从敛尸房作案的原因，我猜测……可能是想把事情做大，让可能注意不到这件事的人注意到这件事。”黎斯吃面迅速，说话却慢了下来。

“为了吸引注意，吸引谁的注意呢？”轩辕善充满疑问地说。

“这就不知道了。”

黎斯吃完了面前的面，轩辕善瞧瞧自己才吃了一小半的面，表情无奈。

黎斯越觉得无计可施时，就越觉得肚子饿，这是来到安城后养成的不好不坏的习惯。他回身去叫余老头，想再要碗面。但叫了好几声，余老头一直没有回应。

黎斯脸色一沉，起身道：“有点不对劲。”

黎斯撩起帘子从面店后门走了出去，发现余老头正呆呆地站在院子中央，背对着自己。轩辕善也跟了出来。黎斯问：“余老，你怎么了？”

余老头似没听到，目光盯着某处，喃喃道：“这……怎么可能呢？”

黎斯来到余老头身侧，并肩而立，顺着余老头的目光也望向一处。昨晚倏然出现黑门的枯树，在这一刻，如烟花般，绽放出了满身的新芽，黎斯望着绿意盎然生长的生命，心中一阵没来由的恐惧，只一天，只过了一天，这早已成为朽木的枯树，是如何重新获得了新生？而且此时冬日未尽，却出现树芽，又如何想得明白？枯树如今生机勃勃，似每一刻钟，都会有新嫩的绿芽冒出来，而这越来越多的绿芽密布里，黎斯恍惚瞧见隐藏着的两扇黑色的、高高的大门，正在悄无声息地打开……

“啪！”一只手突兀地搭在黎斯的肩膀上，黎斯吓了一小跳，回头看是捕头冯成，冯成望着有些紧张的黎斯，问：“黎捕头，你怎么了？”

黎斯苦笑下：“没什么，你来找我是不是衙门出了事？”

冯成笑着说：“其实也不是县衙的事，只是明日是咱安城父母官怀成怀大人嫁女的大喜之日，怀大人特让我来给黎捕头送请柬，请黎捕头今天晚上无论如何一定要赏光出席才是。黎捕头，这是请柬。”

黎斯从冯成手里接过请柬，肯定地说：“好事情，这几日为杀人案忙得焦头烂额，是得借这大喜事冲冲霉气才对，冯捕头，我一定去。不仅我去，连我京城来的朋友也一道去。”

轩辕善听后，摇头苦笑。

冯成得到了满意答复，转身想走，走了两步又转回来说：“对了，还有一件事。”冯成将目光从黎斯身上移到轩辕善身上，道：“是黎捕头这位朋友的事情。方才有个老者来到了县衙，说要找黎捕头这位朋友，还让我把这个转交给你。”

轩辕善从冯成手里接过了转交的东西，东西被黑绸子包着，翻开来，里面是个银灿灿的小牌，牌上用端庄的古篆刻着四个字——流风场·碎。

轩辕善盯着银牌上的字，沉稳冰冷的面容也不禁变色，道：“他来了。”

“谁来了？”黎斯凑上来，问道。

“‘碎碎平安，天下太平’，太子府，流风四大高手之一的‘碎’——葛冲。”

“葛冲，他怎么这么快就来到安城？”黎斯面色一紧，突又一笑说，“也罢，这事总瞒不住他们，倒不如让这些人掺和进来，或许能把这潭浑水搅和得更浑，让那藏在水里的鱼儿上来冒冒泡。”

一行人形色匆匆地离开，余老头也回到面店，空院中只剩下了死而复活的树，树挣扎着，将原本压倒的腰一点点直了起来。一阵冷风吹来，树芽齐齐抖动，如同无数张开的嘴在诡异地大笑。

第四章 红灯高挂百鬼至

安城，县衙正厅。黎斯放慢了脚步，目光疑惑地望着厅里，然后转头望向轩辕善，轩辕善也是诧异。厅里，早有人在等候两人，但并非只是太子府的葛冲一个人，而是三个人。

两个男人，一个女人。一个目如鹰隼的锦袍男子，一个风华绝代的妙龄少女，另一个则是有些颓废的瘦小男子。

轩辕善当先向鹰隼目光的高大男子行了一礼，道："葛大人，一别半年，神采依旧啊。"

高大男子年纪在五十上下，正是太子府四大高手之一的"碎"葛冲，之所以得来"碎"这一个字的外号，据说是因为他的一双铁拳可以将世间所有东西击得粉碎。葛冲两鬓已苍白，微微颔首，说："轩辕捕头也是越发神勇了，老夫经常听太子说起你，夸奖你如何如何屡破奇案，真是后生可畏。"

"太子殿下谬赞了。"轩辕善挤出一丝笑容，但如黎斯所说，这笑容比哭好看不了多少。

葛冲再将目光移转，看向黎斯，鹰隼般的目光倏地深沉下来："这位应是只在传闻里，却从不愿多露面的第四大神捕，黎斯，黎捕头吧。"

黎斯干涩地笑了两声，躬身一礼道："葛大人客气了，黎某本事没多少，徒有神捕的名号，实在是愧不敢当。”

葛冲微微一笑，不再多说。

轩辕善瞧了瞧葛冲身旁二人，问道：“葛大人，这二位是？”

“哦，人是老了，倒忘记了给你们介绍。这女娃子是我的侄女，也是我不久前收的徒弟。对了，她现在也入了六扇门。日后，还得在轩辕捕头手下好好历练历练才是。灵儿，还不快见过两位神捕。”

葛冲所说少女就是之前出现在城东乱坟岗里的绿衣少女，薛灵儿。薛灵儿闻葛冲所言，笑嘻嘻地冲着轩辕善礼拜下去，然后抬起头说：“轩辕神捕，我是薛灵儿。现在是个小捕快，将来我也会成为女神捕。”

轩辕善望着薛灵儿，有些不知所措地点点头。葛冲则是目光深邃地望着薛灵儿，薛灵儿又转了头瞧着黎斯，摇头说：“你叫黎斯，你也是神捕？我没听说过你，我薛灵儿没听说过的捕快也厉害不到哪里去，看来就是你所说的，你本事果真稀松。”

黎斯尴尬笑道：“薛姑娘，说得是啊。”

“黎捕头，灵儿在来安城的路上还截下了个意图自杀的疯子，便在这里了。”葛冲目光扫过厅上瘦小男子。

黎斯不明状况，问道：“你是何人？为何想要自杀？”

瘦小男子忙摇头说：“大人，大人，我没有想自杀，是这位薛姑娘误会了。我不是想自杀，而是有……东西要杀我！”

黎斯目光一紧，问：“谁要杀你？”

“这个。”薛灵儿接口，拿出来一件东西，是一柄白面净扇。

瘦小男子果然被送入了大牢，如葛冲所言，这样疯疯癫癫、不知自己所说所做之事的人放在大街上就是个危险，黎斯很赞同，二话没说，便将瘦小男子关入了大牢。

关入大牢前，黎斯知道了这个男子的名字，他叫张有年。

处理完这个莫名其妙的疯子后，葛冲目光一扫，望着轩辕善，淡淡地说：“轩辕捕头，我此次来安城的目的，我不说，你也应该清楚了吧。展信之死我已知晓，方才也去看了他的尸首，但我还需要个说法，否则无法跟太子回禀。”

“这个……”轩辕善面有难色。

黎斯插嘴说：“葛大人，展信之死同前几日发生的另一起命案极其相似，黎某敢肯定，两案之间必然有联系，只是暂时还未找出，还请葛大人静候几日，我估计，那杀人凶手是不甘寂寞的，还会再出手。”

“哦？还死了一个人，是谁？”葛冲似好奇地问道。

“‘金燕子’南涧。”黎斯道。

葛冲微一沉吟，说：“这个人的名号我在暗访淮南时也曾听过，他是如何死的？也是被金针刺目而死吗？”

“不是，他不是死于金针之下，而是被……活活吓死的！”

葛冲闻言似吃了一惊，目光闪烁地望着黎斯，叹息一声缓缓道：“这世道……果然要变啊。”

次日，大红灯笼高高挂，灯美月美人最美。日落时的安城一隅，人声鼎沸，黎斯走在大街上，倒觉得自己有些不适应了，耳朵里嘈嘈杂杂的声音不绝，眼前花红柳绿的人影不断，黎斯觉得有些头昏眼花，轩辕善在旁边瞧着，问：“你怎么了？”

“我来安城这么多日子了，见过的人加起来也没有今晚见到的多。”黎斯望着不远处气派非凡的安城父母官怀成的府邸，说道。

“那是因为今晚上不是你嫁女儿，或许等到你嫁女儿的那一天，来的人要远比今天多。”轩辕善少有地调侃道。

黎斯苦笑：“有那样一天吗？呵，但我实在想不出我黎斯的女儿会是什么模样？”

“跟你一样。”轩辕善回答得干净利索。

怀府外早有家仆等候，引着黎斯和轩辕善进了怀府，怀府内外院十分宽敞，庭院楼阁不说宏伟，倒也别具一格、清新雅致，看来这位因病重在家静养多时的怀成怀大人还是位雅士。府内也挂满了红红灯笼，但比外面大街上挂的灯笼更大、更红、更气派，点点红光齐映下，怀府内一片喜气洋洋、红光冲天。

喜堂之上，冯成和怀府众人正热情地招呼着来往宾客。各种各样的贺礼堆在一角偏室，足有小山高。黎斯将贺礼放好，回到喜堂，冯成已经举杯来将黎斯、轩辕善劝进了主席，怀成面色僵白地站起身，脸露愧色道：“黎捕头，实在抱歉，本该亲自去门外相迎，但怎奈我这老病这两日又厉害了，还请黎捕头海涵。”

黎斯摇头说：“怀大人不必太客气，这样就很好，礼数多了，我还会不自在。只是还请怀大人好好休养身体，安城还等着怀大人主持大局。”

“是，是。”怀成点头，说不了两句又咳嗽起来。

黎斯没想到的是，没过多久，冯成就引着葛冲和薛灵儿来了主席，经怀成一介绍，原来怀成同葛冲是故友，还是同乡，此次葛冲虽为展信来到安城，但也有顺便给老朋友贺喜之意。

薛灵儿少女心性，来到人多的地方就高兴，东瞅瞅，西望望，若不是她容貌秀美，倒像是只闲不住的小猫儿了。不多时，喜宴开始。

安城风俗，新人喜结连理，需要先摆喜宴，次日天亮时才真正地对拜成礼。此刻，一对新人也陪在怀成身旁，奔走于各席间，给亲人朋友敬酒。

黎斯饮罢，偷偷呼了口气，想起曾经答应老死头跟吴闻不多喝，但今晚是大喜之日，自当破戒了。

轩辕善却是滴酒未沾，只是喝茶，目光平静地望着席间众人。

酒过三巡，不少人已有醉意，怀府门口突然传来了愤怒的惊叫之声，怀成缓缓起身，问：“怎么回事？”

家仆面色惊慌地回道：“有人送礼来了。”

“送礼来为什么要大呼小叫的？”怀成又咳嗽起来。

“但、但这礼……它不是礼！”

礼不是礼，本就是句矛盾的话。

黎斯不多会儿就看到了这喜礼，一团红灿灿的丝绸围着，红丝之下，竟是一具漆黑冷森的硕大棺材！

“这、这……岂有此理！”怀成怒喝一句，整个人往后一倒，昏厥了过去。

黎斯缓缓走出主席，绕着红丝黑棺走了两圈，一抬脚将棺盖踢了起来，棺材之内，静静地、安详地躺着一个人。但是，这个人……他不是人！

人又不是人，岂非鬼话连篇？

席上所有人的目光不约而同地都聚在这里，棺内，同样绕满了无数的红绸，围裹住棺材内的人，棺内虽是人，却早已是个死人，全身上下流淌着深褐色腥臭无比的血水，头微仰着，嘴大大地张开，一双眼睛里充满了恐惧，空望着头顶飘浮的红色灯笼。

黎斯望着棺材死尸，只觉后背一阵发凉，是谁？是谁将这样一具死尸送到新婚喜堂？黎斯转望怀成，莫不是怀大人的仇人？但此时怀成昏迷，黎斯也无从可知。

一阵不同寻常的大风吹过喜堂，将府内所有的红灯笼都吹至半空里，灯光忽明忽暗，所有人的面目都隐藏在明灭之间的红光中，喜堂上所有的人忽地齐齐屏息，因为所有人都听到了一个声音，声音其实并不重要，重要的是，这声音清清楚楚地是从那口黑漆冰冷的棺材里传来的。

所有人在看，所有人在听，然后，一只手倏然从棺材里伸了出来……

“鬼啊！”“诈尸！”瞬间喜堂似炸了锅，无数人抱头向外蹿去，你撞我，我碰他，倒地被踩到的人不计其数，黎斯没有动，他静静地望着棺材。棺材里伸出来的手还在，那种奇异的声音越来越清晰，是呼吸声！就如同溺水的人暂时获得了喘息之机，虚弱而拼命地呼吸。

轩辕善目光变冷，一句话不说，走向了棺材。不远处，葛冲将薛灵儿藏在身后，一双手掌渐渐变得黑沉。

向外拥出的人倏地都同时停了下来，不是他们突然间有了勇气，而是，怀府大门在这一刻，消失了……消失得干干净净，不留一点痕迹。

人们你看看我，我看看你，彼此眼神交流里，只有两个字——恐惧。

恐惧不可战胜，因为它不存在于外部，而来自于你的内心。

人们愣愣地站着，如同一根根石柱，又一阵强烈的冷风吹过，怀府灯笼被吹得更高，开始熄灭，一盏，两盏，不多时，一半多的红色灯笼熄灭。与此同时，一阵似有似无的夜雾开始出现，渐渐笼罩着怀府上下。

夜雾下，视线开始模糊，所有人只能靠听力来感觉周围。黎斯在看，他距离棺材最近，棺材里艰难攀出了第二只手，接着是一截几近秃顶的脑壳，然后就是一张脸，一张流着鲜血的脸。这张脸就这样出现在黎斯面前，喉咙里发出无法形容的呻吟声，折磨着黎斯的耳朵。

黎斯盯着他的脸，目光一点点变得不可测，突然道："你是，展信？！"

"什么，展信？"葛冲飞纵过来，落在棺材同黎斯中间，目光凝望着棺材里爬出的血人，喃喃道，"你果真是展信？你还……没有死？"

远处的薛灵儿见到如此血腥的一幕，早就闭起了双眼，但天生的好奇心又让她悄然睁开了一道缝，眼缝里，看到已成血人的展信，挣扎着想从棺材里爬出来。

但每一次挣扎，展信身上就流淌下更多的血，而黎斯也看得清楚，此时死而复生的展信，身上的皮都被人剥掉了。

展信突然大声叫了起来，目光惊恐地望着脚下，黎斯道："你怎么了？"

展信猛摇头，伸手指着自己脚下棺内，黎斯心觉不妙，冲了上去，但还是晚了一步，黎斯只看到，棺材内缓缓打开了一扇漆黑的门，门里一只手正死命地将展信往门里拉。

展信跌落进门里，黎斯冲到时，漆黑的门已然消失得无影无踪。

又一阵更大的夜风呼啸吹过，如同锋利的匕首划过脸颊，怀府所有的灯笼都被吹灭，风声停止时，喜堂最中央的一盏灯笼，缓缓地转开了一扇漆黑的门，一个纤细的影子清冷冷地从门里走了出来。

"啊！"黎斯听到一声凄厉的惨叫声，而这声惨叫发自身旁一个不可能惨叫的人口中。

黎斯望着摇曳在半空中的灯笼，目光如针一样想要将它望穿，诧异道："竟然是，竟然是……一只猫？"

第五章 美女如画鬼做脸

黎斯环视，薛灵儿好奇，葛冲冷望，怀成昏迷，冯成恐惧，而身旁的轩辕善则发出了一声凄厉似女子的惨叫声，黎斯诧异地回头望着轩辕善，又瞧了瞧了灯笼里仿佛傲视万物的一只漆黑的猫，恍然明白了：“轩辕善，你不会是怕猫吧？”

轩辕善始终没有变化的脸终于扭曲起来，他大喝一声：“你少废话。”

黎斯没时间再细问下去，灯笼上的黑门向这个空间散发着丝丝黑气，而挺立在黑门前的黑猫用它诡异的蓝色眸子将灯笼下的数人一一瞧了一遍。突然黑猫叫了一声，身体在高挂着的灯笼上连续跳窜。待几个人醒悟过来时，黑猫早不见了，而灯笼上的黑门也不见了。

同时，怀府的大门出现了，敞开着，面对着熙熙攘攘的人群。

葛冲面色凝重地望着黎斯，问：“黎捕头，方才的事你怎么说？”

“没得说。”黎斯愁容满面。

葛冲头也没回地走出了怀府大门，薛灵儿也紧跟着葛冲离开了。怀成的病情加重，冯成同怀成子女护送着他去外医了，怀府家仆和宾客也早就逃得没了影。一时间，原本无比热闹的喜堂只剩下了两个人，黎斯同轩辕善，当然还有一口黑棺材。

“看来这安城需要改个名字了。”黎斯突发感慨。

“改成什么？”

“鬼城！”

轩辕善一晚上都没有睡安稳，只要一闭眼，他总能听到一阵细微的脚步声在自己头顶上响来响去，一个小小黑黑的脑袋伸到自己眼前，脑袋上有一双诡异冰冷的蓝色瞳孔，这双瞳孔可以杀人，就像是多年前，死在这双蓝色瞳孔下的自己的亲人、爱人。冰冷的吐息吹在自己脸上，轩辕善猛地睁开眼睛，天色大亮，已经是第二天了。

一个疲倦的声音突然从房间里传来，轩辕善警觉地望去，黎斯趴在桌子上打着哈欠，见轩辕善醒来，道：“你醒了就好，有事要忙了。”

“什么事？你怎么会在我房间里？”

“第一个问题，是好事。第二个问题，这是我的房间。”

轩辕善这才发现自己躺在黎斯的床上，想再问，黎斯已经离开了卧房，轩辕善只得跟了出来。

黎斯径直来到了县衙大牢，大清早来这种地方，想想有些晦气，但黎斯毫不在乎，“扑通”一屁股坐在一堆稻草上，也坐在了一个人面前。

黎斯笑问：“早啊，要不要吃个面？”

黎斯让人端来了三碗热腾腾的牛肉面，余老头家的面。一碗给自己，一碗给轩辕善，另一碗给对面的人。对面的人身材瘦弱，目光颓废地望着黎斯，委屈地说：“黎捕头，我真的、真的不是疯子。”

黎斯开始吃面，道：“我知道，所以我现在要你把你知道的都讲出来。”

瘦弱男子正是昨天被大家当成疯子的张有年。

张有年面露喜色，缓缓地将自己经历一一道来。原来这个张有年刚好就是展信初来安城时遇到的卖扇人，当时张有年将扇画卖给了看上去有些癫狂的展信后，抱着看热闹的心情躲在巷角偷望展信，当听见展信仰天惨笑三声倒下身后，张有年等了半天也不见他起来，好奇心让张有年凑上前来，这才发现展信已死。后来衙门来人将展信尸体带走，却将落在一旁的扇画给遗忘了，张有年是个地道的生意人，有便宜不占也实在对不起自己，于是，张有年将扇画重新带回了家。

张有年说到这里，目光变得不安，他望着面前听故事的两人，说："但我回到家里才发现，原来那个死人买走的那柄扇画根本就不是我的，我打开扇画，起初上面看不见东西，后来竟然浮现出了一张脸，一张我从未见过的绝色女子的脸。"

黎斯表情有些古怪，沉声道："后来呢？"

张有年继续说了下去。打开扇画后，张有年其实也并没有怎么在意，心道可能是死人自带的扇画不慎遗落了，但时间来到后半夜，张有年一觉醒来，发现原本放在桌上的扇画竟贴放在自己脸旁，扇画被打开了，画里的女子面靥如花正对着自己微笑。张有年虽说有些吃惊，但也没觉得什么，可能是自己放的，却不记得了。但当张有年伸手摸到扇画时，他愣住了，他听到了一阵女子哭声，正是从扇画中传出来的。

张有年当时被吓了一大跳，滚下床，恐惧地望着扇画。扇画里的哭声没了，却似有似无地传来了一个女子的说话声，她说道："你不会忘记了我吧，你不会抛弃了我吧，我等了好久了，好久了……"

张有年脑海里顿时乱了，乱七八糟的念头都跑了出来，但到最后，只一个字渐渐清楚了，那就是——鬼！张有年尝试着靠近扇画，他心里抱着最后一丝侥幸，希望一切都是自己做梦，现在自己醒了，方才梦境里的事应该就会消失了。但等到张有年走到床边，却正看到画中女子转过了脸，她露出了后脑，而后脑上赫然出现了另一张脸，一张布满鲜血的鬼脸！

张有年说到这里，浑身忍不住发抖起来，他舔了舔舌头继续说："我当时真的要疯了，我离开家，漫无目的地跑，跑到最后实在跑不动了就抱着一块大青石睡着了。但等我醒来了，却发现自己竟然跑进了城东乱坟岗里，抱着一个墓碑在呼呼大睡，而更令我胆战心惊的是，那墓碑下面静静放着的就是那柄鬼扇……"

张有年一口气道出这许多，说得上气不接下气。之后的事情，黎斯也听薛灵儿说过了，黎斯沉吟道："张有年，那柄扇画上，除了那张脸，你可还记得有什么东西吗？"

张有年茫然地摇摇头，说："当时只注意到那张人脸了，别的好像就没有了。哦，对了，我想起来了，在画中女子转脸的一刹那，我好像看到了什么……"

"是什么？"黎斯追问。

“门，是一扇门！”

县衙后院的青石桌旁，黎斯跷着腿望着不远处流淌而过的池水，微微笑道：“真是越来越有意思了，先是被吓破胆的剑客南涧，然后是刺目而亡的太子红人展信，接着是更不可思议的一扇鬼门，后是棺材、死而复活的展信，直至方才听闻的画有女子面靥的鬼扇……哦，还忘记了，从黑门里溜达出来的猫……你说这些是不是很有意思？”

轩辕善面沉如水，但听到黎斯说至后半句，脸色微微波动，道：“我不觉得有意思，我觉得头很大，因为虽然知道这么多事情，却把握不到一丝一毫的线索可以跟进下去。”

“谁说没有？现成的物证咱就有一个。”

“哦，什么物证？”

“就是张有年口中的那柄鬼扇啊。”

冯成打开了县衙东头的一扇黑门，黑门吱呀呀地被推开，冯成惊讶地指着房中角落道：“扇画不见了，我明明就放在那边桌上的，怎么就不见了呢？”

冯成脸色难看，黎斯将房间仔细瞅了一遍，转过身对轩辕善道：“这下我也有些头大了。”

“哦？”

黎斯轻叹，望着安城上空昏沉沉的低幕说：“看来果真如我前夜所说，这安城恐怕迟早会变成一座鬼城，妖鬼当道，兴风作浪。”

轩辕善冷然道：“那就好了，我们把活交给和尚道士就可以休息了。”

黎斯闻言大笑起来，笑得前俯后仰、痛快淋漓，相识以来，黎斯第一次也可能是最后一次被轩辕善的话逗笑，笑声顺着县衙长廊传远。一阵寒风吹来，笑声被碎成一截截颤音，如是鬼泣。

第六章 颤抖的黄泉之门

入夜，安城又飘起了一场冷寒之雨，偌大的安城渐渐融入一片灰蒙蒙的雨幕中。

县衙大牢，张有年翻来覆去地无法入睡，扇画虽不在自己身边了，但张有年始终觉得画中的女鬼还随在自己身边，等待时机夺走自己性命。一道响雷震慑天地，张有年满面冷汗地睁开双眼，眼前一片昏暗，“咔嚓！”一声坠地声，张有年惊愕地发现牢门的铁锁竟然打开了，铁锁落在地上，牢门吱呀作响。张有年有些迟疑，莫不是黎捕头知道自己不是疯子了，要放自己离开？牢顶天窗外掠过一抹惊鸿闪电，乍开的白光里，张有年看见，在牢门外咫尺距离，还有一道黑色的门，漆黑的门，正缓缓打开……

轩辕善内心一阵慌乱，总有种怪怪的感觉——这感觉轩辕善多年前的儿时曾感受过，让人坐立不安，如同被人监视。轩辕善倒了一杯凉茶，一个模糊的黑影从门口迅速闪过，却又怎能逃得脱轩辕善的一双眼？轩辕善紧握金刀，打开门，刚待冲出，却又将身形硬生生地停了下来，轩辕善愕然发现，自己卧房门外，赫然还有一扇门，漆黑的门，正缓缓打开……

薛灵儿自小最怕的就是打雷，偏偏来到安城又碰到了这样大的一场雨，薛灵儿想去找叔父葛冲，又怕被笑话，明明要当女神捕的人竟然还怕打雷，薛灵儿干脆躲进被子里，盖住了小脑袋，一道惊雷响彻，门外响起了敲门声。

“咚咚，咚咚！”这个时候会是谁？薛灵儿心中想到了葛冲，忙下床，打开门。薛灵儿本想露出个笑脸，但瞬间笑脸变得僵硬了，薛灵儿看到门外，还有一扇门，漆黑的门，正缓缓打开……

葛冲有早睡的习惯，他已然睡下，意识模糊的时候，他突然听到了一声惊呼，这声音好熟悉，是薛灵儿的惊呼！葛冲一步跨下床，飞冲至门口，他打开门，愣住了，门外还有一扇门，漆黑的门，正缓缓打开……

黎斯这一晚没有睡安稳，心中烦闷让他一人在后院凉亭里独饮独酌。正待醉生梦死之际，黎斯听到了一声惊叫，是女人的，接着是第二声、第三声、第四声，黎斯数不过来这惊叫声了，每一声惊叫都是痛彻心扉、肝肠寸断的舍命大叫。黎斯倏然起身，望着灰蒙蒙的天空，这个安城，究竟、究竟在发生着什么样可怕的事情？如今，果然已是妖魔当道了吗？

黎斯扔掉手中酒坛，飞奔了出去。

这一夜，余老头又没有睡着，每当下雨的时候，他总会想起以前的事情，想起自己年轻的时候，那时候自己还有个喜欢的女孩，她说让自己等着她，呵，余老头苦笑，结果自己这一等几乎就是一辈子了。余老头也想喝酒，但他不能喝，因为身体不允许了。余老头听着窗外雨落，一阵异样响动随着雨落声一起传进了余老头的耳朵里，这声音听上去让人感觉毛骨悚然，就像是某种野兽在咀嚼骨头的声音，余老头喉咙滚动了一下，他转了目光，这声音来自于自己家的后院。

余老头撩起后院的门布，风雨交加里，余老头看见，那株死而复生的老树枯黑的树皮正在脱落，露出了里面细嫩的树皮，而在新生长出来的树皮中央，有一道很大的裂缝，边缘是黑色的，如同一扇敞开的黑门，缓缓地被打开。

冯成侍奉怀成吃药睡下，十年的知遇之恩，让冯成将怀大人当成自己爹娘一样侍奉。看到外面打雷下雨，怕怀大人受寒，冯成想再找床被子给怀大人加盖上。他打开衣橱的门，将手伸了进去，但这双手突兀地停滞在了半空里，因为冯成眼带惊恐地发现，衣橱里出现了一道黑门，漆黑的门，正缓缓打开……

安城，今夜是如此不平静，数不清、说不完的一户一家里，当老人、孩子、妻子、丈夫打开一扇房门、橱门、灶门、轿门各种各样的门时，人们惊悚地发现，门里还有门，黑门，漆黑的门，门被缓缓地打开……

门打开了，如同来自地狱的幽冥之门，门里传来了低低的咆哮声，然后，一个一个、一个一个望不完的黑影开始耸动在门内，如同地狱中逃出的恶鬼，它们拥挤着、愤怒着，随着又一声惊天泣地的雷闪之后，瞬间，涌了出来。

这世间多了一道妖艳的黑潮，在安城所有的目光里，它们代表了魔鬼和地狱！

轩辕善手中有了汗。那一瞬间，黑门中涌出的任何东西，凭借自己手中的金刀，无论鬼神，他都有把握将其制服。但一瞬间过后，“当！”的一声，轩辕善的金刀落地，轩辕善的目光中出现从未有过的恐惧，他无力地喃喃道：“这么多，这么多……黑猫！”

地狱之门中涌出来的是无数的黑猫，它们从每一扇敞开的黑门中涌出，狰狞地咆哮，如同一只只黑豹。一双双深蓝的眼瞳看向轩辕善，轩辕善觉得被一层层看不见的绳索束缚住，动也不能动，轩辕善内心在滴血，他咬破了嘴唇想要自己清醒，但身体还是无能为力得不受控制。然后，一只手从门里轻轻地伸了出来，引着轩辕善走入黑门中。

轩辕善的目光开始被黑暗的气息所侵袭，“砰”的一声巨响，轩辕善看见一只脚落在黑门上，黑门一阵诡异的抖动，门内发出了撕心裂肺的惨叫，涌出的黑猫瞬间跃回进门里，一阵薄薄雾气升起，黑门于雾中消失不见了。

轩辕善身体有了知觉，他转过头，看见了一脸淡然的黎斯。黎斯将金刀捡起来递到轩辕善手里，说：“作为当世神捕，作为一名刀客，刀是不能丢的。”

轩辕善内心一阵暖流涌过，他接过刀，面上也是淡然的回道：“你说得对，黎斯。还有，谢谢你。”

“哼！啥时候你变得这样婆妈了，走吧，还有许多事等着我们呢。”

安城的黑门鬼魅而来，又神秘而去，黎斯跟轩辕善走出房门时，正遇见葛冲面色铁青地走来，黎斯瞧出有事，忙问：“葛大人，怎么了？”

葛冲神色黯然道：“灵儿被抓进黑门里了，我赶到时晚了一步。”

“被抓进黑门里……”黎斯神色也一暗，自己救出了轩辕善，却没有办法救出更多人。

轩辕善望着葛冲，默不作声。

一个县衙捕快行色匆匆而来，见到黎斯忙喊道：“黎捕头，不好了，大牢里的那个疯子，他、他不见了。”

“张有年？”黎斯心中一动，冥冥之中，似乎某些事情开始像所想的那样重合在一起。

葛冲两鬓无风自动，眼中精光闪闪，凝着黎斯问：“黎捕头，你可有什么办法救出灵儿？”

“有。”

“什么办法？”

“到那扇黑门里去！”黎斯目光坚定地说。

“可所有的门都已经消失了，我们怎么进去？”葛冲握紧双拳道。

一个老迈的声音这时传来：“不，不是所有的门都消失了，还有，还有一扇门是开着的。”

黎斯身体一震，他回过头，余老头面色悚然地望着所有人，回过身指着自己面店的方向，喘息着说：“门，还在……”

冷风吹来，枯树的绿叶阵阵轻颤，晃动得黎斯一阵目眩。而在绿叶遮蔽下，一道黑色边缘的门框出现在树腹位置，里面散发着丝丝寒意，黑门随着绿叶、冷风一并微微地颤抖。

黎斯笑了，他转望身后的几人说：“看来我们这次真的要进地狱了！”

黎斯话落，一只黑鸟鸣于高空白云间，俯视身下众人，久久未离开。

第七章

人脸白骨

门果然还在，深黑冰冷的门如同一张诡秘的笑脸，轩辕善动了，他走到所有人前面，握紧了他的金刀，第一个向门中走去，但没走两步，却被一只手拦了下来，轩辕善愕然地望着拦截自己的人，道：“黎斯，你干什么？”

黎斯摇摇头，道：“你，不能去。”

“为什么？”

“不为什么。”黎斯抬头望着黎明前的天空，苦笑了下说，“你应该知道，这次我们前景未知，如果果真我回不来了，总需要留下个可靠的伙伴帮我立个敞亮点的墓碑吧。而且，轩辕善，我希望你留下。”

轩辕善定定地望着黎斯，闭起双眼，重重点头：“我留下。”

黎斯拍了拍手，道：“好了，碍事、怕猫的人不跟着，我办起事来就容易多了。哈哈……”黎斯大笑着，跳进了黑门里，葛冲在他后面也跟了进去，轩辕善望着两人走进，眼中被一团看不出的雾气所笼罩，而一旁的余老头则低声地嘟囔道：“门里究竟会有什么呢？”

的确，所有人都想知道，门里会有什么呢？

黎斯跳进了黑门里，门里还有一扇黑门，黎斯再推开了第二扇门，门里还是一扇黑门，门与门之间相隔着一条弥散着窒息腐烂气味的甬道，甬道尽头仍然是一扇门。门、甬道、门、甬道、门……如同永无休止，一直向下，通往地狱！

黎斯走得脚开始僵硬，但不是累得，而是周身被一团冰冷之气包围冻僵得。葛冲始终紧跟在黎斯身后，不说一句话，只是将双拳握得咔咔作响，黎斯呼出了一口冷气，推开了面前的又一扇黑门。

这一次的黑门之后，耀眼的白光刺来，黎斯愣愣地待了片刻，才可以辨清周围事物，面前出现了一间十丈长宽的石室，石室上下左右皆是用罕见的白色冰石所砌，一缕缕白色气丝游走于室中，似流淌的白云，若不是身临此间，黎斯怕就会相信了人间仙境一说。

石室左侧处，面朝冰壁，搁着一排黑色长椅，椅面对墙，椅背朝人，一排黑椅的尽头，也是这间石室的尽头，如雕塑般静静地站着一个人，全身被黑衣所裹，脸上也挂着一个漆黑的邪鬼面具。黑衣人透过面具冷冷望着黎斯和葛冲二人，缓缓张开双臂，道："欢迎，欢迎来到死地！"

黎斯闻言，不自觉狠狠地打了个冷战。葛冲上前一步，冲着黑衣人喝道："灵儿呢，你把灵儿怎么样了？"

黑衣人突然冷笑了起来，回道："你无须着急，我可以告诉你，薛灵儿很安全，十分安全。而相对于这个女孩，我觉得有些老朋友，你或许更想见一下。"

黑衣人走近两人，走到距离两人最近的黑椅旁，缓缓地转过黑椅，黎斯目光看过去，黑椅正面安静地坐着一个人，不，这已经不能称为人！黎斯看到，黑椅之上静坐着一具凄冷冷的白骨尸身，全身为骨，但在头颅上却罩着一张脸皮，而这张脸皮黎斯还认得出来，是属于南涧的一张脸。

白骨身上还罩着一袭黑色锦袍，锦袍质滑，又如何包得住这白骨，已然滑落下来。黑衣人上前将锦袍重新挂在白骨上，又转过了相邻的第二张黑椅，和方才一样，黑椅上也端坐着一具凄然白骨，白骨头颅上也罩着一张人的脸皮，而这一次，人脸成了展信。

黑衣人轻轻笑出了声，但这低沉的笑声在黎斯听来却充满阴寒之气，葛冲的目光也沉了下来，握紧的双拳开始一点点僵直。黑衣人如同在向友人展示自己精心收藏的宝贝，又走到第三张黑椅前，转过了黑椅，黑椅上又是一具白骨，一张人脸。黎斯这一次盯着人脸，目光惊异，道："怀大人？"

第三个人骨头颅上罩着的却是安城一方父母怀成的脸皮，他的脸皮还是血淋淋的，不停滴落下暗黑色的血珠，黑衣人将血珠擦干净，又走到第四张椅前，伸手待将黑椅转过。

“够了，你这疯子！”葛冲似无法再看下去，喝止道。

黑衣人手停在了半空，淡漠地说：“够了吗？我觉得接下来的老朋友才是你最想见到的人。”

第四张黑椅还是被转了过来，薛灵儿全身被束缚在椅上看到葛冲，薛灵儿挣扎起来，却是徒劳。黎斯看着，薛灵儿虽脸色难看，但脸以下的部分还是正常的，不是一具白骨。黑衣人又转过了第五张黑椅，椅上用粗绳绑了个结实的人却是卖扇的张有年。

“不管你是谁，赶快放了灵儿，否则我会让你以后再说不出半个字。”葛冲一双拳成了浅浅的黑色，双拳似铁。

“放了灵儿姑娘很容易，你只需要回答我一句话，我就可以放了她。但是，我要听到实话，如果是假的，那我就什么都不能保证了。”黑衣人站在薛灵儿身前，目光闪过一抹异彩，问，“我想知道，你跟这灵儿姑娘是何关系？”

“她是我侄女，也是我的徒弟。”葛冲愤然道。

“就这些？”黑衣人冷笑一声，“这灵儿姑娘果真是你的侄女？”

“废话！”

“也许是废话，但我还是不能相信你的话。若要证明你说的是实话，不如我们来做个游戏，如何？”黑衣人眼中弥散黑雾，一柄明晃晃的匕首落在手中。匕首锋转，直刺向薛灵儿胸口。

薛灵儿口中被塞了东西，此时无法说出话来，但望着一抹锋利刺向自己，薛灵儿紧紧闭起了眼睛。葛冲横起双拳，一双可碎天下万物的拳头卷起了一阵强风袭来。

黎斯也想帮忙，但刚待动，却瞥见葛冲身后的冰墙上缓缓打开了一扇诡异的黑门，一抹刺芒突然出现在葛冲背后。

“小心！”黎斯惊呼一声，却为时已晚。冰冷冷的石室里传来一声极其短促的金属碎裂声，薛灵儿缓缓睁开了眼睛，自己竟还没有死，而在眼前咫尺的地方，一柄匕首尽皆粉碎，只余下一截手柄。

葛冲高大的身体扑出一段距离后，重重跌落在地上，他的背后赫然插着一把匕首，匕首反射出冷冷的死光。

黎斯心中万般感触涌起，惊讶、错愕，甚至膨胀起来的恐惧齐齐而至，目光望处，是那柄碎裂的匕首，它没有碎在葛冲的手里，又碎在了谁的手中？

薛灵儿微微喘息，额头渗出香汗，她的目光委屈地望着一个人，自然不是趴在地上的葛冲，而是身旁的张有年。张有年不知何时挣脱开了全身的粗绳，缓缓起身，望着地上死去的葛冲，又转头望着黑衣人邪恶的面具，淡淡地说："你一早就知道了。"

黑衣人将手中的碎刃扔掉，平淡地道："即便是十几年未见，老朋友就是老朋友，我又怎么可能认错？他本就是多年前找来的一个替身，顶替你在官场上厮混，也顶替你接受白道、黑道的刺杀，而你却在暗地里活得逍遥自在，你厉害啊，老朋友，葛冲。"

张有年瘦弱矮小的身躯似在一瞬间高大了许多，他望着扑倒在地的假葛冲道："我找到此人极其不易，因为他同我样貌有八分相似，身形也是我十年前的样子，而且一双碎拳在我的教导下也练出了三成功力，在官场台面比我还像是太子爷面前的红人，我是不懂了，你是如何识破他是假的葛冲，又如何一早知晓我才是隐藏在暗中的葛冲呢？"

"这有何难？"黑衣人落身一坐，坐在一把虎头黑椅上，缓缓道，"其实假葛冲刚来安城时，我并未将其识破，但后来我总觉得有些不对劲，却说不上来。所以，我就拿这个假葛冲做了个小小的试炼，后来我就知道了他不是真的葛冲。"

"哦？什么样的试炼？"

"很简单，就是这个。"黑衣人手向下一指，黑椅后面窜出了一道纤细的影子，凄厉地叫了一声，深蓝色的瞳孔盯着在场的每一个人。

"黑猫？"黎斯望着黑衣人脚下黑猫，诧异道。

黑衣人不说话，他在笑，瞧着张有年，也就是真正的葛冲笑。

葛冲目光不自觉牢牢盯在黑猫身上，鼻翼泛起了丝丝汗珠，冷哼一声："你知道我的弱点，知道我怕猫？想来，昨晚黑门里的群猫夜出也是你为了试探我上演的一出好戏了？”

“显而易见。我将黑猫送到所人面前，但假葛冲不怕猫，而在所有你可能化身而成的角色里便只有大牢里的张有年和神捕轩辕善惧怕猫，在将轩辕善排除后，这个天降的彩头就只能落在你身上了，不过倒也难为你了，一直装死装怕到现在。葛冲是如何的英雄，到头来却只能装成个疯子，实在好笑。”黑衣人摸着黑猫的头，笑道。

葛冲冷哼一声，黎斯望着死在地上的假葛冲，不由道：“如此说来，葛大人伪装成了张有年，却不知真正的张有年现在何处？”

“这个问题问得好，黎捕头，你应该知道，假的既然存在了，真的就应该消失，消失得干干净净。”

“难道你……杀了张有年？”

葛冲望着自己一双漆黑如墨的拳头，说：“秘密永远是只有死人知道才最保险。”

“未必！”黑衣人冷冷接口，“死人知道了太多秘密，也许他就不想死了。”

葛冲微微摇头说：“既然死人活了，就应该苟且偷生，万不该玩火玩过头，否则死人即使活过来，也还是会死。”

“哎，葛冲啊，你没死过你无法体会，但我死过，我懂了，死并不可怕，可怕的是什么……”黑衣人重重地拍着胸膛，语气激动道，“是心里的这股火，仇恨的火啊，它将我烧得生不如死！我没有办法了，就只能找到你们，不用说别的，我请你们一个一个陪着我去死！”

葛冲闻言，视线中邪神面具后的男子宛若真是地狱爬出的索命恶鬼，不由顿住，放慢语气说：“你究竟想怎么样，沈傲？”

黑衣人全身一阵颤抖，邪神面具下传来了一阵“嗜嗜”的怪笑声，喃喃道：“沈傲，沈傲，将近二十年了，我再没有听到过有人叫我这个名字，最后一次有人这样叫我，还是她。那之后，许多年，我都忘记了被叫起名字的感觉，我只在记忆里回忆着她的声音，一次，一次，一次……直到我再也无法想起她的样子，记起她的声音，直至曾经铭刻在我心中的女子，像一缕烟、一阵风似的消失在我的生命里，消失在我的世界中……”面具之后射出一缕寒芒，沈傲森然说道：

“葛冲，你还不知道我想要什么吗？若想保住你的狗命，就告诉我，她在哪里，她在哪里？！”

“我不知道。”

“不知道，哈哈！那她呢？你若不知道，她又是从哪里来的？”沈傲指向一人，目中百转千回。

黎斯顺着沈傲所指望去，却是薛灵儿。薛灵儿此时已获自由，她伸手指了指自己，茫然道：“我？明明说她，为什么又说到我？我听你们说了这么多，又是死人又是活人的，我一句也听不懂，你们究竟在说什么？葛叔，你能告诉我吗？”

“还是我来告诉你吧。”沈傲缓缓起身，脚下盘踞了更多的黑猫，道，“一切一切的根源，或许都来自于那个传说，遥远的永不可及的传说……”

第八章

莫涟传说

“传说？”薛灵儿像是着了迷，专心听着，

“那个传说，有一个美丽的名字，叫莫涟传说。”沈傲缓缓而言，“千年来，在遥无边际的西北千万山脉之间，一直流传着一个传说：莫涟传说。根据这个传说，千百年前，当西北穷恶之地还只是一片汪洋的时候，凡世间，出现了一个名字，那就是莫涟。没人知道莫涟这个名字究竟代表了什么，是一个国家、一个城镇、一个教会，或者它只代表了一个人。但当莫涟出现后，它带来了一股神秘不可测的力量，而便是这种力量令西北万疆之地出现了自古都未有过的繁华盛景，盐田消退，成了可以种植作物的良田；聚人为城，城城相连方有国，人们摒弃了原先那种野蛮的生活习性，把莫涟视为自己心中最神圣的净土。每一个新兴的城市里都供奉着莫涟的神庙，莫涟在西北沃土之地达到了从未有过的鼎盛，所有人都从内心深处敬佩、恐惧，同时守护着他们的神：莫涟。可能当时的人不会想到，在莫涟出世的第二百年，如它神秘现世般，莫涟又不可思议地消失了，消失得无影无踪，人世间再找不到半点莫涟存在过的痕迹。莫涟的国家开始衰退，莫涟的神庙开始崩塌，莫涟的人们重新归于野蛮，最终，莫涟流传的地域迎来了新的天灾，万千黑山恶水如同落下的雨滴般一夜间占据了整个西北之境，令这片曾经是繁华之地的神秘境域再一次同世人隔绝。”沈傲说至这里，突然抬头盯着薛灵儿同黎斯的脸，淡淡道："而在千年之后，作为曾经莫涟国度的后人，我，重新发现了莫涟的遗迹。"

黎斯惊讶道："你果真发现了传闻中的莫涟？"

沈傲点头，面具后的目光愈加深邃，静静道："我的家乡是西北万山之间的一个小镇，名迎雪镇，之所以得此名，全是因为这个小镇就坐落在万千山中十大冷山之一的天雪山脚下，这个小镇终年都会飘着莹白的雪花。虽终年飘雪，但这个小镇非但不寒冷，而且四季如春。我，还有我的家族就世世代代居于迎雪镇。当我成人之时，我爹大病了一场，病榻之前将家族世代坚守的一个惊天的秘密告诉了我，那就是关于莫涟的秘密。后来爹病死了，距离莫涟遥远的我并未把这个秘密看得有多重要。而第二年，迎雪镇来了一个中原的姑娘，我从第一眼见到她的时候，就无法自拔地爱上了她。我还记得我们第一次相遇时，她微笑着，脸颊有两个浅浅的酒窝，眉眼如同天雪山山顶的弯月。她对我说，她叫薛燕。"

沈傲说到此，目光不经意瞥过薛灵儿，黑洞洞的目光里微微泛起暖意，继续说道："后来，我们相爱，并厮守在一起。我以为，从此等待我们的就是无尽的幸福和快乐。却万万没想到，在我们在一起后的第三年，迎雪镇来了另一批中原人。他们来到镇子里，说是寻找朋友，然后就找到了我跟薛燕。薛燕见到他们时样子非常害怕，我当时并不觉得这些人有多可怕，相反觉得他们很热情，总是询问我的情况，还有跟薛燕在一起的事情，我都告诉了他们。而当晚，薛燕红着眼睛告诉我，她可能要走了，我问为什么，薛燕说，她本是中原一个大官的女儿，后来大官得罪了朝中一个极有权势的恶官，恶官暗地里派了杀手杀害了大官，薛燕拼死逃了出来，逃到这人迹罕至的黑山恶水间，本以为就此可以摆脱了这些恶人，却没有料到他们还是追踪至此，话说到这里，薛燕拉着我的手要同我一起离开，但就在我们逃出迎雪镇的时候，却发现那些人早就等候在镇外。"沈傲微微轻叹一声："当看见那帮人要带走薛燕，我哭着求他们，要怎样才能放了薛燕？他们中为首的一个人，名叫葛冲的对我说，只要我帮他们找到莫涟，他们就可以放了这个女孩，因为他们也只是想要钱，很多的钱。于是，我答应了。我估计他们是在镇了里的老人那里听来了关干莫涟的事情，又机缘巧合下得知我们家族世代坚守着莫涟的秘密，便要挟我。我当时脑子里一片空白，那天晚上，他们就要离开了，去寻找莫涟，我们一起喝了酒。临走前，葛冲对我说，薛燕他们要带走，因为他们得保证我能帮他们找到莫涟，但他们让我放心，他们想要的只是莫涟，只要一找到，他们立马放了薛燕。到时候大家各自满意，就可以再聚在一起，痛快畅饮了。这就是葛冲最后说的话，然后我就只能等待、等待，再等待，等了整整十六年，哈，后来我才知道，原来一切都是这些人骗我的，他们不会放我的燕儿回来了。”

沈傲言罢，突然仰天大笑，笑得声音发颤，他高举双手道：“我恨啊，我好恨，我恨天，恨地，恨我见过的每一个快乐、幸福的人，我更恨你们这些欺骗过我的人……”沈傲话语一转，冷锋犀利道：“葛冲，你不是说，有朝一日，我们还会聚首在一起，痛快畅饮吗？哼，你看，你的这些禽兽朋友虽然都被我杀了，但我还留着他们的脸，就像你说的，我们的确要聚首在一起，我要让你们看到你们应得的下场。”

沈傲冷笑：“太可惜了，十年前你们派来杀手来杀我，我也的确身受重伤，奄奄一息，但我偏偏就是没有死。那个时候，我这个傻子，苦苦等了这么久的傻子才恍然明白了一切，于是，我对自己说，可以了，不要再傻了，到了让这些卑劣之徒付出代价的时候了。我要亲手终结他们的生命，南涧、怀成、展信、葛冲、封一山、渊紫侯，而当我准备大开杀戒的时候才发现，封、渊二人早在多年前就神秘暴毙了。哼，估计他们两人也是死在你们剩下人的手里吧，分赃不均。”

葛冲脸色变青、变黑、变紫，最后变回了原色，蜡黄如同纸：“说吧，尽情地说，我也可以都承认，因为此时在场的每一个人都无法活着离开这里了。”葛冲的双拳握成了鲜红色，如同流淌的血色。

“葛叔，他说的都是真的？这些事情真的是你做的？”薛灵儿显然没想到自己从小敬重的葛叔竟是如此卑劣之人。葛冲望着薛灵儿的目光变得阴寒：“不错，他说的都是真的。灵儿，对不起了，今天你也得死在这里。”

“为什么？为什么？”薛灵儿目中闪泪。

“你真的想知道吗？”葛冲冷笑，“因为你就是薛燕同沈傲的女儿，我之所以一直带你在身边，并不是我有多疼你，而是我需要你做我的挡箭牌，让他对我有所忌惮。但此时此刻，一切都不重要了。”

薛灵儿眼泪滑出眼眶，她摇着头，喊："不，这一切都不是真的，都是你们骗我的。事情怎么会是这样？不应该这样……"薛灵儿抬眼望着沈傲，喃喃道："难道，他真的是我爹？"

沈傲闻听葛冲所言，身体也是剧烈一颤，葛冲所说正合了他心中所想，也正因为他有此想法，沈傲才没有第一时间杀掉葛冲，而是将薛灵儿掳来，为的就是知道真相。沈傲凝视着葛冲，问："那燕儿呢，燕儿在哪里？"

"哼，薛燕却的确不是我们杀死的，要怪就怪你这个女儿吧。她一出生，薛燕就流血过多死了。还是我亲手埋了她，就埋在了莫涟遗迹里，但你已经没有机会去找她了。"

"一切，就都这样了……二十年的仇恨今天应该了结了。"沈傲缓缓道，"葛冲，就用你在莫涟遗迹里寻到的秘技——碎拳来跟我了结了吧。"

"哼，我正有此意。少假惺惺了，你的这套诡异非常的黑门秘术，也是在莫涟遗迹里寻得的吧。沈傲，这个世界已经很乱了，不需要更多的人知晓这样多的秘密，你既然知道了一切，就可以安息了。"葛冲话音刚落，整个人似离弦之箭，冲向沈傲。

碎拳已发，血红之拳又如何能不沾染鲜血呢？

沈傲没有动，面具之下的目光淡淡地望着，脚下数只硕大黑猫扑上，将葛冲围住，葛冲半空里冷笑一声："早料你有此招，看我杀了这些畜生。"

葛冲紧闭起了双眼，恐惧虽来自内心，但起自外在，一旦截断，恐惧就不再震慑心扉！葛冲一拳横扫，所有黑猫都被拳气击得飞甩出去，撞在冰壁上，骨骼寸断。

果然是一双可粉碎一切的拳头！

"受死吧！"葛冲狞笑，挥出全力一拳将沈傲连衣带人一同砸压入尽头的冰壁之内，拳头相碰处，发出咔咔的碎裂声，葛冲得意地狂笑，但转瞬间，这笑容冻结了。他一把揭开了沈傲的黑色大氅，大氅下竟是一只踮起脚来学人的黑猫，自己的一拳完完全全是击在了这只黑猫身上，那，他的人呢？！

葛冲身后，缓缓开启了一道黑门，葛冲眼角余光瞥见，冷笑："又来这套，已经不好用了。"葛冲刚想转身，面前的冰壁上赫然又开启了一扇诡异的黑门，然后是自己头顶、身侧、脚下，甚至就在自己鼻尖眼前，也缓缓打开了一扇巴掌大小的黑门，一只，两只，三只……无数只手从黑门中伸了出来，手里握着一柄柄锋利的匕首，白色的匕首轻而易举地刺入到葛冲的心脏里，葛冲开始迅速地走向死亡。

沈傲又出现了，还在葛冲面前，但葛冲却已经无力再挥出一拳，葛冲挣扎着不让自己的身体立刻倒下去，他用开始涣散的目光望着沈傲，说出了他最后一句话："即便我死了，也要让你悲伤……我要杀了你最后的亲人……"

葛冲大叫，用尽身体最后一丝力气，扑向不远处的薛灵儿。

薛灵儿望着葛冲恶狠狠的目光，大叫着闭起了双眼。沈傲声嘶力竭地叫道："不，不要……"

第九章 我回来了

沈傲声嘶力竭，却来不及阻止葛冲的最后一击，葛冲狂笑着将拳头罩在了薛灵儿的头顶。千钧一发的时刻，凭空里突然多出了一只手，手迅速地将薛灵儿从葛冲拳下救出，一个声音冷冷道："葛冲，你好像忘记了这里还有一个活人吧。"

声音来自黎斯，出手救出薛灵儿的也是黎斯。

葛冲扑倒在地，喉咙里发出一阵古怪的呻吟声，脑袋一歪，再无声息。

薛灵儿被黎斯一把扔到半空，吓得惊慌大叫。半空里倏地出现了一道门，沈傲从门中出现将薛灵儿抱在了怀里，望着她，柔声道："没事了，一切都结束了。"

薛灵儿也渐渐平静下来，重复着沈傲的话，说道："是啊，一切都该结束了。"

黑色伴随着红色落下，一大片一大片的血水飞溅而出，黎斯茫然地看着眼前的一切。沈傲的怀抱里，薛灵儿像个婴儿一样安静地躺着，她的手里紧紧抓着一把短刃，锋利的短刃已刺入沈傲胸膛。

沈傲的嘴角流淌出大口的鲜血，摇头喃喃地说："为什么？为什么会这样？"

沈傲失去力量，薛灵儿从他身上轻轻跳了下来，笑容温柔地说："没有为什么，一切都只怪你自己，太容易相信别人了。就像多年前你被葛冲欺骗了一样，多年后的今时今日，你依然没有逃脱他的谎言。"

"谎言？"沈傲望着薛灵儿。

“如你所说，一切都该结束了。我要告诉你真相，其实，这个世界上根本没有什么薛灵儿，只有一个薛燕，而我就是薛燕。”

“燕儿，你是燕儿？”

“不错，我是你的燕儿。只是我想不到你竟然愚蠢至此，二十年前，我之所以会出现在你面前，根本不是被什么恶人追杀，而是为了你所守护的莫涟之秘。不过，我们担心你宁死也不会交出这个秘密，于是，我出现在了你的面前。利用你的爱，得到了莫涟秘宝后，也是我派人去杀你，却让你侥幸活了下来。”薛灵儿，不，薛燕声音动人，但说出的内容却宛如冰石般寒冷，“这次南涧、展信先后惨死，我就知道是你要报仇了，于是我同葛冲设计了这个计划。我以薛灵儿的身份出现，为的也是在你出其不意、毫无防范之时，给你致命一击。这就是所有，沈傲，你可以瞑目了。”

“但你的容貌……跟二十年前一模一样……”

“如你的黑门秘术、葛冲的碎拳、南涧的飞燕剑、展信的生死眼般，这也是我从莫涟遗迹里得来的秘术，容颜常驻之术！如何，还有什么想知道的？”薛燕轻笑，笑声似针扎在沈傲心间。

沈傲目光闪过愤怒、激动、悔恨、悲痛各种各样的情绪，最后诸般情绪在望向薛燕的视线中消失得无影无踪，沈傲就如此、如此望着薛燕，道：“你真的是我的燕儿？”

薛燕点点头：“是。”

沈傲笑了，笑容清澈，他突然抓住了薛燕的手，薛燕空着的另一只手将沈傲胸口的匕首刺得更深，沈傲胸膛的血流得更快、更多了，但他却毫不在乎，只是望着薛燕，说：“燕儿，我只想听你说一句话，可以吗？”

“什么话？”

“我……回来了。”

薛燕身体一阵抖动，她怔怔地望着这个爱恋了自己二十年的男人，轻启朱唇，说：“我……回……来……了……”

二十年，二十年的等待，二十年的痴与怨，二十年的对你梦中的眷恋，仅仅只是为了等待如此短短的一语，即使错过，即使永不相守，即使生死两茫茫，也足矣！

沈傲咳出鲜血，他轻轻道：“莫涟，莫涟啊！燕儿，你可知道莫涟究竟是什么意思吗？”

薛燕摇头。

“上古梵语：莫涟，莫是无因无果，涟是平波之境。莫涟之意，便是无果之门，无爱、无恨、无守、无归、无因无果，即莫涟真谛。燕儿，我不怪你……不怪你……”

薛燕目光竟自痴迷，喃喃低语：“我对不起你。”

薛燕避开沈傲双眼，突然背后一声鬼喝，葛冲满脸是血地撑起半个身子，将胸口匕首抽出甩了过来，直刺向沈傲眉眼之间，沈傲身体晃动，笑容逐渐僵硬，道：“我无憾了！”

“噗！”的一声闷响，一个纤细的身躯在匕首刺入沈傲眉间的一刹那，义无反顾地扑了上来，然后横身躺在了沈傲怀中，血液从她的喉咙间流出，她语：“这是我欠你的，其实我知道我错了，但是，我已经不能回去了，回不去了……若是真有机会，我真想再一次回到迎雪镇……回到同你相识的时候……”

薛燕最后的话语留在了沈傲耳边，沈傲抱着她，仰天狂吼！但终是再也无力回天，两人一齐摔落，落地的瞬间，沈傲的面具终于落了下来，黎斯惊愕地看到了面具下的脸，竟是冯成！

沈傲就是冯成？！

葛冲已然毙命，而沈傲同薛燕倒身之处缓缓开启了一扇漆黑的门。石室开始崩塌，黎斯瞅着黑洞，没有犹豫地跳下。

时间仿佛过了好久，黎斯醒转过来，睁开眼，就看到了轩辕善焦急的面庞，轩辕善见黎斯醒转，才放心道：“你终于醒了，你从树门里跳了出来就一直昏迷了一天一夜。如何，门里究竟发生了什么？”

黎斯顿了下，道：“葛冲、薛灵儿已死，而凶手就是冯成。”

“冯成？”轩辕善觉得出乎意料。

“你可有什么收获？”黎斯反问。

轩辕善从背后拿出了一个黑包袱，道：“都在这里了。”

黎斯将黑包袱打开，里面有一张纸片、一把扇画、一根银针。

尾章

永相随

入夜，黎斯缓缓走到了余老头的牛肉面馆，余老头已睡下了吧。黎斯轻轻坐在一角，习惯地望着柜台位置，对着黑暗里笑道：“不用藏了，早看见你了。”

轩辕善缓缓走出，淡漠地说：“我看你深夜一个人溜出来，不知道你干什么，所以跟来看看。”

“呵，不用废话了，有什么要问的就问吧。”黎斯趴在桌子上说。

“好。”轩辕善也干净利索地问，“我想知道事情的真相，冯成是如何杀死葛冲这样的高手的？”

黎斯缓缓将所经历的一切道出，轩辕善听得每每变色，最后听到冯成也就是沈傲同薛燕一起死后，不由也是叹息一声，遗憾道：“虽如此，但安城一连死去了葛冲、展信两位太子红人，恐怕你我都难逃太子追究。”

“我不怕，我天高皇帝远，他也管不着。倒是你，可得小心了。我们这位太子爷向来是喜怒无常，而他手下高手更是数不胜数。”

“我自会小心。对了，你让我留下，就是为了从那只空中黑鸟背上取回这些杀人物证？这些应该也是你搁在上面的吧？”轩辕善回忆着那只翱翔的黑鸟突然冲着自己俯冲而来的瞬间，还是感觉有些不可思议。黎斯笑着点头：“我早就觉得身边人里有不妥，所以为防万一，早将这些物证藏了起来，进黑门前，我也是担心万一出不来，这些物证不能就如此丢失了，所以才让你留下。”

“也亏你想得出来，但此时这些东西已经没那么重要了。”

黎斯取出了针、纸、扇，脑子里回忆着种种，突然眼光闪烁，他将桌子搬到窗边，借助月光，黎斯隐约从银针、扇面上都看出了模糊的两个黑体字，仔细辨认之后，黎斯微震，读出来：“莫涟……”

“又是莫涟？难道是沈傲故意留在上面的？”轩辕善道。

纸片上也有“莫涟”二字，加之针、扇上的“莫涟”二字，难道沈傲只是想说明自己是因为莫涟遗迹而杀人吗？但如果不仅仅如此呢？黎斯盯着三样物件上的莫涟，眼中一阵恍惚，三对莫涟字体正在游动起来，彼此交缠在一起，扭曲、舒展、平伸、卷曲，最后静止了下来，黎斯惊叹地看着，六个字竟相融成一幅诡异的图案。

轩辕善也看到了这个变化，他盯着图案，突然道：“这是、这是一幅地图啊！”

“莫涟遗迹的地图！”黎斯终是明白了一切。

“呼！”一阵大风吹来，黎斯身体摇晃，一个人影快速地从面店门口掠了进来，黎斯回转目光，发现乃是安城捕快，捕快神色恍惚地说：“黎捕头，我们发现了怀成大人的尸体，而且在怀成大人尸体下面还有另一具血尸……”

“另一具？”

黎斯望着两具血泊中的尸体，都被剥去了脸皮，身上的衣服也被脱光，但依怀府家人辨识，其中一具就是怀成的，而另一具尸体，却无人认得出来，黎斯盯着尸体许久，突然脱口道：“我看出来了，这具尸体是……冯成的！”

冯成既死，面具之下的冯成又作何解释？莫非面具之下的沈傲还戴着另一张人皮面具？但若冯成不是沈傲，沈傲又是谁？黎斯脑中如陀螺迅速旋转，终于陀螺之下的支点渐渐清晰起来，黎斯蓦然回首，望着外面凝重的夜色，心中不禁叹道：果然竟是他吗？

这一辈子守在这里，直到……

黎明将至，一驴一车缓缓向西行驶，清晨微风吹来，吹开了车帘。车帘后，一个老人紧抱着一个少女，轻轻地和着歌，老人满面沧桑，少女面色惨白无血，久久不动，如同只是画中的女子。老人抚摸着少女冰冷面颊，眼中充满憧憬，缓缓言道："燕儿，我永远伴着你，无论生死，伴着你……"

三星妖姬

楔子　星空下十方山上

冰冷的面具将脸部遮盖，连同一颗心都完全封闭住，她默默凝望着庞大空间中的白色巨物，物体的轮廓在她眼里变得模糊不清，最后唯记得她做下的承诺：这一生。

她笑了笑，笑得无力而茫然。眼眸翻动，那初次相遇的一幕划过眸前心底，那一刻他紧紧抓住自己的手，而这一刻他究竟在何方？白衣纤长的身影是否已经在地狱无尽的轮回中沉沦了呢？

『宿生花，你说过要回来的。』她轻轻地说，在这沉寂空灵的山腹里说给自己听，也只有自己听得到。面具下眼眶渐渐湿润，没有泪落下，因为她没有泪水。

耳畔依稀又听到他曾经的声音。他说：『传说在天之尽头，星河之畔有一个神秘古老的国家，那里的每一位少女都通透清澈如水晶一般，你是不是就来自星之畔？』

『星之畔。』她说道，终于在这一霎笑出了声音，声音于这庞大的空间里迅速传播开来，相反，在这庞大空间里她渺小得如同一粒尘埃，再也分不清自己。

外面的世界究竟是怎样的？

这里是青州最东端的一座莽莽大山脚下，这座磅礴的黑褐色大山被叫作十方山。山脚有一个叫作老坛口的村落，这一日老坛口热闹起来，不同以往，因为村中来了一批外来人。

这一批外来人总共有六个，有男有女，有老有少，每一个人都低垂着头，仿佛在竭力隐藏内心的某个秘密。这其中有一人身穿青袍，腰间斜挂着一口长剑，五官坚毅而棱角分明。他嘴角常挂着一抹淡淡的笑容，但依旧难掩眉梢愁色。他就是大世神捕黎斯。

跟黎斯一起的外来人中还有两个女子，看年龄和穿着打扮像是母女，母亲四十五六岁，女儿十七八岁模样，女儿被唤作阿木。母亲总是担忧地盯着女儿，女儿则满脸病容，虚弱无神。

另外还有两个男客，也是一老一少，老者看样子有五十岁，少者则年刚过弱冠。言语之间可以听出乃是一对主仆，老者被唤作常伯，少者被尊称公子，不知真名。

除此外还有一位脑袋上光秃秃的胖脸老者，留着一把刚可攥住的浓黑大胡子，穿一件鹑衣百结的破旧道衣，见谁都似笑非笑，口中自称胖道士。

六个人挤在一座不大的木楼里，大约到辰时，楼门吱呀呀被推开，从外面走进来一个身材短小精干的中年男子。中年男子背着一个竹篓，里面绑着狼皮铺盖，不知道还有其他什么东西。

常伯瞅了瞅刚来的男子，不无埋怨地说：『边奎，你说的让我们等的一会儿就是整整两个时辰？』

边奎一边擦汗一边说：『这不也是没办法的事吗？几位都应该清楚十方山不是其他寻常普通的山可比的，要进十方山自然要做好最妥当的准备。您说是不是？我这已经算快的了。』

常伯摆摆手：『好了，废话少说。什么时候能动身？』

其他五人的目光也都投过来，边奎露出一副难看的笑脸，恭敬地说：『只要各位将进山的向导银两都交齐了，咱们立马可以动身。』

『好！』常伯首先交钱，其余人也都交了。边奎满面春风地收完钱，忽然脸色变了变道：『但有句话我得说在前面，我只送各位到外山的抚瓦村，想入内山的话边某恕不奉陪。』

『我可不想拿着小命去开玩笑。』边奎补充一句。

众人无话。一炷香之后，六人加上边奎离开了老坛口，绕过乱世林，正式进入十方山境内。

在老坛口眺望十方山只觉得其庞然巨大，而真正进入才感受到了十方山遮天蔽日的巍峨壮观。天地万物似乎都被隔绝在了十方山之外，山内山外恍如两个世界。黎斯七人缓缓走在十方山的阴影里，似乎漫无尽头。

『你们可知道这座山为什么叫作十方山？』边奎兴许觉得一路过于沉闷，开口问道。

常伯面无表情，公子抬了抬头，貌似有点兴趣。胖道士笑眯眯。黎斯若有所思。倒是母女俩中的母亲回答了：『十方山之名取自于佛教十方天地，无边无际，在说这座山是超乎寻常的存在。』

边奎点点头：『没错，就是这个意思，你可比我说的要到位。据老几辈的本家爷爷传下的话，说十方山在五百多年前发生过一次可怕的天崩，特别可怕的天崩，传说那次天崩生生震碎了三分之一的十方山，要不然比现在还要大得多。』

黎斯望着山路，不禁想象着几百年前天崩的场景，天崩地裂。

那位母亲面色晦暗，边奎有些好奇地询问了母亲的名字。母亲略微迟疑下，看了看女儿才说：『这是我女儿阿木。』米塔介绍道。

既然开了头，边奎干脆都问了个遍。黎斯淡淡地说：『我叫黎斯。』

『我叫米塔。』

公子望了望常伯，常伯颔首。公子说：『我叫公羊雁。』常伯跟着：『常猛。』

『好了，这样大家更像是朋友了。十方山大得很，恐怕还得两天，大家多聊聊好解解闷。』边奎凑到了米塔身旁。

胖道士不言不语。常伯只顾低头走路。黎斯瞥了眼公羊雁，公羊雁也恰巧望向黎斯，两个人略微尴尬一会儿，黎斯先说道：『公羊公子为什么要进十方山？』

『我……』公羊雁习惯性地看了看常伯道，『我是青州蟾溪的茶药商，为了收购十方山特有的猴头珍和浅洛草来的，这些东西卖到外面可以赚很多钱。』

『哦。』黎斯回应。

『那你呢？』公羊雁反问。

『我跟你差不多吧。你是求药，我是求医。我听闻性格奇特的毒手圣医每隔两三年就会来十方山，所以我来碰碰运气。』黎斯眼光暗淡了几分，『希望不虚此行。』

『你有亲人或者朋友中了很厉害的毒？』公羊雁想了想，问道。

黎斯淡淡一笑，脑海里闪过白珍珠苍白无血色的面庞，这一趟十方山之行正是为了化解白珍珠体内残存的暗血毒疫。

我已经在十方山上了，丫头，你好好地等我回去。

第一章 毒瘴和妖孽

十方山的黑夜似乎来得特别早，申时刚过天色就逐渐暗淡下来。边奎见怪不怪地说："山里不比外头，过了申时就要早点找好晚上睡觉的地儿。前面林子中央有块干净空地，咱们今晚就在那儿了。"

大家没有意见。走到林子中央，看到有几块光滑的青石，的确要干净一些。大家从行囊里取出了食物和水，食物是从老坛口准备的，没有肉食，只有硬邦邦的厚饼。

边奎早有预料地笑笑："老坛口那种穷地方是买不着肉食的，不过我这有。谁想吃可以来瞅瞅，我算你们优惠价，嘿嘿。"边奎掀开竹篓内的狼皮铺盖，拿出最上面的黄麻纸包。

纸包里是满满当当的牛肉干和熏肉，边奎嗅了嗅做出垂涎欲滴的丑态。

黎斯望了一眼。母女俩看也没看。公羊雁则咽了口唾沫，然后又向看常伯，常伯微微点头，公羊雁买回来一斤牛肉干。边奎说是优惠，其实贵得要命，比山外要贵上不止两倍。见大家吃开了，边奎又急忙喊着："别急，别急，除了肉食，我这里还有酒。青州最上等的青蛇尖，喝一杯忘却烦恼，喝两杯飘飘欲仙，三杯下肚那就是真正的活神仙了！入山期间特此优惠，五两一小坛。谁要？谁要？"

黎斯笑了，看了一眼眉飞色舞叫卖的边奎。这是要把十方山当成做买卖的集市啊，虽说有些聒噪，但比较起十方山原有的死气沉沉，黎斯还是喜欢这种热闹的人气劲儿。为了表示支持，黎斯买了一小坛青蛇尖。常伯也买了一坛。

边奎一副得意奸商的嘴脸把银子收好，接着变戏法似的又摸出了两个苦桃，继续叫卖。卖了桃子，还有青果。卖了青果，边奎竟然掏出了一整块糯米糕。结果胖道士买走了糯米糕。

黎斯不禁怀疑边奎竹篓里塞的是否都是吃喝的东西，其他人也时不时盯着竹篓，不过边奎最后拿出来的还真不是吃喝的，而是一卷盘起的黑香。边奎颇为豪爽地道："为了感谢大家的屡屡惠顾，我决定免费送大家一卷驱虫香。这驱虫香不光能驱散虫蚁，小些的兽类闻着也立马扭头就跑，但对于人却完全无害，香气清淡更有助于大家在深山里的睡眠。"

边奎把驱虫香点起，过一会儿果然听不见周围窸窸窣窣的虫鸣兽叫了。

夜色缓缓涌来，带着惯有的冰冷的身躯。十方山的第一个夜晚，黎斯本不觉得会睡得安稳，但或许是真的累了，也或许是边奎的驱虫香发挥了意想不到的功效，总之黎斯沉沉睡去了。梦境随之而来，梦中是大片大片掉落的鹅毛大雪，黎斯一个人站在惊人空旷的原野上，仰望苍穹。整个世界忽地在刹那变成黑红白三色来回交替，身后传来了毛骨悚然的冷笑，黎斯猝然回头只看到一具燃烧着熊熊火焰的白色身躯。

"谁在那里？"急迫的声音将睡梦中的人吵醒。黎斯也醒了，见是公羊雁在那儿叫嚷。

边奎揉着眼睛，打着哈欠："公羊公子，你看到什么了？"

"树林里有人影，那里，还有那儿，不止一个，有许多个飘忽的人影。该死的是什么鬼东西！"公羊雁瞪大眼珠子，不像是睡迷糊了。

其他人往树林里谛视，常伯默不作声地进树林查探但毫无发现。常伯回来说："你可能误把树影看成人影了，第一次进山的人总有这样的事情，不用担心。"

公羊雁摇摇头："我没看错，的的确确是飘浮的白影。"

边奎突然道："白影……难道是十方山的白雾毒瘴？！不会吧，按照以往规律毒瘴还得半个月才会出现。不过也保不齐有意外，公羊公子，你确定看见了飘浮的白影？”

公羊雁点头。

“不怕一万就怕万一，大伙收拾下马上走。”边奎急忙整理竹篓。黎斯在老坛口听边奎提过十方山毒瘴，但不曾想到边奎会这般惧怕，黎斯问：“这里的毒瘴这么可怕？”

边奎一边催促着众人，一边回答：“十方山毒瘴远比毒蛇毒草可怕一百倍，因为你只要被毒瘴发现了，那毒瘴就会一直盯着跟着你！直到你跑得筋疲力尽，它就会把你整个吞了。之前老坛口有十几个向导，但每年都有被毒瘴吞了的，到现在只剩下我们三个了。”

七人整理完毕，边奎带领大家往西南方向避走。

“白影是什么？”赶路中，公羊雁忍不住问。

“每次毒瘴出现那玩意也会出来。村里老人说白影就是当初困死在毒瘴里的人的冤魂，冤魂不能托生就变成了妖孽，借助毒瘴专门害人。”边奎往后瞧了眼，不由自主加快脚步。

跟边奎所说的一样，没多久七人休息的地方便被一片浓稠模糊的白雾所笼罩，而且又以不慢的速度朝黎斯等人涌来。边奎忙乱中认错了路，把大家带到了一条断崖边，崖下是嶙峋尖锐的石骨。常伯喝问：“怎么办？”

边奎望着迫近眼前的混沌瘴气，瞬间脑袋里一片空白，支支吾吾说不出话。

黎斯当机立断：“原路返回。只要速度够快还来得及。”

“对，对。”边奎犹如被当头棒喝，反应了过来。大家飞速地向原路折返，毒瘴已近在咫尺，摇飏着虚白的剧毒躯壳卷向众人。腥腐恶臭的气息扑面而来，先到的毒瘴如同无形巨石压在头顶。

黎斯道：“蹲着走，千万别吸入瘴气。”

黎斯屏住呼吸拉着旁边人的手一步步挪出毒瘴的封锁。忽然阿木被乱石一绊朝石坡滚下去，米塔心急如焚却无计可施，关键时刻一只胖嘟嘟的手拽住了下坠的阿木。

阿木惊魂未定，看到拽住自己的人竟是邋里邋遢的胖道士。

“小心。”胖道士咧咧嘴，但笑容果真难看。

“谢谢。”阿木望着胖道士鹑衣百结的破道袍，轻声说。

大家有惊无险地逃离了毒瘴第一轮的奇袭。大约过了半个时辰，毒瘴才被落在身后。常伯长长喘一口气：“明明没风为什么毒瘴会移动得这么快？”

边奎舔舔嘴唇说：“风被毒瘴挡在背后了，我们自然见不着。不过这时的风都是从东边烂沼泽吹来的臭风，最好是闻不着也见不着，要不然保准你们会恶心吐了。”

“烂沼泽？”黎斯疑惑地问。

“十方山背靠寒冷的北海，烂沼泽则在北海和十方山之间。海风吹到烂沼泽再刮上十方山，那海风可要比山风猛烈十倍，所以毒瘴才跑得这么快。”边奎拿出水囊喝了口，“每年冬末春初北海变天的时候，也就是十方山最凶恶毒瘴出现之时，外山将会有一大半被毒瘴所笼罩。前后持续有两三个月吧。”

毒瘴显得愈加巨大，黎斯眸子凝望十方山深处：“内山也受毒瘴影响？”

边奎面容带着敬畏：“外山毒瘴进不了内山，但内山有它自己的毒瘴。那种泛着桃花色的毒瘴我只在小时候见过一回，我老爷爷跟我说只要入了桃花瘴恐怕连骨头都找不回来。”

“桃花瘴仿佛被泥犁魔鬼所控制，终年统治着内山。而且桃花瘴的毒性和速度都是外山毒瘴无法比的，所以内山才被我们唤作‘死禁之地’。”

“死禁之地。”黎斯重复道。

公羊雁双目发光：“边奎，你可听说过十方山中的刑天城？”

“刑天城！”边奎嘴角抽动两下，“刑天城只在老辈人传闻里听过，那可是一座受到千年诅咒的天罚之城！你是怎么知道的？”

“唔，我们也是听别人瞎传的，因为分不清真假所以问问。”常伯代替公羊雁回答，公羊雁不再多说。黎斯望了望这对主仆，自言自语：“刑天城应该在内山吧？”

边奎咧嘴道：“是，不过还是别说它了。”

七个人陷入一阵古怪的沉默氛围里。刚刚说到刑天城时，母女俩中的母亲米塔面容突然僵硬，女儿阿木则偷望一眼救了自己的胖道士。而胖道士我行我素，对所有人的谈话都不在意，翻着两只白眼球只管走路。

大家麻木地走了三四个时辰，那妖魔化的毒瘴将太阳完全挡在了大山之外，让七人犹如走在永不见天日的深渊中。周身寒气从脚底渐渐升起，就在这时，边奎开口了："谢天谢地，抚瓦村到了。"

第二章 抚瓦村

抚瓦村是隐藏于山腹的部落小村。黎斯之前计划在抚瓦村打听毒手圣医的行踪，但计划从走入抚瓦村的一瞬就无法实现了，因为整个村子没有一个人。黎斯茫然地望着空荡荡的村落，胖道士忽地说："毒瘴来过了。"

边奎恍然地拍拍下巴："怪不得瞧不见一个人影，抚瓦村的人恐怕都逃走躲毒瘴了。要在这等他们回来可不是一两天的事，这趟看来要白跑了。唉，可恶的毒瘴偏偏早来，弄得一切都乱七八糟。"

"阿木！"米塔惊叫一声，阿木晃晃悠悠倒在村口。

黎斯探了探鼻息，说道："没事，只是昏迷了，先找一个地方让她好好休息。"

边奎找到附近一座木楼。楼里没多少摆设，简简单单的藤木床，一张四角桌，三四张凳子，寥寥一些锅碗瓢盆。黎斯把阿木放在床上，边奎摸出了一小坛青蛇尖递给米塔："给她喂点白酒，孩子兴许被冻坏了。"

米塔顺从地接过青蛇尖喂给阿木。看来酒确实有效果，阿木苍白的脸色渐渐有了一抹红晕。

"十方山这么恶劣的地方，阿木的身体也不好，你怎么还带她进来？"黎斯说出心中疑问，边奎和门口的公羊雁等人也看向米塔。米塔神情落寞，紧紧抓住阿木的手："是阿木一定要跟来的，她要亲眼再见她爹一面。"

“阿木的爹？”

米塔点头：“她爹三年前跟随一伙商队进入十方山，从此就杳无音讯。阿木自幼患有痼疾，她爹失踪后她病得就越发厉害了，阿木坚持要在她还没断气之前再见她爹一面，所以我才带她来到十方山。阿木，我苦命的孩子！”

黎斯望着失魂落魄的母亲，挥挥手示意其他人退走。

从木楼出来，胖道士嘟囔着累了要先去睡会儿，剩下的四个人将不大的抚瓦村转了一圈。村中三十多座木楼呈规则的椭圆形分布，每一座木楼的外观和内部摆设都差不多，在其中几座木楼里，黎斯看到有几家灶上还留着吃了两口就扔下的冷饭冷菜，推想可知抚瓦村人当时是多么惊慌失措。

黎斯从一家木楼走出，正看到公羊雁和常伯在对面。公羊雁沮丧地望着地面，常伯正低声对他说些什么。黎斯眸光转动，边奎从另一侧揉着耳朵过来：“真受不了那胖道士，天大的好睡性啊！我本想找他问问看还需要买什么，结果被他的呼噜声吵得不行。对了，黎先生要不要再买点什么？上次的青蛇尖不错，其实我还有更好的哟。”

黎斯连连摆手：“算了，算了，我可不想喝醉，万一毒瘴来了我岂非跑都跑不了？”

边奎讨个没趣，想想又朝公羊雁那边去了，估计是不死心去烦公羊雁了。

黎斯沿抚瓦村边缘走着，走来走去到了村中央，这里有一片整洁的宽四五丈的石台。旁边是一口古井，井里头还有水。井左边有两棵参天古树，树下开着一丛丛紫色的晶莹剔透的小花，黎斯以前好像见过这种花，只是记不清名字了。

折了一朵小花放入怀里，黎斯盘膝坐在树下，望着仿佛白色巨兽般偶露狰狞的毒瘴轮廓，心头涌起一阵没来由的失落。白珍珠还在等着，自己却没有半点毒手圣医的消息，丫头恐怕会等待得很难受吧。说不定早就偷偷抹鼻子哭了，她就是个爱哭鬼呀。黎斯心神不定地胡思乱想，不知怎么就睡着了。

时间在十方山里仿佛走得极慢，慢得只想让人睡觉。常伯出去找水，公羊雁在木楼里坐立难安，来十方山的那件事就像看不见的桎梏牢牢锁住自己，公羊雁窒息得想喊出来又害怕别人听见。这般走来走去，木楼后突地传来古怪的声音，听去仿佛人的呻吟，又仿佛某种野兽的低吼。公羊雁本就窝了一肚子火无法发泄，拎起宝剑便跳出木楼。

楼后阴沉沉的树缝之间果然有一团黑影，像是蛰伏着什么东西，若在平时公羊雁定然不会如此鲁莽，但此刻窝了一肚子火的他想也没想就挥剑冲过去，怫然怒喝：“是谁？”

公羊雁以剑先行，剑尖刺向那团黑影。黑影忽然如同闪电窜出了树缝，那是一张怎样的脸啊！公羊雁甚至吓得连惊叫都忘记了，栲栳大的圆溜溜的脑袋，一张凶煞的脸孔上只有坑坑洼洼的小洞，青筋翻起的血盆大口，还有一双没有眼睑的暗灰色的眼珠子。黑影没有鼻子，也没有耳朵，却有……三只手！

这绝对是一个怪物，一个没鼻没耳的三手人。两只左手，一只右手！三只手齐齐抓向公羊雁的胸口，在几乎要被掏穿胸膛的刹那公羊雁从震惊中醒过来了，他回身长剑一撩，剑锋削断了三手人的两根手指。血淋淋的指头落在地上，三手人一点疼的表现都没有，狰狞可怖的面孔带着暴戾之气扑向公羊雁，公羊雁可不想跟他接触，长剑一挡，稍微阻了一下三手人的来势，转身就跑。

“常伯救我！”公羊雁声嘶力竭的声音在空荡的深山小村显得格外刺耳。

黎斯被惊醒，边奎和常伯闻声出现。米塔也远远赶来。公羊雁扑到常伯身边，心有余悸地望着身后，断断续续地说：“怪、怪物……它有三、三只手，没眼也没有耳朵……它在追我！”

公羊雁所描述的怪物并没有现身。黎斯等人诧异地望着公羊雁，公羊雁脸皮一红：“我没撒谎，真的有那么一个怪物！它想袭击我，但被我削断了两根手指。”

“他身上有血。”边奎指指公羊雁。

黎斯早注意到了公羊雁衣袖上和宝剑上的血迹：“冷静，先去你说的地方看一看。”

“好。”公羊雁领着大家来到了那座木楼。木楼后的地面上残留着不少血迹，但公羊雁说的怪物和断指都找不到了。黎斯捻了捻血迹，环顾周围：“血是新鲜的，不过周围没再遗留血痕。可见受伤的家伙身手十分矫捷。”

“怪物还没死……常伯，你说他还会不会来找我？你告诉我啊！”公羊雁扔掉宝剑，情绪失控地喊。

“别叫了。有我在他伤害不了你，公子。”常伯用力抓住公羊雁的一只手，公羊雁惶恐不安的表情渐渐平复，从地上捡起宝剑。

“好了，也不用太担心。说不定就是一只生有三只手的大猴子，这在十方山这种深山老林也不少见。不过嘛，为了大家的安全着想，我建议今晚就不要分开睡了，大家挤一挤都在村中央的石台上睡吧。”边奎提议。

公羊雁恳求地看向常伯，常伯“嗯”了一声，说：“我没意见。”

黎斯也同意。米塔担心女儿，点点头也同意了。只有一个胖道士没过来。

“哈哈，胖道士好说，他特别爱吃我的糯米糕，大不了我慷慨一次。”边奎样子阔绰地说，不知道的人还以为他多慷慨，送出宝贝了呢，其实就一块糯米糕。

“你们先去古井那边，我去叫胖道士来。估计他也该睡醒了。”边奎向胖道士的方向跑去。

其余人来到村中央的古井口，米塔把阿木接来了，休息了一段时间少女的脸色渐渐红润。又过了半盏茶时间，边奎摇着头回来，说没见到胖道士的影子。

“我早来了。”胖道士悠闲地从旁边阴影里走来。

“来了就好啊。”边奎有些疑问，随即又满面春光，“时辰到了，大家该吃晚饭了。不知各位客官是来点牛肉干、熏肉、青蛇尖还是甜甜好吃的水果呢？”

“又开始了。”黎斯不经意地揉揉鼻子，微有困惑的目光在每个人脸上转过。

大家心不在焉地吃过晚饭，由于恐怖毒瘴，还有公羊雁见过的怪物，所以七个人除了米塔和阿木外都安排了守夜。

晚饭后也不过酉时末端，天就完全黑沉沉了，就好像天幕上被泼了一层浓厚的墨汁。在东北方向有可辨的大块不规则形状的轮廓，毋庸多言那就是毒瘴。边奎又点上驱虫香，虽然不见得能够驱散蚊虫，不过对于睡眠的确有点帮助。

黎斯望了望其他人，常伯、公羊雁、米塔和阿木都睡在石台中央。胖道士先守夜，坐在古井的井沿上。黎斯背靠古树，旁边是已经酣然入睡的边奎。

“该睡了吧。”黎斯疲倦地暗暗想道，眼皮也随之缓缓闭合。

第三章 噩梦黑暗第一夜

十方山的黑暗弥漫于黎斯左右，冲入睡梦中的却是些不明言状的画面片段，画面如同长了翅膀的鱼游来游去，黎斯把手伸高，伸向画面片段，那些画面就好像气泡般轻易粉碎。

“啊，死人了，死人了！你们快点醒醒！”边奎变调的惨叫把众人惊醒，黎斯倏然睁眼，循声看去。边奎浑身哆嗦地站在石台上，眼珠子动也不动盯着脚边上的一个人，常伯。

常伯横躺在一片血泊里，脖子前面有几道触目惊心的伤痕，伤痕凹深见骨，鲜血顺着伤口汩汩往外冒。常伯手紧贴腰侧，半弯曲着。双目布满血丝，怒瞪着黑黢黢的苍穹。在场的每一个人都心知肚明，常伯死了。

黎斯跳上石台，把常伯尸体里外查了一遍。

“常伯你醒醒，别丢下我一个人……你答应过我爹娘要保护我的，你答应过我要帮我的，快点醒过来，别睡了！”公羊雁头压在常伯胸膛上哭着，滚烫的泪水染湿了两人衣襟。

米塔、阿木和胖道士都过来了。

“究竟是怎么回事？边奎，刚刚不是你在守夜吗？”米塔看向边奎。

边奎一脸木然地呆立，猛地反应过来说：“是，我就守在石台前头，可没看见有人进来啊。”

黎斯瞥了瞥石台四周，石台左右空旷无物，若要瞒过守在前头的边奎跳上石台杀人，只有借助两棵古树的掩护，从石台后方上来。黎斯把观察到的告诉了其他人。

米塔首先摇头：“这不可能。我就睡在常伯右边，如果有人从石台后方上来肯定先经过我，我这一晚都没怎么睡着，却也没看到有人上来。”

胖道士也发言：“我也没一点察觉。”

胖道士守完夜就睡在那两棵古树下。黎斯颔首：“我同样也没发现。”

“那么只有一种可能性了。”公羊雁紧握宝剑站起，双眼血红地转向边奎，“杀害常伯的凶手就是守在前头的守夜人，只有守夜的人才能悄无声息跳上石台。凶手就是你，边奎！”

公羊雁拔剑出鞘，长剑抡起一片剑光，碗口大的剑花卷向边奎。

“边奎，你给我死！”

边奎躲闪不迭地闭眼惨叫：“饶命啊，人不是我杀的……不是我！”

“当！”凭空斫来一剑挡住了公羊雁，公羊雁诧异地看着出手的黎斯。

黎斯持剑在手，摇摇头说：“你也看到了，面对你的剑他连反应的余地都没有。常伯剑术应在你之上，这样一个没武功的人可能杀死他吗？常伯之死我们都知道你很难过，但千万要冷静，莫让怒火蒙心错杀无辜。”

“哼哼，你知道什么啊！常伯死了，一切都完了。”公羊雁惨笑，宝剑锵地扔在地上。他就像失去父母庇佑的孩子，突然间变得无助茫然。

黎斯无奈一叹。

边奎死里逃生。他颤巍巍地瞅着浓稠的黑暗说：“人是杀不死常伯的，一定是冤魂，是十方山毒瘴里的冤魂跑出来杀人了！一定是这样的，一定是这样的。”

边奎口齿不清地不停重复。胖道士忽然插嘴：“冤魂只可诛心，是杀不了人也留不下这种伤口的。”

黎斯的目光转移到常伯可怖的伤口上，皱起眉头道：“伤口深可见骨而边缘整齐，不像是人能做到的，倒像是某种野兽用利爪一下子插进了常伯的脖子。”

公羊雁猛地一个激灵：“三手怪物……错不了，是三手怪物杀了常伯。”

“我要报仇！”公羊雁面无表情地捡起宝剑，一个纵身跃下石台直奔黑暗。

黎斯等跟住公羊雁。六个人来到公羊雁遇见三手怪的木楼后面，公羊雁咆哮着冲进林中，癫狂地举着剑猛戳狠刺周围的虚无黑暗。他双眼迸射扭曲的火光，亢奋地叫道：“出来啊，像杀死常伯那样杀了我！有种你滚出来，你个丑八怪三手怪滚出来！”

公羊雁开始用拳头噗噗噗地砸树，甚至用牙齿去咬。

“他疯了。”米塔说。

胖道士看向米塔身侧，阿木也在后面张望，两人目光正好对上，胖道士连忙将视线转回公羊雁身上。

黎斯再也看不下去了，他一只手提溜起烂泥似的公羊雁，“啪啪啪啪”左右手齐发扇了公羊雁十几个耳光，公羊雁左右脸颊很快鼓起来，显现出五个血红掌印。

公羊雁愕然望着黎斯。黎斯则平静地说：“醒醒吧。”

“我们回石台。”

六个人回到石台，米塔突然喊说：“井口边有人。”

黎斯看到古井的井沿上摇摇晃晃坐着一个人，正是已经死了的常伯。常伯脖子里的血还在往外涌，脸孔朝着黎斯等人，死灰色的双眼，嘴角凝固着一抹似有非有的笑意。

“鬼，鬼！”边奎双腿一软，“扑通”一声直接瘫在地上。

黎斯环顾暗无天日的抚瓦村，心底里不由产生犹豫，在这充满未知的十方山里是否真的存在着可怕的魔鬼？

胖道士走上去，抱起常伯的尸体往村外走。

“你干什么去？”边奎颤声问。

“人死入土为安，我找地方埋了。”胖道士回答，这时众人才想起胖道士原来还是个道士。

“我跟你一起去。”黎斯道。胖道士看看他，点点头。黎斯让边奎照顾米塔、阿木和失神的公羊雁，自己跟着胖道士出了村子，在村子左边一片荒地上挖了个土坟把常伯埋了。

埋完了尸体。胖道士回头说："十方山是一个让人永远猜不透的地方，也永远忘不了，有些人就永远留在了这里。"

胖道士说完，头也不回地进了村。一阵透彻心扉的凉意同胖道士的话一同钻进了黎斯心里，永远，长眠这里。

常伯的死让所有人都失去了睡意，浑浑噩噩度过了两三个时辰。边奎把竹篓里剩下的牛肉干、熏肉和青蛇尖等都分给了大家，破天荒地没有要钱。

"命要比钱贵重多了。"边奎一边咬着牛肉干一边说。

"天差不多也亮了，这是进入十方山的第三天，按照事先讲好的今个就该回去了。吃了饭我去探探路，尽快下山。"边奎加快嚼吃的速度，他是恨不能早一刻平安下山。

公羊雁倏地放下厚饼，浑身冰冷地走到边奎面前。边奎还没忘了昨晚的事，下意识地用手挡在身前说："你干吗？我说了常伯的死跟我无关。"

"你别误会，我不是要杀你。"公羊雁翻过手伸开，示意没有拿剑。

边奎仍旧后怕："那、那你想做什么？"

公羊雁脸色苍白无血色，但眼神却不再茫然无助，而是变得坚定执着。公羊雁从怀里掏出了五六张百两一张的银票，还有三锭金子，塞给了边奎。边奎眼里放光，但又怔愣不安地问："这些钱……"

"银票和金子都给你，我只求你一件事。"公羊雁语气决绝，"带我进内山。"

"内山，你说内山！得了吧，你想找死我可不陪着。"边奎站起来把银票和金子扔了，"内山那是'死禁之地'，有去无回，我再贪财也不至于不要命。要去你自己去，我是死活不去的。"

边奎背起竹篓就往村外走，公羊雁伸手一拦，目光变得狠辣："死禁之地是吧？好啊，如果不带我去，抚瓦村就是你的死地。"

"你这是不讲理的威胁！"边奎瞪圆了眼珠子，想装出恼羞成怒的表情，但公羊雁直接视若无睹。边奎只好瞥瞥黎斯和胖道士等人，希望获得他们的帮助。但黎斯一言不发，胖道士耷拉着脑袋扫着千疮百孔的破道袍。

米塔开口了："一路上都没有阿木爹的音讯，我想他或许在内山。所以我和阿木也要去。”

边奎吃了一惊：“你怎么也不要命了！”

“没走过的地方总想走一走，我也凑凑热闹好了。”胖道士也发话。

公羊雁、米塔和胖道士看向黎斯，黎斯苦笑道：“我只好舍命陪君子了。”

“你们……你们……唉！”边奎连说了两个你们，最后变成了一声哀叹。边奎把人挨个瞅了瞅，认命似的点点头：“好吧，我带你们进内山。但是必须有一个条件，因为内山我也从未进过，所以我只送你们到入口，不陪你们进去。你们进内山是死是活跟我边奎无关。”

黎斯答应了。公羊雁、胖道士和米塔都没意见。

条件谈妥。六个人早饭后略微休息，然后由边奎带领去找进内山的入口。边奎从竹篓里翻出一张勾勒着复杂符号和路线的羊皮古卷，低头抬头地对照着走了小半天才找对路，中间还走错两次，走的也全都是蛇径小路。如果不是羊皮古卷，估计边奎真一筹莫展。

大约半个时辰后，蛇路走完了，尽头是百丈宽的悬崖。悬崖对面完全笼罩在一片深白色的蔼蔼雾气中，有一条三尺余宽的黑石桥从悬崖连接到对面白雾里，滃翳氤氲，完全看不出黑石桥究竟有多长。边奎站在黑石桥边上，指着对面说：“那边就是内山了，但现在肯定过不去，要等黑石桥头的白雾飘走了才能过。我听祖辈爷说每日的卯时一刻至三刻，黑石桥的白雾会移往里面。”

公羊雁站在桥头，眼中也有一片浓郁的雾气：“那就等到卯时再来。”

黎斯望了望边奎手里的羊皮古卷：“这张古卷能不能给我们？”

边奎稍一迟疑：“公羊公子，银票和金子还能不能给我？”

“都给你。”公羊雁毫不犹豫地说。

“得嘞，那这张羊皮古卷就送给你。其实这羊皮古卷也是价值不菲，是我爷爷的祖辈爷亲手绘制的，这么多年行走噩梦般的十方山能够安然无恙都多亏了它。不过我们有缘，我就忍痛割爱了。你们不用感动，也不用谢我了。”边奎黑黝黝的脸完全看不出脸红，黎斯心里暗道这家伙的脸皮是够厚的，跟我行我素的老死头有一拼。

从黑石桥离开，边奎走向出山的路，结果发现所有路都被摇飏毒瘴所盖住。

没办法，边奎只得等毒瘴飘走才能下山。转来转去，六个人再次回到了抚瓦村。

“真倒霉，又回来了。”边奎狠狠踹了一脚村口的木栅栏。

“就多等一天看看。”米塔说。

在外头白跑了一天，六个人身心俱劳，所幸携带的厚饼干粮够多。六个人吃了晚饭，边奎瞅了瞅阴森森的四周，抿抿嘴说：“不行，那杀人的怪物还没被逮住，今晚我们怎么睡啊？”

“要不然就不睡了。”公羊雁强自睁着充血的双眼。

“这两天大家都没睡好觉，又走了整天的山路，如果再不睡觉身体肯定吃不消。尤其我们中间还有两个女人。”黎斯目光熠熠，顿了顿说，“这样吧，把守夜的人换成两个，一个守在石台前头，一个守在古井旁。如此应该安全了。”

“有理，有理，就照你说的办吧。”边奎打哈欠道。

因为守夜的人手不够，米塔坚决也要守夜。黎斯想了想也没阻拦，于是安排米塔和胖道士守上半夜，自己和边奎守下半夜。公羊雁刚经历亲人去世，心情激荡，也就没安排他守夜。

“安排好的话我就睡了，到时辰准时叫醒我。”边奎点完驱虫香嘀咕说。黎斯还是背靠古树睡，边奎则躺在石台上呼呼大睡。

“希望今晚能平安无事。”黎斯心底暗暗祈祷，话说自己什么时候也变得婆婆妈妈的喜欢祈祷了，都是白珍珠那丫头害的，她最爱祷告，结果传染给自己——丫头，你还好吗？

黎斯忽然记起古树下紫色小花的名字了，紫梦萝，丫头说的。

还有什么来着？紫梦精灵……

第四章 噩梦黑暗第二夜

进入十方山的每晚都做着冗长的噩梦，最后揉成了黑色，融进了黑暗。在梦里黎斯竟然想这是自己的梦吧，可什么时候会醒?

有梦就有醒来的一刻，但这一刻并不美好，噩梦的折磨让醒来的黎斯感觉脑壳在撕扯着。黎斯摸摸身侧的紫梦萝，何时自己才能有一个好梦？黎斯将剩下的半个青果吃掉，边奎嘟嘟囔囔也起来了。黎斯和他商量了一下，由黎斯守石台前头，边奎留在古井旁。

边奎很满意："守古井好啊，累了还能去古树那靠一靠。就这么定了。"

"小心点。"黎斯走到了前头。

深夜里刮起了风，窅冥黑暗里仿佛还有一缕断断续续的悲涩之声，如泣如诉。黎斯忍不住想要听清楚些，倏然，一只惨白的手拍在了他后背上。

黎斯猛打一个激灵，一下子回身却看到了茫然无辜的阿木。

"阿木，怎么是你?"黎斯放下紧绷的心。

阿木盯着黎斯，带有歉意地说："我吓到你了。"

"没有，我还没有这么容易被吓到。"黎斯自然不承认，打死也不承认。黎斯平复心绪说："你不困吗？"

阿木轻轻摆头："晚上只有我在睡，我已经睡得够多了。"

“嗯。”黎斯不知道再跟小姑娘说什么，不远处米塔正睡得沉熟。

看黎斯不再开口，阿木先说道：“你叫黎斯吧，挺好的名字，名字挺好的人都挺好。”

黎斯被阿木的“挺好挺好”饶得有些糊涂，不知怎么回答，只得笑笑。

“黎斯，你跟他们不一样，你有一点点像我。”阿木没来由地说了一句。黎斯看向少女，第一次发现阿木深邃眼眸犹如两口湛蓝色的深泉，清冷闪亮。黎斯不由好奇地问：“我哪一点点像你了？”

阿木小声地回答：“孤独。”

“你跟我一样孤独，即便身边有很多人，但没有人可以走到你的心里。或者说，你的心从未对任何人打开过。”阿木的话让黎斯心绪一滞。黎斯悄然吸气：“也许吧，但阿木，这个世界上又有谁不孤独呢？”

“不知道。”阿木说。

两个人陷入一阵沉默，阿木伸伸腰说：“我要去睡了。希望有一个好梦。”

“好梦。”黎斯说。

不远处的边奎挥手，示意他看到起来的阿木了。黎斯暗忖阿木是个有意思的小丫头，不过她真的是来找爹的吗？进入十方山的每一个人都似乎心事重重，公羊雁、常伯、米塔、阿木，还有那个古古怪怪的胖道士，每一个人都藏着秘密吧。

被阿木打断，先前那些悲涩之声似乎再也听不见了。周围一切都很安静，风也没了，太安静了，甚至于黎斯能够听到有人在古井井沿摇腿的声音。黎斯回头去看，他以为肯定是边奎，但黎斯错了，坐在古井井沿上摇晃双腿的根本不是边奎，而是已经死了又被埋了的……常伯！

天啊，发生了什么？

黎斯并不相信鬼神论，但眼前的景象让黎斯觉得太过匪夷所思，一时间根本想不到合理的解释。难道常伯没死……黎斯刚走近古井，常伯泛着诡异笑意的尸体俯身砸到地上。黎斯翻过尸体，没有心跳，没有脉搏，甚至血都已经冻结，常伯早已魂入黄泉。

常伯死了，那一定是有人将他的尸体挖出又摆在井沿上，这人是谁？黎斯马上想到了边奎。但没瞧见边奎的影子，他又去了哪里？

“边奎，边奎……”黎斯只喊了两声就停下了，因为他已经看到边奎。更准确地讲，是发现了边奎的尸体。两棵参天古树下，边奎斜靠在树背上，脖子上有一排血淋淋的伤口，鲜血汩汩冒个不停，死状和死因跟常伯一模一样。边奎眼球怒凸，似乎死前见到了令他毛骨悚然的东西，最后挂着的表情也是一脸惊魂落魄的神态。

血还是温热的，边奎刚死不久，旁边的紫梦萝沾满了血迹变得殷红刺目。黎斯蓦地环顾古树四周，除了令人窒息的黑暗再无他物，回看石台，刚刚胖道士、公羊雁、米塔和阿木都睡在石台上，是自己亲眼所见。也就是说杀死边奎和常伯的凶手不在他们七人中间……抚瓦村里还有第八个人！抑或者，根本不是人。

“他死了！”身后传来声音。其他人聚过来，寻找边奎的喊声把几个人都吵醒了。

公羊雁眼皮子直跳，紧咬着嘴唇：“又一个死了！常伯……他怎么也在这里？”

胖道士也是一脸诧异，黎斯默默道：“不知道谁把常伯的尸体又搬回来了。”

米塔紧紧抱着阿木，阿木神情恍惚。米塔说：“这里只有我们几个人，会是谁干的？”

“不是我们。”黎斯把每一个人的表情印在眼底道。

公羊雁不知是恐惧还是寒冷，他的声音竟有几分颤抖：“离卯时也不远了，我们走吧，不要再留在这个鬼村子里了。”

“我同意。”米塔连忙说。

黎斯和胖道士也没意见。胖道士说：“先把两个人的尸体埋了再走。”

黎斯点头。活着的五人将常伯和边奎的尸体抬到土坡上，挖了两个土坟，把两个人的尸体好好埋进去，公羊雁给常伯刻了个木牌插在土坟里。黎斯望向抚瓦村的方向，毒瘴不知不觉间似乎离得更近了，或者说是更庞大了，在十方山外山几乎无处不在。

“可以了。”黎斯说。

五个人按照边奎留下的羊皮古卷前往内山入口的黑石桥，一路上黎斯皱眉凝视羊皮古卷，公羊雁凑上来问：“地图不好认吗？”

黎斯神情复杂，摇头说：“我只是在确认有没有走错。好了，往这边走。”

五个人准时在卯时之前到达了黑石桥，黑夜如同浓酽黑雾包裹着五个人。黎斯等五个人站成一个圆圈，米塔和阿木在圈中间。黑石桥对面的白雾仍旧蔼蔼深厚，没有飘移的迹象。

“快到卯时一刻了，白雾会走吧。”公羊雁像是说给别人听，又像是在说服自己。

时间仿若风尘在不着痕迹的情况下慢慢流逝，过了半个时辰、一个时辰、一个半时辰……即便在暗无天日、无法准确判断时辰的十方山中，也绝对已经走过了辰时三刻，但黑石桥对面的白雾毒瘴依然没有消失。这也就意味着五个人无法进入内山。

“该死的边奎竟然骗我！”公羊雁咆哮怒喊，满目火星看向悬崖深渊，“我就不信了，内山毒瘴过不去？我试试！”

公羊雁握拳头跳上黑石桥，却被黎斯一把拉了下来，黎斯面色冰冷地说：“你是在拿命去试，只有一次机会。如果错了就万劫不复，你的一切都将化为乌有，你确定要试？”

“我、我……”公羊雁没把答案说出来，但最后颓废地抱住了脑袋。

“我觉得边奎没道理骗我们，十方山内外之间自成气候本就不是凡人可以揣度的，我看我们还是再多等一天看看。”黎斯看看其他人说。

其余四人都默默点头。

“我们还是先回抚瓦村吧。”黎斯说。

公羊雁如同被踩了尾巴的猫一下子嚎起来：“不行，不能回去！抚瓦村已经死了两个人，那幽灵般的三手怪物还会继续杀人，说什么我们也不能回去啊。”

“如果什么三手怪物的目标是我们，不管我们去哪里他都会跟踪下手。与其在外面东躲西藏无处容身，还不如回去勇敢面对。”黎斯坚定道，“在实实在在面对他之前，我们不能让自己吓倒自己，否则你连拿出勇气来的机会都丧失了。懂吗？”

公羊雁凝视黑石桥深处，肩膀耸动：“你说得对。在未完成我要做的事之前，我不能先变成胆小鬼，那样即便进入内山也注定一事无成。”

“回去吧。”米塔轻轻说。

五个人再次回到了抚瓦村，不同于第一次，这次回来每个人都面色凝重。村外的毒瘴以肉眼可辨的速度越来越近，压迫着五个人脆弱的神经。如果再进不了内山，就只能在毒瘴到来前逃离十方山，虽然没人说出口，但大家都心知肚明。

“晚上怎么办？要不然还是不要睡了。”米塔迟疑道。

黎斯眉头一挑，又无奈地嗟叹：“也罢。晚上我们五个都挤在石台中央，必须保持两个人清醒，剩下的人可以不睡，如果困了也可以睡。”

其他人没有异议。

边奎的竹篓被公羊雁掏空了，掏出了五六包牛肉干和熏肉、三坛青蛇尖，还有青果、苦桃等不少水果，以及三卷包好的驱虫香。

“大家把东西都吃了吧，好有力气对付那个怪物。”公羊雁使劲撕咬牛肉干，眼里闪过凶狠之色，仿佛撕啃的不是牛肉干，而是那个可怕凶手的血肉。

晚饭后是漫长的黑夜，五个人都强打精神不让自己睡去，在彼此脸上寻求撑下去的勇气。大家很少说话，周围跟前一晚那般死寂，只有微弱的呼气声。不知过了多久，黎斯恍惚又听到了那种如泣如诉的悲涩之音，仿佛还带有一些古老神秘的韵味。

黎斯怀疑自己听错了，想问问其他人，但阿木和米塔已经熬不住互相依偎着睡去。胖道士和公羊雁全神贯注守护着石台。黎斯迟疑间缥缈之音已然消失了，果然只是幻觉，进入十方山后自己太累了，黎斯这样想。

一旦想到累，隐藏在身体里的疲倦如同洪水猛兽呼啸而来，整片整片的黑暗占据了黎斯双眼，黎斯尽力反抗了一下，最终还是缓缓垂下眼帘。一种熟悉的气味包围了黎斯。

我不能睡的，睡着了或许就永远不能在第二天醒来，但是我竟然这般无能为力，无能为力……

第五章 噩梦黑暗第三夜

无声的黑暗如同会走动的野兽在你眼前游荡，会选择你猝不及防时咬住你的脖子，吸吮你的血液，抽走你的灵魂，让你彻底融入十方山噩梦般的毒瘴里，永远沉沦。第三夜的梦境朦胧而没有实质画面，更像有一个耄耋老者在耳边谆谆告诫。

“谁？谁站在那里？”外界的声音冲入意识，是公羊雁。

“什么人？”胖道士也喊道。

黎斯强迫自己醒来。溟濛里有两个鬼魅影子出现在石台前和古井旁边，一动不动如同雕塑。公羊雁握紧了他的宝剑，胖道士眯起小眼，黎斯也提起长剑，沉声说：“我去看一看。”

自己距离石台前的人影并不远，但黎斯觉得会走到天荒地老，每一步都走得异常缓慢，终于在最后一步黎斯看清楚了人影的面容。黎斯早已有了可怕的预感，但更可怕的是预感变成了现实……站在他对面的竟是面无血色、眼神呆滞、嘴角挂着抹诡异微笑的常伯。

黎斯还未来得及反应，身后传来了公羊雁的惊呼：“边奎？不可能，这不可能！”

两个死去的人再一次以令人胆战心惊的方式出现在了活人的面前，黎斯视线停滞在如同凝固的黑暗空气里，如果这一辈子曾相信过幽灵鬼神的存在，那么黎斯确定就是在这一刻。

黎斯轻轻伸出一根手指，常伯的身体如朽木般轰然倒塌。另一边的边奎也同样如此。

半盏茶时间后，常伯和边奎的尸体被摆在石台中央。

“这是凶手利用常伯和边奎的尸体令我们恐惧崩溃的诡计，可恶卑鄙的小人。”公羊雁拳头握得咔咔作响。黎斯反而平静了：“如果是这样，那我倒是有个好办法。”

“什么办法？”公羊雁问。

“把尸体留在身边，那么凶手就无法装神弄鬼了。”

公羊雁愣了愣说：“好办法。”

胖道士表示赞同。米塔望着两具冰冷尸体，忧心忡忡地说：“他们真的不会再站起来了？”

“这个十方山里的事诡异离奇，不可不防。我记得边奎竹篓里还有不少麻绳吧。”黎斯回忆说。公羊雁点头：“有，而且是浸过猪油的麻绳，绝对结实牢固。”

黎斯便把常伯和边奎的尸体用猪油麻绳困牢了，扔在石台旁边的角落。黎斯又检查了两遍，说道：“好了，没问题了。夜还早，我们该做什么做什么。”

米塔和阿木睡去了。十方山艰辛险恶的环境并不适合两个柔弱女子，早一天离开或许对她们母女来说是最好的结局。黎斯仿若又听到前夜的悲涩之音，正欲一探究竟，忽然一阵刺耳的啾啾声从前头木楼里传来，紧接着有两只巨大蝙蝠一飞冲天。

黎斯刚松口气，石台中央又爆发惨叫声。

黎斯倏然回首发现米塔脖子前面鲜血淋漓，一只恍若划破黑暗的泛着光泽的鬼手“嗖！”的一下缩进了虚无里。阿木扑在米塔身上，黎斯冲过来：“米塔，米塔！”

“我、我没事……多亏了阿木。”米塔脸带感激地看着阿木，“方才有一只手扼住了我的脖子，我挣扎时阿木扑了上来，那手就松开了。”

“什么手？”晚一步上来的公羊雁茫然不知。

米塔摇头：“我也不知道，我只瞥见半个手的影子，就像流星那样电光石火般一闪又消失了。”

黎斯欲言又止。他无法判断刚刚发生的是不是一次幻觉，就像之前的缥缈之音一样，而且划破虚空的鬼手怎么想也觉得匪夷所思，简直是天方夜谭，估计说出去也没人会相信。

胖道士白胖的脸上神色凝重：“这次我们三个人守着石台，可以说整座石台就是一个被封闭的空间。在这种空间里根本不可能有人行凶，我怎么样都想不明白。除非……”

“除非什么？”公羊雁眼皮直跳。

胖道士声音怪异：“除非凶手不是人。”

虽然黎斯等人都想到了这种可能性最大，但胖道士一语中的，还是让所有人都背后起毛，感觉一股股冷气从脚后跟窜到头顶。黎斯看着被绑的常伯和边奎，声音难以抑制地激动：“等明天再去黑石桥，如果毒瘴白雾还没移开，我们就下山。”

在场的每一个人都不甘心，但此时此刻都没有勇气说出“不”字，毕竟人是最容易被恐惧摧毁的动物。

“阿木，帮米塔包扎一下。”黎斯对阿木说。

阿木扯破衣裙将米塔的伤口仔细包扎好，米塔望着阿木：“阿木，谢谢你。你应该下山的，其实我……”

“不要说了。”阿木打断米塔。

“快到卯时了。”黎斯疲惫的脸庞上那抹坚毅未消。

常伯和边奎的尸体再次被掩埋，无论是不是诡计的道具，死者无罪，理应让他们入土为安。有了羊皮古卷，五人很快来到悬崖边，遥遥望着虚空里的黑石桥。

再回首看，毒瘴已经张牙舞爪地伸向抚瓦村四周，用不了多久就将覆盖抚瓦村。正像黎斯来之前说的那样，如果这次内山毒瘴还未消失，就只能选择下山。但是或许一切都是命中注定，就当五个人垂头丧气地来到悬崖上时，公羊雁迷茫的眼神忽然迸射出兴奋之色，他激动地说：“毒瘴……没了！”

黎斯定睛观望，黑石桥对面的毒瘴白雾果然不见了，依稀可辨对面郁郁葱葱的林木。胖道士脸上挂着一抹意味深长的笑容，他转过头装作不经意地看向米塔和阿木。

米塔秀眉紧缩地看着阿木，忽然拉起她的手说："阿木，你听我说。其实你要找的人，不，你爹并不在十方山里，你没必要拿命进山冒险。听我的，趁着外山还没完全被毒瘴侵蚀赶紧下山去。"

阿木平静回应道："在与不在都无所谓了，我的心中只是需要一个结果。哪怕这个结果并不美好，哪怕它根本不是结果，都没关系。有些事情冥冥注定，你所能做的只是面对它。不是吗？"

米塔听着阿木的话陷入一阵迷茫，等回过神她已被阿木拉上黑石桥。阿木莞尔一笑，笑容清丽出尘。黎斯等人依次踏上黑石桥，没有迟疑地迈出第一步。

黑石桥仅有三尺宽，稍不留神就将失足千丈深渊，尸骨不存。五个人大气都不敢喘，哪怕一块小石头滚落桥下都能让人起一身鸡皮疙瘩。渐渐地黎斯能看清白雾散去后对面的景致，五个人也已走到黑石桥中间位置。正当五个人为即将走完黑石桥暗暗庆幸之时，倏然从对面跳上一条长长人影，如同一阵风扑向最前头的公羊雁，公羊雁怔忪间抽出了宝剑，语气颤抖："有人来了。"

等公羊雁看清楚扑来的人影模样时，整个人僵住了。眼珠子仿佛要跳出眼眶，嘴里只顾喃喃地讲："是他，是他……三手怪物！"

公羊雁身后的黎斯等人也看清楚了。扑来的家伙身高足有八尺，栲栳大一个光球脑袋，皱起扭曲的脸皮上到处坑坑洼洼，青筋翻起的血盆大嘴，没有眼睑的暗色眼珠子。怪物无耳无鼻生着两只左手、一只右手，右手出奇窄长，如同一条连接在身体上的毒蛇。黎斯瞧得心惊胆战，也终于明白在抚瓦村里公羊雁并非是因恍惚癔症产生了幻觉，而是真有三手怪物。

公羊雁望着疾驰的三手怪物，脑海里浮现出常伯诡异奇怪的死相，一阵心虚胆怯竟双腿发软跪在了桥上。公羊雁突然跪下让怪物将目标锁定了后面一脸愕然的米塔，米塔惊魂未定，怪物大吼一声就要抓住米塔。忽然一条如玉般的手臂拽回米塔，是阿木！

阿木把米塔往后一拽，同时把自己朝向怪物，目光冷然地静望三手怪物。

"不行！"胖道士喊道，但无奈石桥路窄自己有心无力。

公羊雁听着耳边呼啸怪风，抬头看见怪物庞大的身躯就要飞过自己脑袋，一股被压抑的怒火瞬间爆发，战胜了恐惧和震惊。公羊雁起身飞手一剑："混蛋，我让你有来无回！"

三手怪物一声怪吼，已经跃到半空的身躯硬生生坠下，险些跌入深渊。三手怪物丑陋的大脸面向公羊雁和阿木，也许是被突然出手的公羊雁所震慑，三手怪物竟然微微低首，巨塔身躯向后退了两步。

"他害怕了。"公羊雁紧握宝剑，朝着三手怪物逼近半步。

三手怪物瞅瞅相对于它来讲过于瘦小的人类，又逐渐露出了凶恶表情，龇牙咧嘴一阵忽地跳下深渊，五个人目瞪口呆。黎斯盯着桥面，很快察觉到了三手怪物的企图："小心桥下！"

三手怪物紧抱桥身，如同一只大壁虎般轻巧地靠近黎斯他们，同时超长的右手从桥底伸出来，想要抓住桥上的人扔到深渊里。三手怪物似乎记恨公羊雁，每一次都抓向公羊雁。公羊雁用宝剑刺插怪物的右手，跟三手怪物周旋。

黎斯和胖道士好不容易挪到前头，黎斯沉剑横削怪物抱住桥身的左手。三手怪物发现敌人来了帮手，狞叫一声不计后果地两只手猛抓公羊雁。公羊雁一个大意左脚被怪物抓住，"砰"地倒在桥上，接着被怪物在半空甩了两圈，眼看就要被甩飞出去!

在这危险的时刻，突然一连串晦涩高亢的诵念从黑石桥对面传来，紧接着一条漆黑的长鞭勾住了怪物脖子，长鞭回扯，三手怪物犹如一条黑色大鱼被从桥下钓上来，重重砸在桥面。公羊雁也跟着摔下来。

黎斯扶起公羊雁。公羊雁耳畔轰鸣，惊魂未定。

诵念不绝，黑石桥上同时出现了三个男人。三个人头戴圆形叠角的帽子，身穿开屏长衣，长衣肩膀位置绣着一个混合了火和水的图案，胸前还有一只飞鹰。左右两人披着土黄色的披风，中间男子披着红蓝相杂的披风。长鞭就在红蓝披风男人手里，他目光阴鸷地望向黎斯等人。

红蓝披风男子的目光一一扫过黎斯、公羊雁、米塔、阿木和胖道士，稍微在某人身上顿了顿，而后森然道："你们怎么来到这里？"

"我们是……"黎斯正打算回答，突然被身旁的公羊雁打断，他直愣愣盯着红蓝披风男人，恍然明白了过来，兴奋地说：“披风，火和水的信仰图案。不会错了，刑天城，你们是刑天城的人！”

红蓝披风男子眼皮子缩了缩：“你知道刑天城？”

“是，我知道。我进十方山的目的就是到刑天城，我想见你们的大长老。”公羊雁发现对方面露杀机，忙又说，“等一下，我有信物。”

男子微愕：“什么信物？”

“两百年前大原长青公的铁焰令符，我就是他的后人。”公羊雁神情凝重，“长青公跟刑天城古族大长老有过约定，其后人可持铁焰令到刑天城找时任大长老，请求大长老帮一个忙。”

男子重新看看公羊雁，又深深望着铁焰令，许久才道：“我是刑天城古族的兀鹰，既然你拿得出长青公的信物就可以跟我回刑天城，但他们……”

兀鹰鹰隼般的眼神望向黎斯，公羊雁伸手一拦：“他们是我的朋友，是来保护我的。”

“朋友？”兀鹰揶揄冷笑，“那好，他们四个跟你一起。”

“好。”公羊雁朝黎斯笑笑，示意没问题了。

兀鹰和公羊雁说话之间，另外两个古族人已把三手怪物用树藤绑牢，半拖半拽地往黑石桥尽头走，三手怪物耷拉着脑袋全无生气。公羊雁心有余悸地问：“这个怪物也来自刑天城？它到底是什么？”

兀鹰扬了扬嘴角：“它是古窅教异徒，是心怀不轨被天罚诅咒的人。”

古窅教异徒……黎斯视线扫了扫兀鹰的脚面，兀鹰穿着坚韧的兽皮靴，黎斯心底里掠起一丝波澜。但黎斯很快又发现了米塔不同寻常的举止，她惊惕不安地望着兀鹰背影，双手紧紧抱着阿木，似乎害怕兀鹰会把阿木抢走一样。

胖道士跟在阿木身边，也是一脸忧虑。

为什么都在担心阿木？黎斯暗忖。

走到黑石桥尽头，黎斯五人跳下桥跟着兀鹰朝内山深处前行。内山比之外山道路更加崎岖，处处可见说不上名字的奇花异果，但最令黎斯侧目的还是高高在上的笼罩内山的白色微粉瘴气，边奎管它叫作“桃花瘴”。桃花瘴飘浮在众人不远的上空，仿佛一阵风就会刮过来。兀鹰看出黎斯等人的担忧，随意说道：“内山仙瘴具备灵性，只攻击擅自闯入的山外人，对于教徒从不主动攻击。你们可以放心。”

“你是古窅教教徒？”公羊雁好奇地问。

“看来长青公并没对后人讲明白，整座刑天城都信奉古窅教。自创立古窅教之日起，古族每任族长都担任古窅教大长老一职，这一代的大长老正是蛮夸，我是古窅教护堂。”兀鹰歪头扫了众人一眼。

公羊雁一怔：“原来先祖提及的大长老就是古族族长，那蛮夸是什么？”

“蛮夸就是蛮父，大长老是我们护堂的父亲。”一个被兀鹰唤作班拿的古族人说道，“我们护堂也是下一代大长老。”

“闭嘴！”兀鹰黑鞭一甩，班拿的脸上瞬间多了一道血印。兀鹰眼神阴狠道：“管好自己的嘴。”

班拿惶恐地点头，旁边兄弟班西拉过去悄悄嘱咐什么。

“继续走，不要再问了。”兀鹰很不耐烦地撂下一句话，黎斯五人互相望了望，默不作声跟在其身后逐渐靠近那座传说中的“天罚之城”。

第六章 天罚之城

内山可以感受到阳光，距离刑天城越近阳光就越充足，这对于在暗无天日的外山度过了三天三夜的黎斯等人来说不失为一个惊喜，穿过层层叠叠的丛林后出现了一条湍急河流。兀鹰逆流而上。

河流冲涌呈现出一种少有的银白色，就如同在河水里洒上了浓稠的银汁。黎斯蘸了蘸，入口之后除甘甜之外还有辛辣感。黎斯记起老死头说过山川河水变味有两种原因：一种是动物尸体腐烂的污染，另一种是河水混入了山体内的矿物杂质。眼前的河流甘甜清澈不像是被污染，那就是第二种情况了。但不知混杂了什么样的杂质。

逆流而行了一个多时辰，河流减缓。这时身穿红蓝披风的兀鹰停下脚步，用眼光示意前方，缓缓说：“刑天城到了。”

黎斯定睛远眺，就在河左岸百丈之外出现了一座山岳般巍然耸立的黑色城池，遥遥可见红色巨大的城门。公羊雁难以抑制地激动：“真的是刑天城。常伯，你看到吗？我到了刑天城，你在九泉之下可以告诉我爹了。”

胖道士眯眼望向刑天城，不一会儿又悄然侧目看着米塔和阿木。

米塔忧心忡忡地拉紧阿木的手，眉宇间的忧虑加深，阿木却目光不带任何起伏地注视着天地之间的庞然巨城。黎斯将同伴的变化瞧在心底，同时暗暗自问：

我要找的毒手圣医会在刑天城吗?

半盏茶后，兀鹰带着五人来到了刑天城城下。

鲜红刺目的城门，仿佛用鲜血浸染过。城墙最高端悬有一块丈宽石匾，笔法古拙地写着“刑天城”。兀鹰跟城内沟通，城门缓缓左右分开，黎斯等人走入刑天城。

进入刑天城，黎斯并没有遇见想象中的熙熙攘攘人来人往的情景，事实上除了兀鹰、班拿和班西之外，就只看到另外四个古族人。不过眨眼间黎斯便看到了第二堵城墙，第二堵圆形城墙将刑天城分割为两城，兀鹰跟古族人打了招呼，叫开了第二座城门。黎斯等人在震惊中无声地继续跟随。

第二座城门后同样是为数不多的古族人，他们衣着打扮相同，神态恭敬地向兀鹰问候。第二座城门后出现了少量方形木楼，木楼左侧处是第三堵城墙，同样呈圆形再将刑天城分割成第二和第三内城，兀鹰面无表情地叫开第三座城门。城门开了，黎斯人还没进，就已经看到百丈开外的第四堵城墙。第三座城门后的古族人明显增多，但总共不超过五十人，而最明显的区别在于第四座城门，深蓝色的，与前面三座城门的鲜红色不同。

兀鹰继续叫开了深蓝色城门，黎斯进入第四内城。这里的空间比前面都要大，密集建造了上百座形式统一的鹰背斜楼，斜楼前面甚至有了热闹的集市和孩童嬉闹场所。黎斯根据斜楼数目暗暗算了一下，第四内城差不多有四百人。但这也不是全部，因为黎斯又望见了同样华丽深蓝的第五座城门。

胖道士自言自语道：“千余年前的古老氏族里就保持着圆形绕圈的生活居住方式，越往内圈代表着越高的地位权力，而住在圆中心的人无疑就是这个氏族的族长和祭祀命师。”

黎斯点头，心中疑惑解开不少。

第五座城门后却是狭窄阴暗的石路，空气中流动着一股难闻的臭味。这里没有坚固舒适的斜楼和热闹集市，但在城墙上却吊着数十个木笼，笼框边缘凝固着黑色血渍，灰白城墙也早被染成了血红色。第五内城应该是刑天城的刑罚之地，犯错的族人或教徒会被送到这里来接受惩罚。距离木笼不远有五座尖锐如锥的石塔，石塔窗户都用木条封死，木条上也都是猩猩血斑。兀鹰挥挥手，班拿和班西将三手怪物带往其中一座石塔。

兀鹰则继续往第六座深蓝色城门走去。

第六内城有成排建立的更宽敞更威严的石屋，石屋分左右各有二十座，中间是一个用红蓝线勾勒出的五十丈宽的广场。城中两端是两座大型石仓。而第七座城门正对着广场，兀鹰径直走向第七座城门。

第七座城门又是与众不同，它的左半边呈鲜红色，右半边呈现深蓝色。

兀鹰在第七座城门前停下，不动声色地看了看公羊雁，然后才用力推开第七座双色城门。

第七座城门内迎面可见的是一座巍然大气的巨型石殿，石殿外观像是倒扣的万斤巨舰，气态磅礴。再环顾第七内城周围，东西两侧对称地修建了两座稍小些的奢华石宫，雕龙画柱，暗色宫柱微微散发金属光泽。在巨型石殿背后仿佛还有一扇破落的没有色彩的木门，凹陷在城墙内一点也不惹人注意，若非黎斯目力过人也不可能发觉。

黎斯还未细想木门之事，兀鹰已带着五人来到巨型石殿前面停了下来，兀鹰一声不吭。公羊雁焦急地站在兀鹰身后，米塔和胖道士将阿木围在中间，米塔神情凄苦。黎斯站在所有人最后面，安静等候。

大约一盏茶时间，石殿内缓缓传出了脚步声。然后一名身披红蓝双色披风的白发老者走出石殿，与兀鹰不同的是老者披风边缘绣着一圈耀眼的金色。老者目光微微浑浊，但当他同你对望时，你会突然觉得没有任何事可以瞒得过他。黎斯感觉老者就像是一只昏睡的豹子，不知何时他就会爆发出惊人力量撕碎你。

白发老者身旁还有两个人。一个是手拄红色拐棍，脖子上挂着五颜六色石头的瘦弱老人；另一位是同样穿着红蓝双色披风，没有金边，体型矮壮的中年男子。

兀鹰眼球上翻瞅瞅白发老者，把披风一扬，单腿跪在石殿门口说：“蛮夸，逃脱的异徒已被抓回。另外我在归来的途中碰见了米塔和圣少女，还有长青公魏青的后人，现在我把所有人都带来了。”

白发老者抬手示意兀鹰起来，而后眼神晃了晃道：“各位远道而来辛苦了，我是古族族长、古窅教大长老兀岩，带你们来的是护堂兀鹰，这里的两位是祭从云眼和护堂游槐。来到我刑天城便是客，我会安排人好好接待你们，眼下先请诸位去前面石舍休息。米塔，将圣少女送到星宫。”

两名古族勇士一左一右靠近阿木。米塔浑身一震，徘徊不定的眼神终于变得决然起来，她跨步挡在了阿木身前，单膝跪下对兀岩道：“大长老，这是一个误会，我并没有找到符合命格的少女，因为担心受到刑罚所以我找了一个冒充者。大长老，米塔知错了，等我把这个无辜的冒充者送出刑天城再回来受您处罚。”

兀岩漠然转头看着旁边挂着卜石的祭从云眼。云眼拄着木拐往前挪了挪：“米塔，命格符合不符合要我祭从说了才算。来人，把圣少女带走。”

米塔柳眉带霜，抽出腰旁匕首喝道：“你们不能带走阿木！”

“你敢违抗我说的话！”兀岩披风飘展，睥视米塔。米塔持刀的手颤抖不已，但她紧咬牙关，眼角噙泪说：“大长老，我不能让阿木去送死。”

“住嘴！”兀鹰怒斥，长鞭卷向米塔。“呛啷啷”，黎斯长剑出鞘，斩向长鞭。

“哼，不知死活的东西！”兀鹰双目连闪杀机，就在这时阿木倏然开口：“都住手。我跟你们走，但请不要为难我的朋友。”

阿木的话是对兀岩说的，兀岩同少女目光对视，眼前平静恬然的少女令他感到错愕。兀岩摆手：“我说了来我刑天便是客，兀鹰收鞭。云眼送圣少女去星宫。还有米塔，莫要让你死去的蛮父失望。”

米塔听闻“蛮父”二字，手一软，匕首“当”的一声落地。黎斯眼看一切有了结果，不再勉强，也悄然收剑。

米塔和阿木离开了。公羊雁跟随兀鹰、兀岩进入巨大石殿，而黎斯和胖道士则被送到第六内城那排宽敞石屋中的一间，这就是兀岩口里的石舍吧。

差不多酉时，有人送来饭食和一坛米酒。黎斯和胖道士面对面吃着晚饭，一刻钟前兀鹰带着公羊雁也来到石舍，但是去了另外一间。黎斯和胖道士并没有去找公羊雁。

胖道士望着米酒发呆，黎斯笑笑：“想喝？”

“曾经想喝，现在不想喝了，只是有些怀念而已。”胖道士摇摇头，专心吃着送来的一盘子青菜。

“我自已喝，山里的酒果然有味道。”黎斯慢慢啜饮。

气氛在两个很少交谈的男人之间变得越发沉闷凝重，胖道士不小心被噎了一口，咳嗽了两声顺口说：“真没想到一眨眼青州药商就变成了大原战神的后人，黎斯，你可听说过战神长青公？”

黎斯略微停顿：“他的事我听过，但不详细。”

胖道士白胖的脸上挤出一抹笑容：“这我倒可以讲讲。那是在大原王朝最后的一段时光里，大约二百三十年前吧，大原王朝旧王薨逝，新王登基不久，朝局上下动荡混乱，西北方的西夜趁乱挥兵侵入中土。新王派兵抵抗了十一阵，结果败了十一阵，最后一阵甚至牺牲了三位皇亲国戚，西夜虎狼之师趁势直逼大原国都寿天城，大原岌岌可危。就在大原皇廷存亡一线之际突然从最北边的幽州杀来一支军队，为首的就是长青公魏青。魏青亲率被他命名为‘铁焰军’的五千铁甲军跟西夜五万蛮兵先后交战八阵，魏青的铁焰军如同九天之兵战无不胜，八阵八胜，硬生生以一己之力把西夜蛮兵赶出了中土。此役过后魏青又以铁腕手段肃清了朝内叛乱势力，帮新王坐稳江山。新王备受感动，御封长青公为‘大原第一战神’，世袭幽州二十八县。”

黎斯听了不禁向往驰骋沙场的战神雄姿，接着看看胖道士，等待他继续讲下去。

胖道士喝了口水往下讲：“但自古英雄盖世却难获善终，长青公功高盖主，朝内奸佞一天天在新王耳畔进谗言，说长青公欲在幽州自立为王。原本心怀感激的新王日渐有了猜忌，终有一日被谗言所蛊惑，下令急召长青公回都肃清造乱余孽，却是要伺机暗杀长青公。但令人意想不到的事情发生了，长青公在接到圣旨的当晚暴病身亡，而他麾下的五千铁焰军全部中毒惨死，五千具尸体更是在一夜之间不知所踪。事后无数人怀疑长青公暴毙和铁焰军猝亡跟新王有关，但王权大于公意，自然也就没人敢为长青公讨个公道了。不过冥冥之中自有天意，大原战神暴毙之后大原开始四分五裂，新王在那之后没多久也被刺杀身亡。”

“唉，可惜了一代天骄。”胖道士咂巴嘴说，“若新王不被蛊惑迷心，若战神魏青多活几十年，现在说不定还是大原的天下嘞。”

黎斯目光沉沉，忽然说：“再怎么骁勇善战，五千人真的可以抵挡五万虎狼之师吗？”

“还有大原新王若要暗杀长青公，大可以等到长青公到寿天再下手，在自己地盘杀人不更稳妥便利吗？但他却选择了一个最笨的办法，在长青公接到圣旨的当天暗杀，之后又屠杀了整支铁焰军，这岂非更是落人口实？除非大原这位皇帝脑袋里少了七八根筋才能做出这样的事。而更匪夷所思的是五千铁焰军的尸体不翼而飞，抬走五千具尸体难道一点破绽都没留下？想想总觉得大有问题。”黎斯一口气道出自己的怀疑。

胖道士听得一愣一愣的，却又忍不住点点头：“被你这么一说，果然觉得有些奇怪了。”

“哈，历史不可再现，我也只是妄自揣测而已，让你见笑了。”黎斯轻松道。

“哪里，哪里，历史不猜不说就变成死的了。只是我觉得你这个人很有意思，说话办事往往一针见血，我很好奇你是做什么的。”胖道士小眼眯成一道缝。黎斯没有隐瞒，回答说：“我是一个捕快。”

胖道士“哦”了一声，表情看不出惊讶也看不出别的：“难怪，难怪，原来是捕快。”

又是短暂的沉闷，胖道士心不在焉地扒拉着米饭，不小心又被噎住了，他哼哧两声又顺口说：“你是捕快，那你对抚瓦村的凶案怎么看？”

黎斯放下酒杯，抚瓦村常伯、边奎之死的一幕幕在眼前闪过，最后画面定格在苍天古树下的一丛妖娆的紫梦萝。黎斯开口：“尚无定论，但我可以肯定这个世界上没有鬼，只有披着鬼衣的阴谋。”

胖道士呆滞地点头：“我也这么觉得，虽然没找到凶手，但我认为当时抚瓦村里就藏着凶手，说不定离我们很近，甚至是认识的人。这次进山的六个人都不简单，每个人都不似表面看上去那么单纯。公羊雁和常伯是长青公的后人，米塔是古族人，而阿木竟然变成了圣少女，不过这个圣少女好像也不容易当。”

“你怀疑凶手在我们中间？”黎斯倏然道。

胖道士一笑，反问：“你不这么觉得吗？”

黎斯也笑笑，轻叹一声：“世事难料，不过你好像少说了一个人。”

“谁？”

“你。”黎斯盯着胖道士看似表情丰富却又没什么表情的面孔，“公羊雁、常伯、米塔、阿木隐藏身份是为了保护自己，但现在还有一个人深藏不露，那就是你。我一直还不清楚你来十方山是干什么的，又为什么要来刑天城。”

胖道士挠挠下巴，笑容瞬间消失：“每个人都想将秘密藏在心底，不是吗？公羊雁他们、我、你都一样。不过我可以告诉你，我虽然是个道士，但是来刑天城是为了做买卖的。只不过这买卖有点特殊，哈，也算是前无古人后无来者吧。”

“哦，那究竟是什么样的买卖？”黎斯被勾起了兴趣。

胖道士指指嘴，又指指心口。黎斯明白了，答案是藏在胖道士心底的秘密。

“我还有一点比较好奇。”黎斯转移问题，“你来做买卖，又是个道士，怎么跟人家小姑娘阿木眉来眼去的？”

胖道士胖脸一红，一拍桌子：“你拿我开玩笑就算了，可不能诋毁人家姑娘的清誉。我只是跟阿木比较谈得来，偶尔多说两句，再说你不也半夜三更跟阿木说东道西来着。”

黎斯一怔，随即干咳两声道：“这个问题收回，是我失口了。”

胖道士歪过脑袋瞅着门外：“这么晚了兀鹰还在公羊雁屋里没走，不知道他们两个说什么说了这么久。”

“或许也是秘密吧。”黎斯不置可否。

胖道士慢悠悠起身，对黎斯道：“吃饱喝足了，我出去转转，你去不去？”

黎斯看看胖道士，那胖脸上明摆着不想让自己同去的表情，笑着摇摇头：“不去了，我累了，想早点睡觉。”

胖道士一猫身就出去了。黎斯忽然觉得胖道士临走时表情有点像只老狐狸，而且感觉他好像认得路，在漆黑内城里拐来扭去眨眼就不见了。

戌时过半，一切在安静中变得更安静了。

黎斯躺在床上，望着窗外黑暗，无可奈何地闭上眼。

同一时间在公羊雁的石舍里，公羊雁已经酩酊大醉打着呼噜。对面一脸冷漠的兀鹰嘴角露出一抹阴笑，悄然将手伸向他的目标。

也是在同一时间，胖道士出现在一间不起眼的普通石舍外，很有礼貌地敲了敲门。

没人回应，门自己敞开了。门内露出了半个黑影，黑影用沙哑的声音说：“你来了。”

胖道士回答：“我来了。”胖道士钻进了石屋里，石门再次默无声息地关起。

第七章

夜未央

夜色深沉，如同星星在四周眨眼的星宫内，阿木轻轻抚摸着散发着暗金微光的石壁，目光悠长不知在想什么。旁边是两名浅蓝色莲裙的侍女，她们是被兀岩派来照顾阿木的，一名侍女发觉阿木对着金光出神，忍不住说："石壁含有墨星岩的成分，所以才会闪闪发光。"

"墨星岩。"阿木收回目光。

"是哩，产地就在刑天城后面的圣地鹰嘴崖附近。"侍女俏皮地说。旁边另一位年长些的同伴拽了拽她，暗示不要多说话。侍女猛觉失口，忙捂住嘴不敢再说了。

阿木把一切看在眼中，朝着刚刚那位侍女莞尔一笑，也不再问了。她并不想为难本心善良的人。阿木在空荡幽深的星宫里漫无目的地走着，不知在对谁说话，话声轻柔："星光，星光，闪啊闪，这里像不像那里。如果你在的话，我就能知道答案了。"

阿木身后凛风扑来，一个脸戴面纱的黑衣人将两名侍女打晕了。黑衣人看着阿木，摘下面纱，竟然是米塔。

"阿木，这里太危险了，快点跟我走。"米塔上前抱住阿木。阿木并不同意："如果我走了，刑天城的人会为难你的。"

“别傻了，丫头。你看我是蒙面的，他们不知道是谁。快点，趁兀鹰不在要赶快逃到外城。”米塔罩上面纱，拉着阿木冲出了星宫。

第七座城门的阴影里突然窜出来两个人，正是兀鹰的手下班西和班拿。班西挡住去路说：“真被护堂算准了。米塔，不用装模作样了，我知道就是你。”

米塔干脆把面纱摘下，不甘示弱道：“是我又怎样，你们两个不要挡我的路。”

班西“哼”了一声：“你竟敢擅自劫走圣少女，可知犯了古窅教圣规。听我一句劝，束手就擒，然后乖乖去大长老那里听候发落。”班西和班拿如同恶狼般面露凶光，米塔头一低：“让我想想……招！”

米塔一个“招”字，一捧白沙从手里打出，班西和班拿猝不及防被迷了双眼，米塔一脚一个踹趴下两人。米塔牵着阿木推开了第七座城门。“嗖！”一条鞭影狠狠抽在米塔手腕上，匕首“当”的一声落地。

米塔满脸愕然地望着城门另一端，兀鹰正阴恻恻往里看。

“想走没那么容易。”兀鹰黑鞭在手指间回旋，语气不含任何情感，“米塔，你私放圣少女已犯死罪，我是护堂，在情危之下有权先杀后禀。所以这一次蛮夸护不了你了，拿命来！”

黑鞭鞭影重重如同无数条黑蛇飞向米塔，米塔想退却为时已晚。千钧一发之时，猛然一柄奇形弯刀划破夜空撞在黑鞭上，弯刀黑鞭互相激荡分开。兀鹰凛然道：“游槐？”

游槐从巨型石殿方向走来，捡起了弯刀：“兀鹰，好久没交手了，看样子你鞭上的功夫长进不少呀。”

“少说废话。”兀鹰冷喝，“游槐，你可知米塔犯下何罪，竟敢出手拦我！”

游槐没说话。黑暗的深处另一个声音徐缓飘来：“我让他拦你的。”

大长老兀岩来了。

兀鹰锋芒收敛，单膝跪下：“蛮夸，米塔她……”

兀岩把手往前一压，兀鹰眼中闪过一抹怒火，但还是顺从地闭嘴。兀岩语气带有高高在上的震慑：“所有的事情我都知道，但米塔并没有触犯古窅教禁忌，带走圣少女是我允许的。米塔跟圣少女朝夕相处三个月之久，情谊深厚难以分割，所以我特准米塔带圣少女去她的木楼住一晚。不过米塔故作玄虚，还无故打伤班西、班拿却是有错。游槐，即日起将米塔禁闭于内三城外不准擅入。若再轻举妄动，古窅教法严论。”

“是。”游槐单膝跪地。

米塔呆如木鸡地站在原地，游槐望着她说：“米塔，还不遵从大长老明决？”

“米塔遵从大长老明断。”米塔“扑通”一下子跪在地上，不忍心地转脸去看要被带走的阿木。阿木却柔声安慰道：“谢谢你，米塔。我很高兴来到这里，也很高兴认识你。”

阿木被游槐带走。兀鹰虽有不甘，但也无法争辩，只得悻悻地带着班西、班拿离开。

眨眼间，第七座城门外只留下了兀岩和米塔。兀岩望着从小看着长大的米塔，无声叹息：“你的蛮父是我敬佩的人，也是古族第一勇士。对于他的死我深感遗憾，因为他我帮你一次，但这也是最后一次。如若再冒犯古窅教圣规……格杀勿论。”

“你可以走了。”兀岩岿然不动，如同黑暗里的十方山。

米塔失魂落魄地从第七座城门走出去，身后轰然巨响城门关起。米塔一脸茫然地被隔绝于红蓝城外，心中仿佛有什么消失了，滚烫的泪水潸然落下。

这座巨型石殿是第一代古窅教大长老莳泽修建的，取名十方殿。兀岩疲惫地走入十方殿最深处的一个房间，房内摆放的用黄铜铸的第一代大长老莳泽的雕像，神态栩栩如生。黄铜雕像前有一个青花蒲团，一尊铜香炉，檀枬霭霭，香气迷绕。

兀岩无声地坐在蒲团上，目光从袅袅香雾里看向房间角落。那里恭恭敬敬跪候着一个人，脖子上悬挂着各色卜石，身侧放着他的木拐，正是祭从云眼。

“怎么样？”兀岩开口。

云眼抬起头：“我已测算过这个叫阿木的少女的命格，千真万确是凶魁水火双煞命格，正符合圣少女的要求。虽然如此，不过……”

“什么？”兀岩目如闪电望向云眼。

“不过我总觉得阿木跟以往的圣少女不太一样，她有些特别的气质，就好像……好像来自天上的仙女不食人间烟火一般。”云眼想了想才说。

“哦，有点可惜了。但这不是你我所要关心的事，祭礼星卜得如何？”

云眼点头：“已经星卜出圣地火穴将在明天子时一刻熄灭。”

“很好，一切就按照计划进行。”兀岩沉声说。

“大长老，那长青公的后人想要什么？”云眼对于公羊雁来刑天的目的有些好奇。

兀岩嘴角动了动：“异想天开的无知小辈，他竟然也想拥有跟铁焰军一样的常胜之师，缠着让我把‘惑骨魔药’给他。”

“惑骨魔药？”云眼神色变换，“惑骨魔药虽然可以大幅度增加人的体力和爆发力，并转换成令人瞠目结舌的战力，但到头来对于食药人伤害太大。若无逆天神药，食用惑骨魔药的人不出两载必然化成一片血水，这也是当初铁焰军离奇猝亡的真相，也包括那位不可一世的大原战神魏青。”

“古族于十方山内传承一千二百年，惑骨魔药连同其他两种凶法因有伤天和，故被列为三大禁术。当年魏青有救命之恩于三代大长老，巧言令色怂恿三代大长老把禁术之一的惑骨魔药赠予他，魏青继而变成了睥睨天下的战神。三代大长老已然违背古族祖训，我又怎能步他后尘？不过好歹长青公对古族有恩，过个两三日我就打发那小辈离开。”兀岩不动神色地说。

“大长老，左护堂好像还跟长青公后人待在一起。”

兀岩双目再次变得有些浑浊，缓缓闭上：“我知道了，无妨，年轻人总是对外面的事物感到好奇。”

云眼见大长老闭目休息不敢再说，拾起木拐倒退着一步步退下。

就在云眼离去不多时，兀岩紧闭的双目倏然睁开，一缕眸光飘向黄铜雕像后面，那里一道秘门正缓缓打开，游槐从内现身，走了出来。

“事情如何？”

游槐单膝跪地：“我已经安排妥当，保管万无一失。”

兀岩用鼻音“嗯”了一声，闪烁异彩的双眼渐渐沉浸于环绕不绝的香雾中。

亥时末，黎斯辗转反侧无法入睡。在这舒适石床上睡觉反倒不如在抚瓦村以天为被以地为席睡得安稳，阵阵心悸不断，仿佛预兆着有事要发生。黎斯干脆盘腿坐起，旁边的床还空着，胖道士还在外面游荡。

窗外传来“咔啦”的响声，像是有人踩裂了树枝。黎斯惊觉道：“谁在外面？胖道士？”

窗户底下倏地冒出一个披黄披风、戴着圆形叠角帽的古族人。古族人背对黎斯，黎斯更觉诧异：“你是大长老派来的？”

古族人没说话，在黎斯注视下朝前面撒腿狂奔，黎斯一愣，古族人停在三丈外不动了，似乎在等黎斯。黎斯明白过来，跳出窗户去追古族人。

古族人在前面跑，黎斯就在后面追。追追跑跑来到了第七座城门外，城门竟留着缝隙，古族人扭身钻了进去，黎斯迟疑着也跟过来。古族人绕过巨型石殿往后跑，这期间黎斯想用轻功追上古族人却是未果，不由心生疑窦。

绕过巨型石殿后，黎斯一下子失去了目标。待静心凝神后才发现古族人站在那扇凹陷于城墙内的破败木门前，一动不动。等黎斯再次靠近，古族人霎时如幽灵般闪入门后。木门上原有一把婴儿脑壳大小的铁锁，但现在被扔在角落里，黎斯望着敞开的木门耸眉沉吟。

这扇木门后面是什么？是否关系着刑天古族或者古窅教的一些隐秘所以才用铁锁锁起？引诱自己来的古族人又是谁？门后的景象究竟是怎样……黎斯犹豫片刻之后，还是决定进木门看一看。

推门而入，黎斯仿佛嗅到一丝若有若无的幽香。门后景象出乎黎斯意料，前面是环绕一圈的残垣断壁，内里是一座颓败不堪的圆形古建筑，外观看起来如同一座古老庙宇，已经残败的外门倒在一边。黎斯举步环视，四周静谧空幽，给人一种行走于古老世界的错觉。

完全不见了神秘古族人的踪迹，黎斯缓慢走到古庙入口，映入眼帘的是一条黑黢黢仿佛没有尽头的甬道，多看两眼好似整个人就会被吸进去。神秘的古族人难道进去了？

黎斯心里有些犹豫，脚步徘徊，就在此时，黑暗腹地倏然跳动起一小片亮光。

有人在里面！周围一股幽香随风飘来，黎斯盯着明灭不定的火光，吸一口冷气走进了这片黑暗的甬道。

等待黎斯的究竟会是什么？答案或许就藏在那片微弱的亮光里……

第八章 古族祖庙

黑暗如同一片海，深处的亮光就像指引黎斯的灯塔。令人窒息的静默里黎斯只听得到自己的脚步声，默默数到四百八十四步，黎斯终于发现了那抹亮光，但那仅仅只是一盏油灯。

周围是阴森寒冷的殿宇，油灯就放在一张石桌上。殿中央矗立着一尊凶神恶煞的黑色石像，人头鹰脸，有着坚韧的翅膀和三双持有刀斧锤的手臂。黎斯想起兀鹰胸口绣着的飞鹰图案，或许飞鹰是传承悠远的古族所信奉的原始图腾。

人鹰像左侧还有一个像张开的血盆大嘴样的石匣，匣里黑黝黝的搁着什么东西，黎斯有些好奇，走向前去，伸手摸出来四五根一寸多长的手指骨，指骨尖而短都是小指骨。石匣内密密麻麻足有不下二十根小指骨，黎斯不禁骇然。这些小指骨都属于谁？为什么会放在阴森殿宇的石匣内？

黎斯凝视人鹰像片刻后又开始观察别的地方。殿宇左侧石壁上用浅黄色描绘出两丈多长的壁画，壁画大多是描述古老氏族生活起居、狩猎祭礼的场景，到后面却是一副不同的场景。有一位氏族领袖死了，人们抬着他的尸体进入围满族人的祖庙内。祖庙中央赫然就是人鹰像，门后是怪模怪样的石匣。族人割断了首领的小指扔进了石匣内，又放空了首领的鲜血，用鲜血将人鹰像一遍遍涂抹，直至凝固在上面。最后，一缕浅浅的影子从首领五官中飘然而出，飞入了人鹰像的嘴里。石像散发夺目光芒，示意灵魂回归神祇。

黎斯从头看到尾，恍然明了这座阴森殿宇正是古族古老的祖庙。

神秘古族人为何引诱自己来到祖庙？他又跑到了哪里？从木门进来至今，还没有发现第二条路，古族人莫非也在这座祖庙……黎斯在祖庙内游荡，但半点人影子都没发现，不过倒是在殿宇右侧阴影里发现了一大排灵牌架，从上到下有二十三块灵牌，每一块灵牌上都无字，而且好像还用血液浸透了，历经久远依然呈现出暗血色。黎斯数过了石匣内的小指骨有二十三根，暗血灵牌也有二十三块，这应该是古族自古至今死去了二十三位族长。

黎斯虽对古族未有好感，但以先人为尊，黎斯还是合手拜了拜。

此外，在甬道进入祖庙的门后还有一尊双耳兽足圆形黑鼎。黑鼎肚子上镶嵌了六颗翠绿的鱼眼绿松石，奇怪的是六颗绿松石并不对称，镶嵌形状倒是有几分像是骨架。黎斯仿佛在哪里见到过类似的形状，但就是埋在脑子里想不起来。

阴郁的冷风不知从哪里吹入祖庙，让本就感觉阴寒刺骨的黎斯起了一身鸡皮疙瘩，同时狠狠地打了个冷战，视线重新环视祖庙。猝然间一股不对劲的感觉袭上心头，哪里不对？

人鹰像、石匣、暗血灵牌、双耳黑鼎，等等，就在这里面。黎斯目光如电在四样祖庙古物之间来回穿梭，终于在某一个时刻停止了。黎斯视线停在了石匣上面，就是它！祖庙壁画中石匣是放在祖庙门后，也就是双耳黑鼎的位置，而眼前的石匣却放在了人鹰像旁边。

黎斯仔细观察石匣下的石砖印记，有一圈极淡的圆形轮廓，说明之前摆放的是一尊圆形器物，比如双耳黑鼎。黎斯拍拍石匣，毋庸置疑有人把石匣和双耳黑鼎的位置调换了。但调换的人是谁？用意为何？黎斯尚不知晓。也许答案就跟那尊双耳黑鼎有关。

关键的双耳兽足圆形黑鼎，想到这里，黎斯心头一紧，圆形？！刑天城七城都是圆形，胖道士提过古族按照圆形划分权力范围，越往内越尊贵，黎斯原本以为兀岩的巨型石殿是权力的核心位置。但现在看来这座圆形祖庙才是重中之重、真正的核心位置，对于传承千年的古族有着特殊意义。

黎斯谛视着圆形殿宇，忽然脑海灵光一闪似驱散了眼前黑暗。黎斯自言自语道："莫非，莫非……"黎斯从殿宇最左侧朝正中间的人鹰像走去，一共走了四十六步。再转到最右侧朝人鹰像走去，两次步伐相近，这次走了五十四步。黎斯重新走一次，这次目标是石匣，结果左右两侧距离石匣都是五十步。这也就是说这座圆形祖庙的中心在石匣处，而不是看似摆在最中间的人鹰像。祖庙圆心岂非就是整座刑天城的圆心，最核心所在！

只不过石匣处之前摆放的却是双耳黑鼎。

黎斯没有去想太多，他用尽蛮力将重逾四五百斤的石匣一点点推开，石匣底部是整块灰青色的石砖。但仔细观察可以发现这块石砖比之其他地方要稍高一些，就好像多了一层。黎斯又费尽九牛二虎之力用剑尖撬起了青石砖，结果在青石砖下又发现一层红色石砖，黎斯却再也撬不动了。不过黎斯在红石砖上发现了六个凹陷的小洞，六洞中间是一根陷入砖内的铁条。六个小洞，黎斯赫然抬头看向双耳黑鼎。

黎斯撬出了双耳黑鼎上的六颗绿松石，一一放入红石砖的六个小洞内，原以为会启动某样机关，但静候片刻却什么都没发生。黎斯茫然地盯着绿松石，此刻六颗绿松石构成的形状比在黑鼎上更清楚了，看着这绿松石，黎斯心里发痒，仿佛看见了一团曙光却又抓不到。突然目光一瞥，视线落在六颗绿松石之间诡异存在的铁条上。等下，铁条无疑是一条直线！六颗绿松石就是六个点！

天啊，这是，这是……该不会真的是六点一线半轮回！

六点一线半轮回的金色图案是六百多年前目夷氏机关大师师从所创造的机关形人师的特有标志。六点是构成形人师骨架的六个点，一线是脊椎，半轮回是讲靠六点一线做成的形人师只有半条命，另外半条命来自于充当心脏的神秘宝石五色修罗石。而目夷氏中还有另一位享誉千年的机关大师墨子，墨子与师从斗争了一辈子，但最后师从化开心结并将形人师之术托付给墨子。黎斯曾在北海金岛上遇到过师从后人师碧然，并见识到了依靠五色修罗石同正常人无异的形人师。可惜后来形人师自爆于深海，师碧然也随着金岛永沉海底。

黎斯不敢相信看到的、想到的，震惊地喃喃道："形人师，这的确是形人师的六点一线半轮回！"

黎斯眼里突然迸射出惊人的光彩，抠出陷入红石砖内的铁条，然后从左往右用力转动，转到一半位置时停下。将铁条转动半圈就是半轮回的奥妙吧！黎斯这样想着，死死盯着身下红石砖，大约十息之后，红石砖往里一陷。

紧接着传来“咔咔咔咔”连串闷响，黎斯脚下的地方缓缓露出了一个无底黑洞。

比之殿宇更加森寒的气息扑面而来，眼皮上如同结了一层白霜。黎斯把石桌上的油盏取来，深吸一口气将身子探入黑洞里，走了进去。黑洞中有一条宽整的青色石阶，黎斯在石壁上发现了突出来的灯盏台，盏台里还存有厚厚的油脂。黎斯点燃了灯盏，刹那一股柔和的黄色光晕笼罩在黎斯周围，也将黑暗和冰寒驱散不少，黎斯继续往下去，相隔四五丈就有新的灯盏台，黎斯一一将其点燃。一盏盏黄光逐渐照亮了黑洞深处，下入四十丈左右，黎斯终于走到石阶尽头，尽头处是一座空阔冰冷的石厅。

石厅深处有一个浅浅的碧绿色的圆形水潭，水深只抵脚踝位置。水潭中是一排棱角分明的骨骸，黎斯判断出骨骸属于鹰的头骨。鹰骨有二十三枚，跟石匣指骨、暗血灵牌数目相同，应该也是代表着死去的二十三位古族族长。鹰骨齐齐面朝水潭中央，那里有一张长宽丈余的石桌，桌上整齐地搁着四个棕红色漆盝。

黎斯跨过水潭，在石桌前停留片刻。然后伸手慢慢打开了第一个漆盝，盝里却是空空如也，只在盝内发现了四个篆体漆字——十方毒种。

黎斯又打开第二个漆盝，里面依然是空空如也，但也有两个漆字——惑骨。黎斯一怔，接着移向第三个漆盝。

黎斯原以为第三个漆盝也没有东西，但结果并非如此。第三个漆盝内放着一本薄薄的似帛非帛的古卷，卷首用笔走龙蛇势写着——七人咒。翻开古卷，却都是用某种失传的古老文字撰写的内容，勉强可以认出一些字，出现最多的是一个“杀”字。黎斯眼中闪过一抹异彩，良久后把古卷放回漆盝。

黎斯接着打开了第四个漆盝。这次盝内也有一本古卷，卷首用古拙篆体写着——古窅教理索。黎斯手有些微颤地翻开古卷，好在卷内不是用失传文字撰写。黎斯仔细观看了一遍“古窅教理索”，原来这本书是第一任古窅教大长老莳泽所写，记录的都是古窅教创立初始时教内的点滴琐事，大到吞并十方山四族八村，小到教内古族人生子取名，事无巨细一一记录在内。其中古窅教吞并扩张时宣称的天降神迹最让黎斯感兴趣，但卷内只是简略提到“天降神迹以佑古窨众生，水火之宫崩碎十方天地”。

“水火之宫崩碎十方天地”究竟指什么？黎斯琢磨了好久都没什么想法，反复又找了找后只能放弃。不过黎斯发觉古卷末端参差不平，好像被人撕过并不完整。

难道这本“古窨教理索”只是半本，还有另外一半不知所踪？

黎斯悻悻地把古卷放入漆盝，环顾石厅他处，就在水潭东北角竟还有一条青色石阶，遥遥往上不知通到哪里。黎斯跨出水潭沿石阶往上走，途中依旧点燃石壁上的灯盏，如此走过了二百余石阶到达一个宽约十丈的石台。

石台中间肃立着一尊展翅欲飞的山鹰像，犀利的鹰眸，根根如铁的翎羽，弯曲如钩的尖爪，整尊山鹰像惟妙惟肖，栩栩如生。山鹰像前有供桌，后有壁画。壁画描绘了一个失去亲人的婴儿被老鹰叼回巢穴，母鹰用鸟肉喂食婴儿，把婴儿当成自己孩子般照顾得无微不至。后来婴儿所属氏族的仇人发现了婴儿，母鹰为了保护婴儿被仇人杀死。婴儿这时已经三四岁，他没流一滴眼泪，抱着母鹰的尸体逃进了深山。多年后婴儿长大成人，用一柄鹰骨磨成的尖刃杀光了仇家全族。黎斯心道，鹰巢婴儿或许就是古族的先人，所以古族才将鹰作为氏族图腾来崇拜。但这只是黎斯自己的猜测，并没有实际根据。

看完壁画黎斯正要原路返回，忽然间一股熟悉的清淡香味扑进鼻子里，黎斯这才注意到山鹰像供桌上插着的三根黑香，黑香已熄，但香味犹存。黎斯深深吸了口气，似曾相识的香味冲入大脑中，黎斯顿感一阵疲乏。黎斯再盯着黑香看了一会儿，猛一下子想起了边奎在外山燃过的驱虫香，驱虫香和眼前黑香颜色、气味一模一样，应该不会错，两者就是同一种香。

但古族祖庙隐洞内的黑香无疑是香中绝品，自不会流传到外面，边奎是如何获取的呢？而且边奎竟还当成驱虫香送给了黎斯等人，再回忆边奎在十方山中种种可疑行迹，黎斯不禁萌生了一个惊人大胆的推想——在黎斯等人还未进入十方山之前，或许就已经陷入一个邪恶可怕的阴谋中！

黎斯一想至此顿感后背阵阵阴冷。沉默须臾，黎斯将小半截黑香放入怀里，转身走下石台。

青色石阶下去时更觉陡峭，黎斯步伐稍缓。突然一抬头，黎斯瞧见灯盏台截面上有一个模糊凹凸的鹰头印记，在之前并不曾注意到。黎斯迟疑了一下，然后跑到上一个灯盏台位置，这个灯盏台却没有鹰头印记。灯盏每隔四五丈就有一个，黎斯重回石台从上到下检查灯盏台，结果只有刚刚发现的，还有石阶刚开始的灯盏台上有鹰头印记。

黎斯觉得事有蹊跷，于是他也把石厅和从祖庙下来的青色石阶重看了一遍，结果有鹰头印记的灯盏台在石厅找到两个，在祖庙下来的石阶上找到两个，加上之前的两个总共有六个。黎斯眼里射出一道异彩："六个鹰头，难道又是六点一线半轮回！难道在这祖庙隐洞内还藏着更大的秘密……"

再次确认过六个鹰头位置，黎斯把六个鹰头所代表的点画在石砖上，果然构成了形人师骨架的轮廓。那么之后的"一线"就是寻找祖庙隐洞之秘最关键的线索。

但是一线在哪里？黎斯反复在两条石阶、石厅和石台寻觅着都没收获。

洞内阴风刺骨，黎斯几乎要冻僵了。但更麻烦的是时间，从进入祖庙到现在起码得有四五个时辰了，如果再不抓紧回去恐怕兀鹰等人就会起疑，到时候擅入古族禁地的罪责必然不轻，没准将有性命之虞。

心神不定的黎斯凝视着石砖上的六个点，倏然自己的影子莫名晃了一下，是风吹动了灯盏台上的火苗。不过这并不重要，重要的是影子！黎斯默默望着自己的影子，脑海里却早已思绪万千。影子会不会就是自己在苦苦寻找的一线？！

黎斯急奔到六点中间，四下里的灯盏火光将人影长长投射在石壁上形成一道直线，黎斯慢慢顺时旋转了半圈，影线最终指向两个方向，一个是石台，另一个是水潭后侧的石壁。石台不会是，黎斯早就查看了多遍，那么就是另一个。

黎斯来到水潭石壁前，石壁异常坚硬，黎斯试图用长剑刺开石壁但无济于事。不过很快黎斯就在石壁上发现了端倪，石壁右侧有五个双指宽的凹洞，似乎可以开启某种机关。五个凹洞构成了一条直线，轮廓外形就像是一根尖骨。石台壁画里鹰巢婴儿手持鹰骨尖刃复仇的画面浮现在黎斯脑海中，黎斯一口气奔上石台，壁画里婴儿所持的鹰骨尖刃果然有五截。

石壁凹洞内应当放入鹰骨。但是鹰骨又在哪里？黎斯感觉光怪陆离的难题一波接一波犹如狂风海啸般袭来，自己早已头晕目眩，应接不暇了。

鹰骨，整座祖庙隐洞里只有一个地方有鹰骨。黎斯蓦地望向水潭中的鹰骸。

二十三枚鹰骸头骨扣在水潭里，黎斯一一把头骨掀开，当掀开第五枚头骨时发现了藏在里面的一截断骨。黎斯顿时来了精神，一鼓作气将二十三枚头骨全部掀完，总共发现了五截断骨。黎斯将断骨安插在石壁凹洞内，但听得壁内一阵“喀啦啦”铁链抽转之声，石壁开始动了。先是石壁一点点往后退，接着开始往地下沉，露出了石壁后面的另外一面石壁。第二面石壁上有一扇木门，而且没有锁。

黎斯忐忑不安地推开门。脚下一片乌黑，竟然是一条深不见底的裂缝，裂缝深处好似有“呜咽呜咽”的鬼哭之音飘来。对面同样是坚不可摧的灰青色石壁。

倏地，一团巨大黑影在黎斯头顶摇飏，伴随着微微轰鸣之声。

黎斯缓缓抬起头来……天啊，我看到了什么！在这千年祖庙深处隐藏着的竟然是它！

半个时辰后，一脸惊魂未定的黎斯逃离了祖庙，头也没有回。

天色微明，胖道士慢悠悠走在回石舍的路上，突然身后吹来一阵冷风，冷风里仿佛夹杂着凛冽敌意。胖道士心里咯噔一下，握紧拳头猛地回头：“谁？”

还没等胖道士看清楚来人的模样，就已经被一个大黑口袋从头到脚套了进去。紧接着一顿激烈的拳打脚踢令胖道士完全老实了，哼都不敢哼一声。

两个黑影左右瞅瞅，扛起黑口袋往第五城走去。

黎斯回到黑沉沉的石舍，发现胖道士彻夜未归不知跑去哪里了。黎斯坐在桌旁，心底已是惊骇不已。祖庙遇见的场景历历在目，黎斯眼前仿佛飘浮着石壁机关开启后出现的那悬挂于无尽裂缝上空的庞然大物，它就是……黎斯正想着，忽然门外响起了急促的敲门声。

黎斯以为是胖道士回来了，谁知道开门一看竟是黑衣打扮的米塔。

“怎么是你？”黎斯一怔。

“我有事情跟你讲。”米塔看着黎斯，黎斯让开门口让米塔进来。米塔鬓角沾满汗水，双眼通红好像哭过，她默默地坐在桌旁。

黎斯关心道：“你脸色很差，是不是有什么事？”

米塔紧咬着嘴唇：“请帮我一起去救阿木。如果我们不救阿木，她……她就死定了。”

黎斯也坐下：“阿木是古窅教选中的圣少女，有古窅教在她怎么会死？”

米塔凄楚地说：“所谓圣少女只是好听罢了，其实就是送阿木去死。因为古窅教还有一个噬人不死的圣女之魂。”

第九章 古窅教圣女

“圣女之魂？”黎斯目光凝聚，张口问，“那到底是怎么回事？”

“既然来找你，我就不想对你隐瞒了。其实古窅教自莳泽族长创立以来在圣地内一直有一位神秘圣女，除了历任大长老之外没人可以见到她。教义中说圣女掌握着毁天灭地之能，可长生，可支配万物生灵。莳泽族长便是利用圣女神迹收服了十方山四族八村，创立古窅教。古窅教至今已有五百四十五年历经六任大长老，兀岩大长老就是第六任，而圣地内的圣女却真如神仙一般长生不死，她已经活了五百多年。”米塔语气像是在讲述一个神话传说，黎斯听得神色几度变化，忍不住问：“真活了这么久？”

米塔点头：“不过圣女并非轻而易举地活了五百年，因为圣女意念神力太过强悍，早超出了肉体的承受范围。所以每隔一段时间圣女就会抛弃之前肉身，选择新的圣女寄体，再将圣女之魂转移到寄体上。所以从这种意义上讲长生的并非整个圣女，而只是圣女之魂。”

黎斯听明白了大概情况，他嗟叹一声：“那么被选中的圣女寄体就是圣少女？”

米塔默默地再次点头。

“如果阿木被圣女之魂霸占，那么真正的阿木又会如何？”黎斯问出玄之又玄的问题，自己也唏嘘不已。米塔眼睛罩上一层水雾，难过地说：“阿木的意识记忆会被圣女之魂吞噬，她将在这个世界上永远消失。”

黎斯茫然望着米塔，忽地说：“米塔，所谓圣女之魂是通过古窅教告诉你的模糊之词，你有没有想过圣女之魂或许并不存在，只是历任大长老为了巩固古窅教威信而虚构的。如此阿木也就不会死，而且她会成为真正的圣女。”

米塔面容悲恸：“即便像你所言圣女之魂不存在，但在漫长的五百四十五年中送入圣地里的十六位圣少女，没有一人活着出来。而且为圣少女举办的圣礼刚开始是一百年一次，也就是百年才送入一位圣少女。后来变成了二十五年一次圣礼。而到了兀岩大长老时已经变成了每隔十五年举办一次圣礼，十五年更换一次圣女意味着阿木在不见天日的圣地内只有死路一条。所以我一定要救她！”

“若我没猜错的话，阿木是被你骗来当圣少女的。”黎斯缓缓道。

米塔愧疚地低头，鼓足最大勇气说：“是。”

“为什么不在古窅教内选择圣少女，或者从十方山其他族村里选择，反而要跑到外面去找？”黎斯疑惑地问道。

米塔摇摇头：“不是所有少女都可以当圣少女，需要有两个条件：第一个条件是必须是处女。第二条件是少女必须是凶魁水火双煞命格，若非如此圣女之魂难以入体。满足第一个条件的好找，但以第二个条件在十方山难以找到符合之人，所以每次圣礼前大长老都会专门派人去寻找圣少女。”

“而这次被派出的就是我。”米塔黯然说。

“我离开十方山后四处游荡，满心想要尽快找到水火双命格的少女，结果焦虑成疾在一个小山村里病倒了。就在我奄奄一息之际遇到了阿木，阿木心地善良，救了我。但我却无意间得知阿木就是我要找的水火双命格的少女，我像被恶鬼迷了心窍，为了完成任务我欺骗了阿木。阿木一直在苦苦寻人，我骗阿木说她要寻的人就在刑天城里，他要我来接阿木。阿木信了，然后跟着我来到十方山。”米塔哽咽道，“在十方山里阿木却又救了我两次，一次是在抚瓦村惊退杀人魔凶，另一次是在黑石桥上她义无反顾地扑上来帮我挡住了三手异徒。我愧疚不已，被蒙蔽的心窍也渐渐清醒了，觉得再也不能对不起阿木了，所以我试图劝她走，但阿木没有听。后来碰见兀鹰，我不好再说话只能暗地里找机会放阿木走。”

接下来米塔把夜闯星宫救阿木，在第七座城门前遇到兀鹰险些丧命，又被大长老、游槐所救的经过讲给黎斯听。黎斯长吁道："我明白你的苦心了。好，这个忙我帮了，但是要怎么救阿木？"

"我有个主意。云眼卜出今天是圣礼之日，在十方殿圣礼后阿木会被送往偏殿。正殿将会依照惯例举办祭宴，大长老、兀鹰等核心人物都会参加，我便趁这时潜入偏殿去救阿木。黎斯你也将受邀参加圣礼祭宴，你需要做的就是在祭宴开始半个时辰内拖住兀鹰等人，让我能顺利地救出阿木。不管用什么方法，只要尽量拖住半个时辰就行了。"米塔知道有些强人所难，"本来我是想拜托你和胖道士的，但没找到胖道士，他去哪了？"

黎斯苦笑："谁知道呢，那家伙疯疯癫癫的。"

米塔无奈道："我没多长时间了。只能让你帮我转告胖道士，希望他也能帮助阿木。眼下刑天城我信得过的只有你们俩了，公羊雁跟兀鹰走得太近，我不敢去找他。"

"我明白。你放心按你想的去做，我一定会帮你。"黎斯淡淡一笑。米塔流露出感激神情："我走了。"

米塔走后，整夜未睡的黎斯备感疲惫靠在床上睡了一会儿。谁知这一睡就睡到午时，醒来后石舍内还是空无他人，胖道士依旧没回来。黎斯从石舍出来，正好碰见了公羊雁。

公羊雁一愣："你还没走？"

黎斯应着："还没，不过也快了。你的事怎么样，大长老给你答复了？"

公羊雁怏怏摇首："大长老说要考虑考虑。不过我已经跟兀鹰护堂商量好了，他会尽力帮我跟大长老争取。毕竟早有约定，谅他一个堂堂古窅教大长老也不会出尔反尔。"

"希望一切如你所愿。"黎斯顿了顿又说，"不过你最好不要太轻信兀鹰。"

"黎斯，谢谢你。如果不是你在抚瓦村里的十几个耳光，恐怕我早就垮了。不管这次在刑天城结果如何，起码我挺胸昂头而来，没有败给自己。"公羊雁真挚地说道。

黎斯笑了："我相信这也是常伯最想看到，最令他感到欣慰的。"

"胖道士呢？"公羊雁也问。

"他呀，我估计猫在哪儿偷酒喝吃肉呢！哈哈哈！"黎斯突然放声大笑，只为将胸中烦闷之气一扫而尽。公羊雁被黎斯所感染，也同样开怀长笑。石舍外路过的古族人诧异地望着开怀大笑的二人，不明所以。

肚子突然咕噜噜一阵响，大半天没吃东西黎斯觉得饿了。

公羊雁听到后说："我屋里还有酒和肉，想不想吃？"

"不吃的是傻子。"黎斯拍拍公羊雁的肩膀，两个人回到公羊雁的石舍大快朵颐。

申时，兀岩派人来邀请黎斯、公羊雁和胖道士参加古窅教圣礼祭宴。胖道士还是杳无音讯，这道士就像在刑天城凭空消失了一样。黎斯无奈，只能先和公羊雁来到第七城，进入十方殿。

十方殿正殿两侧点燃了昏黄的油盏，深处悬挂着一面汇聚了水火图案的古窅教教旗，教旗后的石壁上如星辰般镶嵌着红白色宝石，熠熠生辉。旗下丈许外有一张石桌，上面有三个合着的拳头大小的石匣。

石桌前站着面无表情的大长老兀岩。兀岩左侧是披红挂彩的祭从云眼，右侧是两位护堂兀鹰和游槐。再往下分左右肃立的都是古窅教内有地位的上层人物，最下面的是黎斯和公羊雁。大家静候不语，黎斯和公羊雁也不敢说话。大约三刻钟后，兀岩沙哑悠长的声音响起："申时三刻到，恭请圣少女。"

正殿偏门徐徐走出来一位身披银白披风的少女，正是一日未见的阿木。阿木似乎更加憔悴了，她一声不吭地缓行到兀岩面前，扬起脸庞。兀岩凝望着阿木，然后脸贴近阿木，开始诵读繁杂晦涩的古老祭语。祭语节奏如同春秋战歌，初时平缓，陡然跌宕，继而是冗长的重复，最终归于无声。

兀岩转身揭开第一个石匣，匣内是火焰红的颜泥。兀岩用小指剜出颜泥轻轻地均匀地抹在阿木眉宇之间，勾勒出类似眼睛的红色椭圆。接着兀岩揭开第二个石匣，匣内是冰蓝色的颜泥，兀岩又在红色之外画了一层蓝色椭圆。兀岩微喘息下，又揭开了第三个石匣，匣内乃是金光灿灿的金粉。兀岩小心翼翼沾了金粉，在红蓝轮廓边际点缀上象征身份的金色。

一切完毕，兀岩仔细地擦拭双手。而阿木如同冰塑般冷然无声。

兀岩望望云眼，朝旁边退开两步。挂着十几块祭石的云眼拄拐挪到石桌前，面对殿外拍了拍手，正殿外四名古族人闻声抬入一个沉重的黑箱子，还有黄白石钟和四尺长的竹管。云眼朝兀岩和阿木行了一礼，接着从黑箱里取出两块诡异的蓝包红的石头，蓝如冰，红如火，这两种矛盾的色彩完美融合在石块上。

黎斯好奇地瞧着蓝包红的石块，他更好奇云眼接下来要做什么。

云眼深吸一口气，双手捏着两块石头剧烈地撞击，“锵，锵，锵……”撞击二三十下之后，两块石头突兀地冒出一缕七彩烟雾，滃翳如烟云。七彩烟云袅袅飘过云眼头顶就不再往上升了，云眼小声说了句“可以了”，有准备好的古族人举着四尺竹管将停滞不动的七彩烟云吸入竹管中，再吹入严丝合缝只在顶上有一个可开关小孔的石钟内。如此反复十余次，才将一缕七彩烟云收集完。

黎斯并不了解古窅教圣礼的步骤细节，但仅仅观看已是大开眼界，尤其是蓝包红的石头互相撞击竟然冒出七彩烟云着实令人啧啧称奇。

圣礼结束了。古族勇士将石匣、黑箱子、石钟和竹管一一收回，接着兀岩挥挥手，走上来两名侍女搀扶着阿木离开。阿木经过黎斯身边时，黎斯忽地捏了捏鼻子，神情微妙难以言明。估计祭宴要开始了，阿木应该被送往了偏殿。

米塔，一切靠你了。黎斯目送阿木离开，暗暗道。

祭宴丰盛的菜肴被摆上了正殿，黎斯索然无味地吃了两筷子，喝了一口古族特酿的米酒。公羊雁坐在黎斯旁边，视线在兀岩和兀鹰两人之间徘徊，眉头紧锁。兀岩为尽地主之谊走来敬黎斯和公羊雁，两人忙不迭起身回敬。

一轮酒罢。兀鹰向公羊雁使了使眼色，公羊雁忙恭敬地说：“大长老，此次后生初来刑天城承蒙您体谅关照，后生受宠若惊。请允许后生代表自己，也代表长青公为大长老斟杯酒。”

兀岩笑而不语。兀鹰接口道：“难得你有这份心，上前来。”

公羊雁小碎步快步走到兀岩身前，小心翼翼地为兀岩斟满了酒。兀岩颔首饮酒：“同敬长青公。”

“是。”公羊雁也举杯一饮而尽。

公羊雁退回来。兀鹰的目光不经意瞥向偏殿方向，黎斯暗自心惊，莫非兀鹰有所察觉？这可不行，得想想办法吸引兀鹰等人的注意。但究竟有什么好办法？黎斯忧心忡忡地望着桌上米酒，心中一动，难不成只能靠装醉的蠢办法？

“唉。”黎斯正准备装他个酩酊大醉。

猝然间两股疾风分袭正殿两侧油盏，油盏顺时熄灭。十方殿一时陷入黑暗中，只听得兀鹰一声断喝：“谁在搞鬼？来人，赶紧把火点上！”

十方殿中人声喁喁，一片嘈杂声中夹杂着一声痛苦的哀叫，叫声来自于兀岩的方向。油盏再次被点燃，所有人的视线瞬间被兀岩狰狞面容所吸引，但见坐于原地的兀岩双目突出，面孔紫黑乍现出一缕缕如同羽毛般的血筋，嘴角还流出腥臭气味的黑血。

“大长老！”云眼惨呼着扑上。

“大长老！”游槐闷喊一声，身体摇摇欲坠。

“蛮夸！”兀鹰惊怒地抽鞭在手。

古窅教精英都呼唤着大长老，须臾后云眼双眼失神地回过头，望着殿中的人悲痛道：“大长老，大长老暴毙……”

“大长老……”

黎斯也被眼前一幕惊呆，他跨过挡住视线的古族人，遥遥凝视着暴毙的大长老。

“蛮夸是怎么死的？”兀鹰睚眦怒目。

云眼呜呼道：“大长老是中毒而死。脸部有羽翎状血筋，我记得这种毒，这是……传闻里的七大奇毒之一的凤凰胆。”

兀鹰鹰隼般的目光扫视殿内，黑鞭如闪电般卷住一人的手臂，将他拽飞到殿中央。兀鹰阴恻恻道：“公羊雁，只有你刚才给蛮夸斟过酒，凤凰胆的毒一定是你下的。你记恨蛮夸不允诺帮你就毒杀他，来人，搜他全身！”

五六个孔武有力的古族勇士上来摁住公羊雁，公羊雁犹在极度震惊中，此时恍然醒过神，挣扎着说：“不是我下的毒，兀鹰护堂你相信我，不是我啊！”

谁知话音未落，一个古族勇士质问：“这是什么？”

古族勇士在公羊雁袍子暗兜中发现了包裹严密的小纸包，兀鹰直接递给云眼，云眼翻开纸包，里面是一小撮青色粉末。云眼怫然道：“我虽然没亲眼见过凤凰胆，但从气味成色上也判断得出这就是七毒之一的凤凰胆，真是你毒死了大长老！”

公羊雁蒙住了，盯着剧毒凤凰胆甚至忘记了辩解，许久嚅嚅道：“怎么会在我身上……不可能，这一定不是凤凰胆！”

兀鹰冷森森道：“你说不是凤凰胆，敢不敢吃了它？”

公羊雁一怔，接着露出癫狂神情：“我敢！”

兀鹰将青粉交还公羊雁，公羊雁仰头闭眼就要吃，凭空里突地伸出一只手打落纸包。

黎斯打落纸包，无奈地说：“别做傻事，这的确是凤凰胆。”

“怎么可能是凤凰胆？我没下毒，黎斯你相信我，我是被冤枉的！”公羊雁抓住黎斯的手臂，眼神迷乱。黎斯拍拍公羊雁的手，小声说：“我相信你。”

黎斯转而凝视兀岩突瞪的双目，双目中已有深紫色瘀血。

“你想做什么？”兀鹰挡住黎斯质问道。黎斯不卑不亢地回答：“我想看一眼兀岩大长老的尸身。”

“公羊雁是杀害蛮夸的凶手，你也是帮凶，竟然还敢妄想玷污蛮夸的遗体，找死吧！”兀鹰连甩黑鞭，一道道鞭影如同獠牙毒蛇纠缠黎斯。黎斯先将失魂落魄的公羊雁拉在身后，同时拔剑护卫两人。剑光鞭影在十方殿半空混为一团，游槐冷冷地注视着动手的二人，有几次想要拔刀又都忍下来。

兀鹰扫了眼无动于衷的游槐，不由得记恨在心。正当两人斗得难分轩轾之时，忽然班拿和班西从偏殿跑来。班西上气不接下气地吼道：“护堂，圣少女不见了！”

“该死的！”兀鹰黑鞭迫开黎斯半步，冲着游槐怒喝，“游槐，蛮夸被害，眼下圣少女也被掳走！我以左首护堂身份暂代大长老一职，你还不出手帮我？”

游槐叹息半声，随即花骨弯刀拿在手，冲向黎斯。兀鹰和游槐两人合擒黎斯，旁边唯两护堂马首是瞻的众多古族精英也纷纷出手，黎斯顿时落入被动，不出二十回合黎斯被游槐刀背击中神堂，眼前一黑趴倒在地。古族人蜂拥而上将黎斯和公羊雁绑了。

兀鹰收鞭说：“先关入囚生塔，待抓回劫走圣少女的贼人一同收拾。”

“火穴熄灭的时辰就要到了，圣女少万不可有失，否则圣女迁怒，刑天城将有灭顶之灾！左护堂，你一定要找回圣少女。”云眼惶惶不安地叮嘱。

“祭从请放心，她跑不了。”兀鹰冷笑道。

米塔从偏殿救出阿木，两人马不停蹄地向外走，打算逃出刑天城。米塔扬了扬头，发现已经可以望见鲜红如火的城门，高兴道：“马上要到外三城，兀鹰应该追不上来了。”

谁知米塔话音刚落，第三城城门上倏地撒下一大张黑网将米塔和阿木兜头罩住，接着四名身手矫捷的古族勇士从城墙攀落把黑网绑好。米塔试图用匕首割断黑网，却被两名古族勇士发现，米塔沮丧懊恼地说：“对不起，阿木，我又失败了。明明只差一步就能救你出去了，一定又是兀鹰搞的鬼。”

阿木并未露出难过表情，她紧握着米塔的手。米塔不曾注意此时此刻握着她的手冷如寒冰。

“这是哪里来的两条大鱼落进网了啦，班拿、班西都来瞧一眼。”赶来的兀鹰讪笑道，班拿和班西附和地嗜嗜怪笑。

米塔秀眉耸动，怒气冲冲：“别笑了，一个个丑态毕露。”

兀鹰笑得更加得意，神情凶残地说：“丑陋是死不了人的，但我可以保证你很快就要死了。哼哼！”

“班西把圣少女请回星宫。班拿送米塔进囚人塔，我要一点一点地让她品尝什么叫作生不如死的滋味，那真是太有趣了。”兀鹰甩了甩黑鞭，黑鞭落地发出“啪”的爆裂声响。

幽暗血腥的第五城里，兀鹰望着尖锐如锥的囚人塔正要进去，身后突兀地冒出了祭从的随身侍从。侍从单膝跪地：“兀鹰大长老，祭从有要事请您回十方殿商议。”

兀鹰刻薄的眼眉舒展开来，侍从的一句“大长老”令他身心愉悦。兀鹰放弃了立即惩治米塔等人的想法，先跟侍从回到了十方殿。

十方殿中云眼已经得知圣少女被找回的消息，看到兀鹰，急忙说：“大长老遭逢意外已无法挽回，但供献圣少女的事刻不容缓。兀鹰你是古窅教左首护堂，又是已故兀岩大长老的独子，由你继承大长老之位乃是合情合理。眼下距离圣地火穴熄灭只有不到两个时辰了，你得速速带领圣礼队伍护送圣少女前往圣地。”

“既是祭从举荐，我也就不推辞了。即刻起我兀鹰继任第七代古窅教大长老，希望可以不愧蛮夸之灵。”兀鹰朝天地一拜，又入十方殿内堂叩拜第一任大长老莳泽的铜像，虔诚礼毕之后兀鹰叫来云眼、游槐和班西、班拿。

“蛮夸惨遭毒害，遗体亦被凤凰胆玷污，为了避免被更多族人看到而造成人心惶惶的局面，班拿速将遗体移送至刑天城外的祖墓恭敬入殓。”兀鹰语气高高在上，不容置疑。

“班拿遵从大长老吩咐。”班拿单膝跪地。

“祭从云眼、班西同我前往圣地。”兀鹰继续下令。云眼和班西同样跪地接令。

兀鹰转向最角落的游槐，冷冷地说：“我入圣地，刑天城大小刑罚交予护堂游槐决断，尤其是毒害我蛮夸的公羊雁、黎斯，以及屡次三番劫走圣少女的米塔，这些人在我回来的时候不想再见到了。游槐护堂，你听明白了？”

游槐目光微沉，恭敬地单膝跪地道：“游槐遵从大长老吩咐。”

“很好，非常好。”兀鹰仰天吐气，“接下来，我们去圣地吧。”

第十章 冰焰奇毒

天黑地暗，阿木身穿银白披风从空冷的星宫走出。第七城已经聚齐了护送圣少女的队伍，总共十四人，最前面的是兀鹰、云眼和侍从、班西。稍后是一顶红蓝双色的小轿以及两名轿夫。再往后是四名抬着五百斤石钟的古族力士。最后面是四名手持转经鼓、头戴锥角帽的古窅教虔诚教徒。

兀鹰弯身行礼："圣少女，该启程去圣地了。"

阿木平静望着兀鹰，倏尔轻开小嘴不知对何处的何人无言莞笑。侍女搀扶阿木上了小轿，轿帘徐徐垂落。兀鹰大声说道："启程。"声音冷酷而坚定。

一行十五人将绕过刑天城前往内山北侧的圣地鹰嘴崖。出了刑天城，兀鹰漠然回首，沧桑的巨大古城沉浸于如墨黑夜里好似一头孤独的洪荒巨兽。

戌时末，兀鹰的队伍前行了大半个时辰，周围黑压压的林木逐渐被崚嶒孑孓的石林所取代。石林腹地不时有窸窸窣窣的怪声传来，兀鹰挥手令队伍先停下来，吩咐点燃剩余火把。祭从云眼跟上来说："已到放逐地边缘，可以转诵金刚经和不灭文了。"

兀鹰跟班西交代两句。班西领命跑到队伍最后方，须臾，转经鼓鼓点有节奏地回荡在队伍中间，同时有教徒口诵金刚经和古族祖传的不灭文，经文经鼓齐声相和，兀鹰这才令队伍继续往前走。

深入云眼口中的放逐地，依稀可辨的石林深处，逐渐有奇形怪状的黑影嗖嗖不断地窜到石林边缘，怪声短啸如山魈精怪一般。兀鹰眼中杀意顿现，黑鞭在手缝晃动。猛然一个黑影从石柱后探出半边脑袋，栲栳大的一张脸上紫半块黑半块，獠牙外呲如同泥犁魔狱里爬出的恶鬼。

兀鹰手一甩，黑鞭挺立如棍砸到恶鬼黑影的脸上，他吱呀呀惨叫两声，接着十几根石柱石屏之后露出了看着令人毛骨悚然的脸孔，有的脸上长着巨大毛斑，有的耳长至头顶，有的无眼无耳，也有的三手或三脚，甚至有一个肩生四臂如同鬼神哪吒般高举四根石棒。若黎斯、公羊雁等人在此一定能认出这群怪物跟黑石桥三手怪差不多，身无寸缕的怪物冲着兀鹰狂躁地咆哮，却又似乎忌惮转经鼓和口诵经文不敢上前。

兀鹰挥鞭，鞭鞭抽在躲藏着的怪物的身上，怪物凶容更加狰狞毕露，但兀鹰却视若未睹。因为兀鹰的爆裂鞭响，更多黑漆漆光怪陆离的怪物从阴暗石林袭来，聚拢在横穿石林的唯一道路两侧，怒目狂吼。

祭从眼瞅怪物越来越多，忙阻拦兀鹰道：“大长老别打了！放逐地的异徒是冷血凶残的恶魔，现在因为佛经古文约束着，他们不敢上前，但万一激怒他们，让他们不再理会佛经古文，那后果将不堪设想。”

兀鹰瞥了瞥云眼，黑鞭没再挥出去。但他转身纵跳上了一根石柱，单足立着，仿佛呼唤某人般放声叱咤：“兀灵，你来了吗？”

声震四方，数不清的异徒凶目望向高高在上的兀鹰，咆哮不绝。

兀鹰冷酷的面容难得一见地舒缓开来，他遥对无尽黑暗张开手，再慢慢握紧：“不管你听不听得到，也不管你变成什么鬼样子，你记住，你永远是我兀鹰的弟弟，不要给我丢脸！早晚有一天，我会救你逃离这个魔窟。”

刹那间四周寂静无声，所有异徒在这一刻仿若听懂了兀鹰的话而变得沉默。兀鹰深深地再看了一眼怪物黑潮，纵身跃下，果断地说：“走！”

阿木在轿中也听见了，悄悄掀开了一道帘缝，无尽黑风瞬间灌入。

四面八方的异徒安静地目送兀鹰离开，石林最深处隐隐传来鬼音之声，那声音又仿佛是某个人的哭泣……

同一时刻，在气氛压抑的刑天城第五城，右护堂游槐面目凝重地走上了血迹斑斑的囚人塔。他来囚人塔是遵从兀鹰的命令除掉公羊雁、黎斯和米塔，他闭上眼睛，在心底重重地叹息一声，推开了囚人塔的铁门。

囚人塔分为地面和地下两层监牢，地面是囚禁重罪的古窅教教众和外族者，地下则专门关押形如怪物的异徒。黎斯等人就被囚禁在囚人塔地面二层，米塔刚被送来还好些，公羊雁和黎斯已被看押的古族狱卒抽得皮开肉绽，血肉模糊。公羊雁依然浑浑噩噩，而黎斯尚未清醒。

游槐上来二层，首先望了望陷入低迷的米塔，然后才扫向公羊雁和黎斯。

“护堂，您来了。”狱卒谦卑恭顺道，跟方才的凶神恶煞判若两人。

游槐“嗯”了一声：“奉兀鹰大长老之令把长青公后辈和朋友处死，另外米塔……等大长老回来再行发落。”游槐并没完全按照兀鹰的指令办事，对于米塔还是网开一面，给她留下活命的机会。

狱卒凶狠地拔刀走向公羊雁和黎斯，依古窅教教规，外族杀伤古族人应处以剃头之刑，剃头就是割头。狱卒舔了舔干涩的嘴唇，挥起手中宽刀砍向公羊雁。

“停手！”方才神游物外的米塔清醒过来说道，“游槐护堂请先刀下留人，我有话跟你讲。”

狱卒瞧向游槐，游槐微微颔首，狱卒放下刀但守在公羊雁身边。游槐正色道：“米塔，你说吧。”

“你千万不能杀了他们。”米塔郑重其事地说。

游槐摇头一笑：“处死他俩是新任大长老的命令，我怎敢不从？再者说我凭什么放过他俩？”

“护堂，兀岩大长老突然暴毙死得不明不白，虽然我当时未在场，但我无论如何都不相信大长老会被一个外族人毒死，这里面肯定有阴谋。若你现在处决了嫌疑人就找不出真相了，难道护堂想要大长老含冤九泉？而且，兀鹰当上新任大长老后会放过你吗？”米塔眼中水雾迷绕，眸光闪烁，“兀鹰个性猜疑加之心胸狭窄，他容不下任何对他有威胁的人。护堂应当也清楚我蛮夸的死吧。”

游槐神情暗淡：“你蛮夸曾是古族第一勇士，也是兀岩大长老最器重、敬佩的人。他是在跟兀鹰一同抓捕潜逃异徒的途中不慎坠崖摔死。”

“不慎坠崖，胡说！我蛮夸可是第一勇士，怎么会失足摔死！在得知噩耗后我跑到蛮夸坠落的断崖，在一处隐蔽青石上发现了两种兵刃相击的痕迹。护堂也清楚异徒不用兵器吧，那么跟我蛮夸交手的就一定是兀鹰，这个十方山最卑劣的畜生害死了我蛮夸！”米塔说到悲恸之处，胸口剧烈起伏，“他为了斩草除根也一直想杀掉我，多亏大长老委派我出山寻找圣少女，这才免于被那畜生害死。”

“像这般心机歹毒的人如何配当古窅教大长老？他迟早会为了巩固地位对护堂下手，而且我甚至怀疑大长老的死跟兀鹰有关。护堂，你千万可要考虑明白，如果真有那么一天可一切都晚了。”米塔的话句句如锤砸在游槐心田。

游槐闭目不语，狱卒提着宽刀的手都握出了汗水，他忍不住小声询问：“护堂，到底要不要杀？”

游槐缓缓睁眼，颓然地望向米塔：“你说得有道理，但都是空谈，没有证据。兀鹰却已是名正言顺的第七任大长老，于理于情我不得不听从他的话。所以只能杀了！”

狱卒双眼闪过血腥之色，宽刀忽地砍下。突然一道灰光击中宽刀，宽刀一偏，蹭着公羊雁头皮砍下，只斩落一缕头发。公羊雁双眼圆瞪，不敢相信自己的小命在鬼门关前晃晃悠悠又回来了。公羊雁歪起脑袋望着救下自己的人。

出手相救的并非别人，正是脑袋光溜溜，留着大胡子，身穿破旧道袍的胖道士。

胖道士笑呵呵地说：“杀不得，杀不得。”

狱卒抡刀砍向胖道士，胖道士左扭右转轻巧地避开刀尖，没多久狱卒就累得大汗淋漓抡不起宽刀了。游槐紧锁双眉，手抚摸着刀鞘：“你也来了，如果你想救他们，我只能说你太自不量力了。”

胖道士瞅着游槐刀将要出鞘，忙摆手说：“等等，我可没说要靠三脚猫的功夫救人。我救人啊靠它！”胖道士从破道袍里摸出了一块似木非木似铁非铁的深灰色方牌，方牌正反面都用古老虬文刻着两个字——神迹。

“这是古窅教圣牌！你怎么会有？”游槐难掩震惊。

“哈哈，这玩意是朋友送我的。”胖道士故作神秘道，“我这朋友就叫兀岩。”

“兀岩大长老？”这次游槐和米塔都惊讶出声。

“就是他。”胖道士悠然自得地说。游槐目不转睛地瞅着胖道士：“古窅教圣牌只有一枚，教内先规明确指示——‘凡持有圣牌者可免古窅教大罪刑罚，拥有在刑天城自由出入的权利，古窅教众当以大长老之礼相待。’虽然你手里有圣牌，但兀岩大长老已死，若你说不出得到圣牌的前因后果，恐怕难以令人信服。”

狱卒傻乎乎地在旁边插嘴道：“我看圣牌是这臭道士偷来的。”

“放你的臭狗屁！错了，错了，修道人应戒嗔戒躁。”胖道士不知嘟囔了几句什么道经，而后说，“既然兀岩大长老已仙去，我也没必要藏着掖着了。你们跟我来。”

黎斯已经苏醒，听见了游槐和胖道士的对话。黎斯吐了口血水说：“我猜跟你的神秘买卖有关。”

胖道士意味深长地笑笑，他要求游槐先放开黎斯三人，游槐没犹豫就答应了。于是胖道士带着游槐、黎斯、公羊雁、米塔和狱卒出了第五城，进入第六城。胖道士兜兜转转来到石舍中一间毫不起眼的石舍前，石舍门口挂着把看似一脚就能踹烂的锁。胖道士磨磨唧唧地从道袍里摸出钥匙，打开门道：“进来吧。”

石舍里别无他物，只有一张粗糙的石板床。胖道士伸手掀开石板床，在床下摸索一阵，只听得“咔嚓咔嚓”，床底裂开一道暗门，胖道士跳入暗门，游槐等人也跟了进去。

暗门后有一条幽黑甬道，甬道尽头是一间石室。石室呈椭圆形，当中有一块半人高中央凹洼的灰石，凹洼处积满了银白色的水，黎斯倏然想起刑天城外混入杂质的河水。黎斯仔细查看灰石后又是一惊，原来在凹洼水中还蹲着一只外表棕红的蟾蜍，因皮色跟灰石相仿一时没能瞧出来。这蟾蜍个头足有公鸡大小，闷声闷气地蹲在水里不动弹，令黎斯印象最深刻的是蟾蜍的两只突眼竟是一只碧绿一只深红。

胖道士站在灰石的一侧开口说：“游槐护堂应该认得出，这银水就是刑天城外银河之水。”

游槐打眼望了望，缓缓颔首。

“好了，接下来进入正题。首先我得跟你们承认，我不是真正的道士。”胖道士说完，其他人并没觉得意外。胖道士摸摸光头苦笑道："我叫都满，其实是一个游手好闲又浪迹天涯的游方郎中，尤其酷爱钻研天底下奇奇怪怪乱七八糟的毒药，也救过一些可怜人，所以江湖人送我个雅号叫'毒手圣医'。"

"你就是毒手圣医？"黎斯万没想到苦苦寻找的毒手圣医竟是胖道士。胖道士满脸愧疚："抱歉，事有无奈，我不便过早以真面目同你相认。"

黎斯释然地点点头，一个人若要改头换面把自己隐藏起来，那必然有莫大的苦衷，这一点黎斯完全理解。

胖道士继续讲下去："七年前我为了猴头珍进入十方山，不慎被毒瘴迷倒，险些丧命，被兀岩大长老所救。他获悉我的身份后提出了一个请求，就是让我帮他解一种奇毒，作为回报他愿意送我十方山任意药草。兀岩对我有救命之恩，即便是无偿我也愿意帮他，之后他秘密带我进入州大城，便住在上面的这间石舍里。很快，他送来这块灰石以及银水，兀岩说奇毒就在水中。"

"水中？"黎斯和游槐等人都惊愕。游槐怔怔道："你是说银河水有毒？"

胖道士"嗯"了声："而且这毒存在了几百年，祸害不浅啊。我埋头钻研了三个月终于找出了毒因，银河水因为混入了水火两种极致毒素再加少量矿物就构成了一种连绵不息的奇毒。"

"之所以说连绵不息，是指在你有生之年它或许不会发作，但当你有了下一代，这奇毒就极有可能传入下一代，再下一代，直至奇毒发作危害后人。"胖道士顿一顿说，"我研究得出奇毒最容易在人最孱弱的婴儿时期或稍大一点发作，症状极其残忍可怕。它有致死的可能，但更多的并非索命夺魂，而是影响婴儿体内七经八脉和骨髓，显化出不可预测的异状！具体点说就是婴儿兴许会变成三手三脚、多眼少耳，或者返祖等丑陋的鬼样子，也就是你们说的异徒。"

游槐神情急迫地说："异徒是因为中毒才发生了变异？"

"是这样。"胖道士神色悲然道，"异徒并非像古窅教宣扬的那般因为不虔诚遭到天罚而变异，对于这一点兀岩大长老早已了然于心，所以找我想破解银河奇毒。我为此在暗无天日的密室里钻研了整整两年，顺藤摸瓜找出了奇毒根源乃是一种名曰'冰焰石'所凝聚的水火之毒。冰焰石是地髓石的一种奇特变异，兼具极致水火毒素及地髓微矿粉。冰焰石虽具旷古奇毒，但如果利用好了同样可以解千古遗毒，譬如流传千年的七大奇毒的‘阳春白雪’就必须用水火双重毒素作药引，还有治疗失魂果等剧毒也用得上。”

胖道士饶有深意地看了看黎斯，继续说道：“所以我心动了，跟兀岩做了一笔买卖。我帮他解毒，他为我提供足够的冰焰石。”黎斯终于明了胖道士所谓的前无古人后无来者的买卖是指拿毒药换解毒药。

“分析奇毒完毕，我便着手准备解药。为此我走遍天南地北准备了半年药材，再回到刑天城配制解药。密室里变异的灰纹蟾蜍就用来检验解药是否有效，但第一次配出的解药失败了。我闭关三个月思考失败的原因，然后过了一年又研制出第二种解药，可惜又失败了。然后是第三次、第四次、第五次……接连五次失败后，我尝试着改变解毒方式，不用解药而用以毒攻毒的方法。诸多罕见猛烈的毒药被我采用，但也都没有效果。”胖道士沮丧地叹口气，“这期间我七八次奔波于刑天城与山外世界，兀岩担心无法对我照顾得面面俱到，为防万一才给了我这枚出入平安的圣牌。兀岩不愿公开质疑古宧教教义所以处处小心，我也谨慎行事，因此屡次三番改头换面潜入十方山。呵呵，这次我就装成了六根不净的道士。”

“七年来我不止一次想罢手，但兀岩央求我不要放弃，毕竟冰焰奇毒关系到古族近千人，乃至后代万万千千子孙的性命，我被兀岩那老头子的意志所感动，于是坚持了七年。这一次本来有了点眉目，谁知兀岩却撒手而去。”胖道士言及兀岩不由得惋惜。

“那整个古族迁出十方山，远离银河，不就可以避开冰焰奇毒了？”黎斯想到一个办法，疑惑地问道。

胖道士半扬起头：“如果事情真这么简单，我和兀岩也不必熬七年这么久了。”

“冰焰奇毒因为自身的特殊性，其毒性发作也相当特殊。当你体内蛰伏着冰焰旧毒，就必须每隔一段时日服入新毒冲刷蛰伏的旧毒，旧毒就会随屎尿体液排出体内。不过一旦你远离了毒素源泉的银河，不再服入新毒，则蛰伏的旧毒必定如洪水猛兽般爆发，人将十死无生。”胖道士神情颓唐道，“所以古族人出不了十方山，也离不开银河，只能世代孤守于刑天城忍受冰焰奇毒的摧残。冰焰奇毒另一项潜在危害是降低女子产子概率，据兀岩说古族最鼎盛时族人达到了一万一千人，但时过境迁，眼下全族不足千人，可见艰辛无比。”

黎斯不禁心生凄然之感，米塔也不知想起了什么伤心事掩面抽泣，公羊雁神智恢复一些，木然望着灰石银水。胖道士抱着双臂，闭目沉思。所有人都没再说话，密室一时间陷入压抑的死静中。许久，游槐先打破沉默：“大长老用心良苦，既是大长老委托，那么留下圣牌你们走吧。走得越远越好，这也算是我最后替大长老做的事了。”

古族狱卒愣了愣，但不敢违拗游槐，让开了一条路。

黎斯等人尚未动弹，忽闻凹洼水石间“咕呱”一声巨响！那好似睡着的变异蟾蜍一下子蹦到半空，长满肉刺的长舌一卷一收将飞过的两只蛾虫卷入大嘴里，接着“扑通”又掉回银水。黎斯离得最近被吓了一跳，加上受刑之后身体透支险些一头栽进水石中，多亏胖道士拉了一把才站稳当。

“好险！”胖道士抹了把汗说。黎斯疲惫地笑了笑。

游槐在等待黎斯等人离开，米塔却倔强道：“我不走，不救出阿木我这一辈子良心难安，我要去圣地。”

胖道士和黎斯彼此望了望，胖道士挠挠光头：“兀岩提过许多次圣地，我早想去见识见识了，这回权当舍命陪女君子。”

黎斯淡淡道：“我说过帮你救阿木。”

公羊雁左右瞧瞧，犹豫半晌没开口。

游槐眼含深意地看了米塔一会儿，说道：“从你身上我看到你蛮夸的影子，坚韧勇敢，认定的事绝不回头。其实兀岩大长老死后，我已对古窅教心灰意冷。这回我豁出去了，你就去圣地吧，去做你想做的事。”

米塔朝着游槐感激地笑笑，几个人走出密室回到石舍。而就在黎斯等人离开不久，波澜不惊的凹洼银水忽地泛起层层涟漪，好像已经睡着的变异蟾蜍突然极度不安地扭动身躯，两只碧绿深红的眼眸急速旋转如同两个璀璨旋涡……

第十一章 宫影冰境

胖道士为黎斯准备了恢复体力的药剂，黎斯吃了精神明显好转，他趁人不注意拉过米塔偷偷嘀咕了两句。米塔诧异地说："你想去那个地方？"

黎斯颔首："一两句话也说不清楚，总之你先带我去。"

米塔没有迟疑答应了。结果胖道士、游槐在十方殿等了半个多时辰，黎斯和米塔才匆匆赶回。来不及多问，游槐跟米塔千叮万嘱着去圣地需要注意的事项，然后将十方殿珍藏的一尊小石钟和转经鼓交给米塔。

游槐亲自将米塔、黎斯和胖道士送出刑天城，而对于不愿去圣地的公羊雁，游槐也表示等天亮会好好护送其下山。黎斯跟公羊雁告别，公羊雁几次三番欲言又止，最后只是挥手告别。无言告别或许是避免感情流露的最好方法了吧。

出了刑天城，黎斯夹着二十斤重的石钟，米塔手持转经鼓，胖道士举着火把一路追赶兀鹰。不到半个时辰就赶至流放异徒的放逐地，米塔早按游槐嘱托转起转经鼓，口诵古族不灭文。但与兀鹰之前穿行放逐地时相比，此时的崚嶒石林间寂静了许多，偶尔才见半显半露的狰狞异徒。黎斯望着鬼祟藏匿的古族异种，难免想起胖道士关于异徒悲惨命运的诉说，就觉得一阵揪心。胖道士连连低叹。米塔则红着眼不愿环顾左右。

三个人平安地冲过放逐地，进入到一片形如沙丘的不毛之地。

“穿过前面的荒丘就到暗林了，仙瘴也就是桃花瘴便盘踞在暗林的尽头。”米塔把桃花瘴的位置告诉黎斯和胖道士。黎斯借火光眺望，眼前果然是一片寸草不生的荒芜之丘。

米塔感慨道：“蛮夸说很久以前这里并不荒芜贫瘠，但在五百年前的一次天崩之后就变成了现在寸草不生的墟莽。那次天崩还震塌了内山许多山峰，有的沉入大地裂缝，有的缓缓坠入东边的大沼泽，总之十方山变得翻天覆地。”

黎斯实难想象当年十方山天崩地裂山摇地坠的景象，仅稍作想象就不由得心荡神摇。胖道士好像面有心事地抻着破道袍，黎斯哂笑说：“你都承认不是道士了，还穿着这件破道袍干吗？”

胖道士抻平衣角：“穿习惯了就舍不得扔了。”

“走得太匆忙还未来得及问你，这一天一夜你都跑哪里去了？”黎斯好奇地问。胖道士揉揉发肿的后脑勺，把自己被人偷袭挨揍的过程重复了一遍，最后道：“等我醒来时发觉躺在一座没人看管的木楼里，我猫出去一瞧竟然在第三城，真是莫名其妙，见了鬼了。”

“你被人先兜头罩住，接着拳打脚踢，然后扔到了无人看守的外三城。你该不会是同刑天城的人有仇吧？这明显是想教训一下你。”黎斯帮忙分析。胖道士苦笑道：“没有啊，我每次来刑天城除了兀岩都没见什么人，更谈不上招惹仇家了。”

“那就只有一个解释了。”黎斯似笑非笑。

“什么？”

黎斯面向胖道士，很认真地说：“你这张脸长得太欠揍了，有人忍不了了。”

“扑哧！”米塔捂着嘴笑出声，胖道士也毫不在意地放声大笑。黎斯也笑了起来，他太了解了，今天一连发生这么多事三个人神经都绷得太紧，而接下去要面对的事不容有失，大家需要放松一下，所以故意说笑。

“暗林到了。”米塔开口。

荒丘前方出现了一片黑压压密不透风的树林，正是米塔口里的暗林。暗林杂生着十几种诸如窝树、青欢木等低矮枝繁的树种，彼此交错的枝丫宛如无数盘结的黑色长蛇在黎斯三人头顶轻轻摇曳，又似幢幢鬼影。越往前走暗林越矮，黎斯不得已只能弓着身子小碎步急走，这让黎斯有种在动物食道穿行的错觉。好在凡事总有个尽头，甬道开始出现点点星光，知道快走到尽头了，米塔忽然拦住黎斯说："出了暗林就把石钟顶上的小孔拨开，切切记得。"

黎斯颔首应允。

三个人走出甬道还没喘两口气，黎斯便发现了前方十丈外停滞的白茫茫一整片瘴气，正是那桃花瘴！不仅前方，左边右边也都有大片桃花瘴，瘴气好似具有灵性朝黎斯三人袅袅飘来。米塔忙对黎斯喊："开孔！"

黎斯拨开石钟顶上的小孔，一股氤氲的七彩烟云从钟孔里徐徐升起，凝结在黎斯头顶不再飞升。胖道士嘴里哆哆嗦嗦道："七彩烟云，这是，这是……"

"别废话，趁现在赶紧走！"米塔拥着黎斯和胖道士朝前方桃花瘴奔去。桃花瘴此升彼落演变出诸多神魔鬼怪的凶煞外形，瘴气深处更似有成千上万的山魈精怪在咆哮，黎斯紧握石钟的手微微震颤，一闭眼冲进了桃花瘴。

说也惊奇，那千变万化仿佛无所不能的桃花瘴在遇到七彩烟云后竟示弱飘走，七彩烟云翻滚地追上桃花瘴。七彩与白色两种烟云在半空犹如实质之物发出砰然撞击声，一连十余次后白色渐渐消融不见，不过七彩烟云也稀薄了一些。黎斯抹了把冷汗，这才算明白石钟和七彩烟云的用途了，怪不得要在重要的圣礼上演示。黎斯加快脚步，三人在其余桃花瘴未聚拢前将它们远远甩在了屁股后面。

"终于安全了。"米塔回头看了眼远处的桃花瘴。

黎斯拍拍石钟："多亏了它！"

胖道士把刚刚的话重复说道："七彩烟云，这是，这是……冰焰石！"

黎斯一怔："冰焰石？"

胖道士光溜溜的脑袋点个不停："兀岩让我见识过冰焰石产生七彩烟云的过程，但我不曾想到七彩烟云用在了这里。但细琢磨也有迹可循，冰焰石碰击下产生的七彩烟云毒性更浓，要知道越是美丽的事物越厉害。而桃花瘴本就是瘴气毒雾，它碰见七彩烟云无疑是以毒攻毒，谁更毒谁就能消灭对方。没错，这也是桃花瘴消融的原因。"

听着胖道士的话，黎斯脑海闪过云眼取出两块诡异蓝包红石头的场景，蓝如冰，红如火，原来它就是冰焰石！黎斯啧啧称叹。

“知道是冰焰石就好，都别发愣了。”米塔指了指身侧，黎斯恍然发现自己正站在深不见底的悬崖边缘，一条崎岖山路顺着悬崖通往未知的黑暗中。凛冽山风从崖下喷出吹得人毛发倒立，米塔凝望黑暗中间，喃喃道：“圣地就在前面。”

黎斯和胖道士点点头，三人不再多言，踏上山路。

而同一时间，兀鹰的队伍出现在一块形如鹰喙的断崖上，断崖名曰鹰嘴崖。鹰嘴崖长宽各二十丈，四周布满了黑色坚硬的岩石，仔细观察下可以看到岩石里如星星眨眼的微光。阿木想起了曾听到过的名字，墨星岩。

在上百块散发着微光的墨星岩中竖立着两块重逾千斤的青石。

兀鹰面容阴冷地守在青石外侧，观望着头顶星辰：“祭从，你测算得准确吗？”

云眼昂然道：“老夫这一生星卜十二次，没有一次出过差池。大长老大可放心，火穴熄灭就在子时一刻。”

兀鹰“嗯”了一声：“马上就到子时了。”

一刻钟眨眼即过，云眼掐算后说：“大长老，可以开石了。”

兀鹰眼中闪过一抹激动，喝道：“开石！”

所谓开石就是移开青石，重逾千斤的青石费了不少周折才被移开。青石刚被移开，一股粗如人腰的火蛇瞬间从青石下洞口喷出，如同火箭直扑夜空。接着第二股火蛇、第三股火蛇接二连三地喷薄上涌，周围骤然火热难耐。兀鹰眼里冷光却未丝毫减退，紧盯着火蛇。

五十息，喷出十条火蛇后，就不再喷涌了，洞口岩壁火光也随之渐渐暗淡，云眼激动地颤抖着说道：“火穴熄灭了。”

兀鹰肃然道：“入穴，进圣地！”

兀鹰、圣少女阿木、云眼和侍从、班西神情肃穆地钻入火穴，其余人留在鹰嘴崖。火穴岩壁上残存着点点火星，火蛇喷发好像是岩壁中某样物质的自燃自熄，兀鹰并不知晓其中的具体原因。五个人小心翼翼地踩着岩壁中的凹坑往下攀落，兀鹰尚是第一次进入圣地，而云眼跟随兀岩大长老已进来过两次。兀鹰问云眼：“还得往下多深？”

云眼瞧了眼脚下："往下百丈。"

果然如云眼所说，火穴百丈下就到了底，左侧出现了半丈高的黑岩甬道。一股冷风从甬道吹来，兀鹰都忍不住打了个激灵抖了抖，这冷风不似潮湿阴风，而是那种更真实的森寒冰气。兀鹰望了望云眼，云眼点头道："走甬道。"

甬道里没有灯盏却并不完全黑暗，因为黑岩中微光闪烁，仿佛有无数萤火虫，毋庸赘言这黑岩也是墨星岩。兀鹰在前，阿木和云眼在中间，侍从和班西随后，五个人缓缓穿行甬道。兀鹰有些不放心地问："祭从，火穴会不会突然再喷发？"

云眼摇头："火穴熄灭最少一日。"

沿甬道蜿蜒而入，走了约三刻钟，前方出现了更大的亮光，兀鹰心脏狂跳走向亮光。亮光便是甬道尽头，下方近千亩的山腹深渊里翻滚着稠红色的炙热的岩浆。岩浆仿佛全身火焰的魑魅魍魉猛烈地拍击岩壁，虽身距千丈之外，兀鹰犹觉得有阵阵热浪喷薄在脸颊上。

而与甬道平行的万丈之外赫然是一座被莹白色巨冰包裹的冰之宫殿。宫殿内的亭台楼阁、水榭高轩在冰影中朦胧可见，巨冰之上的阴霾里恍若有一个人。甬道和冰宫之间是无数条纵横交错的铁索链条，如庞大蜘蛛网般四通八达。

云眼虽然不是第一次来，但每次都让他感觉惊心动魄到难以形容。他吞口吐沫说："圣女就在对面的冰宫，我们过去吧。"

侍从上来将一条虎筋绳绑在云眼腰上，另一头绑住自己，搀扶着云眼走上了铁索。接着班西也走上铁索。兀鹰担忧地看了眼阿木："你能走吗？"

阿木眸光注视着悬于深渊的冰之宫殿，语音缥缈："我能走。"

虽然阿木说能走，但兀鹰仍不放心，也用一条虎筋绳绑好阿木。拳头粗细的铁索在脚下震动，泛起涟漪，身下是噬人的岩浆，对面是逼人冰宫，兀鹰强自镇定地往前迈步。

万丈铁索不知要走到何时，倏然一阵燥热狂风刮得铁索飘摇不定，兀鹰双腿灌上暗劲保持姿势不动，同时按住阿木瘦弱的肩膀。侍从也用同样方法固定着自己和云眼。班西就差多了，他被吹得趴在铁索上动也不敢动。

大约盏茶工夫之后燥热狂风才消失，五个人缓过一口气，慢慢调整好继续走。就这般有深渊热风就停，没风就走，走走停停，用了一个半时辰兀鹰等才渐渐靠近了冰之宫殿。

燥热狂风刚消散，巨冰传来的刺骨寒气又扑面而来，尚未靠近已经冻得几人瑟瑟发抖。巨冰阴霾里的人缓缓露出了身影，那是一位身穿飘然的洁白长裙，婀娜如画的少女。少女面上似戴着一个深蓝色面具，只是距离尚远看不真切。

兀鹰心底感叹，她一定就是传说中的圣女！

云眼踏上巨冰表面，光滑透明的冰面险些让云眼滑倒，侍从忙扶了他一把。云眼推开侍从，四肢匍匐地趴跪在冰面上，似忍受不了寒气，声音颤抖道：“古窅教祭从云眼……拜见圣女仙子。”

侍从也学样子撅屁股趴在冰上。

兀鹰拽着阿木终于也踏上了巨冰，他眸光闪过一道精芒，随即双膝跪地：“古窅教第七任大长老兀鹰拜见圣女仙子，愿圣女与天地长寿，同日月共辉。”

班西同样趴跪，但他跟侍从没说话的资格。阿木淡淡望着圣女，神情玄妙难以捉摸。离巨冰百丈外的岩壁下建有一座冰亭，亭中设有冰桌、冰榻、冰台，甚至还有一张冰琴。阿木从冰亭收回视线又凝视脚下，冰宫雕龙画柱宛如瑶宫贝阙。

阿木倏地感受到一股寒气，她抬头对上圣女的目光。圣女脸上的深蓝面具竟然如同深邃海水一般在流转，闪动着勾人夺魄的瑰丽奇光。

“快跪下！”兀鹰一把拽向阿木，阿木蓦地失去平衡跪在冰面上，圣女在没人察觉的情形下抖了一下。兀鹰头抵着冰面说：“回禀圣女仙子，阿木是被选中的第十七位圣少女。”

圣女的声音仿佛来自万年冰窟般不带一丝暖气：“跟我来。”

第十二章 七人咒

圣女轻挪莲步移向百丈外的岩壁冰亭，兀鹰等人恭顺地跟随。进入冰亭，圣女站在冰台上徐徐说："送她上来。"

兀鹰心脏咚咚狂跳，似乎要蹦出来了，他等待的就是大长老敬献圣少女这唯一的机会，就在眼前了！兀鹰护送阿木走向圣女，圣女五官隐藏在灵动的深蓝面具下，她朝着阿木伸出了手。

阿木一愣，也将右手伸向圣女。

兀鹰眼中杀机乍现！他拿阿木做挡箭牌，手腕一翻，一把幽绿色匕首猛地刺向圣女的胸膛。

圣女身形停顿，眼看兀鹰阴谋就要得逞，阿木不知哪来的一股怪力硬生生地把兀鹰推飞！兀鹰踉跄着连退五六步才站稳，瞠目结舌地瞪着阿木。

"大长老，你在干吗？"云眼脖上卜石叮咚乱撞，他红着眼怒斥，"兀鹰你敢刺杀圣女！大逆不道，大逆不道啊……"

兀鹰横眉一竖："给我闭嘴！"

班西的鹰剪倏然穿透了侍从的胸膛，侍从死不瞑目地倒下去。下一瞬间，鹰剪搭在了云眼的脖上，班西阴笑道："祭从大人对不住了，就按大长老说的请你闭嘴。"

云眼神情悚然，不敢再多说一个字。

兀鹰手持黑鞭，冷冷地望着阿木："没想到你这小丫头会出手坏我的好事，不过无所谓，即便挑明了，凭我的黑鞭也能除掉圣女。还有你阿木，也得陪葬。"

"为什么要这么做？"阿木黑瞳少有地出现波动，如同一汪深邃幽潭涌起旋涡。

"为什么？阿木，你问得太好了！我就怕没人这么问我，没人问我，那我胸中的苦楚仇恨可能到死都要埋在心底里。好，我就告诉你原因。"兀鹰仇怨地望向深蓝面具下的圣女，"就是因为她，因为这个高高在上的古窅教圣女，我古族死了上万的族人。五百四十五年前圣女出现在十方山，毁天灭地，莳泽族长供奉圣女并创立古窅教。但从第二年开始，噩梦般的诅咒就开始充斥于整个古族内，那一年古族新婴里出现了五十二个奇形怪状的婴儿，莳泽大长老想尽办法医治都无济于事，婴儿成长速度惊人且展露出贪婪的嗜血之性。莳泽大长老便以对圣女不虔诚的罪名将五十二个婴儿驱赶至流放地，而这仅仅只是开始，第二年畸形婴儿出生了八十五个，第三年有了一百零三人……那之后每年畸形异类有增无减，莳泽大长老将它们叫作'异徒'，定下圣规一旦异徒潜逃格杀勿论。几百年来被送入放逐地后，因为疾病、争斗、食物匮乏等原因死去的异徒足有几万人。"

兀鹰强忍着自己内心滔天的愤怒："异徒是长得凶神恶煞，秉性冷血无情，但不可否认他们也是古族的族人，流着跟我们相同的祖先的血液。他们有什么罪？不虔诚的异徒纯粹是狗屁说法！那些人可是从孩提时就变成了那副鬼样子，天性未泯的孩童懂什么虔诚不虔诚，一切都是古窅教强加给他们的桎梏。所有的根源都源于她，圣女！呸，她只是会带来噩梦的妖姬！"

"如果不是她，古窅教就不会存在，异徒也不会出现，古族虽然羸弱但可以顽强而自由地传承下来。现在一切都改变了，或许某天睁开眼你会发觉孩子变成了异徒，他的小手不再温暖而变得冰冷。你麻木地看着孩子被送进放逐地，唯一能做的事就是偷偷地流泪。"兀鹰眼眶潮湿，仿佛忆起弟弟兀灵被蛮夸强行抱走的一幕，"我要为默默流泪失去至亲的族人报仇，我要为被命运摆弄惨死放逐地的同族报仇，还有兀灵、嬷嬷……所以我要杀了妖姬。"

"你现在明白了？"兀鹰杀气凛然。

阿木流露出怜悯："古族发生的悲剧让人难过动容，但这也并非出于圣女的本意，只怪天命难测、造物弄人罢了。可以不要杀她吗？"

圣女裙裾飞扬，她空灵缥缈的目光不知落在哪里。兀鹰仰天狞笑三声，长鞭爆响将地面甩出一道破痕："我的恨已经入骨化血成为生命的一部分，如此刻骨铭心怎么能不杀她？阿木你让开，我或许会对你网开一面。"

阿木决绝地挡在圣女面前，没有丝毫胆怯，就如在黑石桥舍身守护米塔一般，阿木似乎永远把他人的安危置于自己的性命之上。兀鹰五官狰狞道："冥顽不灵，我就成全你。"

黑鞭划破冰气刺向阿木神堂穴，阿木平静地望着鞭尖。蓦地巨冰上一声断喝，同时一道银光快如流星将黑鞭击歪。兀鹰怔忪之间，回首竟看到了他以为已经死定的三个人：黎斯、米塔和胖道士。

兀鹰诧异道："你们没死？"

胖道士拽了拽破道袍："在鬼门关转了一圈，结果阎王爷说我太久没洗澡臭了，阎王殿不收脏鬼就又把我放了。至于他们俩，阎王爷也不收，没办法就都回来了。"

胖道士的话让兀鹰更冒火，恨恨道："该死的游槐，就知道信不过这瓮声瓮气的家伙。你们来了也好，我一并收拾掉你们。"兀鹰不再多言就要动身，黎斯忽然扬声问道："兀鹰大长老可见过古族祖庙内的四个漆盉？"

兀鹰闻言收了长鞭，愕然瞪视黎斯："你怎么知道漆盉……莫非你去过祖庙？"

"兀鹰大长老少安毋躁。既然你问我，倒不如先回答我一个问题。"黎斯见机说道，兀鹰不耐烦地应下。黎斯缓缓问："我想知道你跟边奎的关系。"

"边奎？"这回轮到胖道士、米塔吃惊了。兀鹰显然没想到黎斯会问他这个，他顿了顿道："什么边奎，我不认识。"

"真不认识？"黎斯意味深长地笑着，"那么你也一定不认识常伯了，自然也不会承认边奎和常伯乃为你所杀！"

兀鹰嘴角抽了抽，冷哼道："你在说什么，乱七八糟，边奎或是常伯我通通不认识。"

黎斯笑容渐去："那我就慢慢告诉你。首先说说边奎，他将我、公羊雁、常伯、胖道士、米塔和阿木带入十方山，其实是早有预谋。边奎在十方山里隐藏得很好，但最后难免有所疏漏，最大的破绽是这个。"黎斯掏出了得自边奎的羊皮古卷。

"这是边奎的地图。"胖道士认出来了。

黎斯颔首："边奎被杀后我对照羊皮古卷前往黑石桥，结果在途中发现了蹊跷。羊皮古卷乃边奎先辈所绘，虽然繁杂但路线还算清晰明了，我首次观摩尚能找到黑石桥，但边奎却在参考古卷时走错了两个岔路。要知道古卷标识最明确的就是岔路，这就有点匪夷所思。如果边奎是普通山客还说得通，但他可是对十方山了若指掌的向导，无论靠经验还是凭古卷都不应该犯这种无法解释的错误。不过后来我想出了一个解释，那就是'欲盖弥彰'。"

胖道士回忆起边奎带错路的经过，他愣愣道："欲盖弥彰？"

"对。边奎故意装得对黑石桥十分陌生，还走错路，就是为了掩饰他很熟悉去黑石桥的路！因为他经常走这条路，并且也经常由黑石桥进出内山，这说明边奎应当跟刑天城里的某个人有所联系。"黎斯一步步剖析，"而某人在刑天城中具有权势，故能神不知鬼不觉地跟边奎联络。边奎的欲盖弥彰恰恰也说明某人与边奎的预谋有关，很可能边奎只是被其摆布。"

"至于某人是谁，预谋是什么，还需要等等才能说清楚。"黎斯长吁一口气，"接下来我要讲讲这样东西。"

"它叫紫梦萝，是开在抚瓦村古树下的紫色剔透的小花。"黎斯想摸出折下的紫梦萝却发觉不见了，兴许在下火穴时不慎掉落。黎斯无奈地叹口气，幸好胖道士等人还记着紫梦萝。黎斯继续说："我有个朋友跟我描述过紫梦萝，她把紫梦萝叫作紫梦精灵，因为它只在深夜才会开花。于是在抚瓦村的第二夜我利用紫梦萝的特性做了一个小小的陷阱，我找了些微小的荆芒，然后用青果汁把荆芒涂成青色再藏于紫梦萝花蕾间，待到夜深人静花开无声，倘若有人经过古树下鞋裤难免会扎上青荆芒。而之所以做这个陷阱是因为我觉得凶手还会出现，果然那一晚边奎死于非命。边奎当时守着古井，我在石台前头，所以凶手定然是从古树下饶到古井杀人，也就是说他中了我的陷阱。"黎斯目光熠熠，"但天亮后我并没发现谁扎上青荆芒，我以为陷阱失败了。直到黑石桥上，兀鹰你收服异徒，我在你裤腿上发现了青荆芒。”

“杀死边奎的凶手就是你，你还杀死了常伯。”黎斯把证据讲出，冷静道，“包括想杀却未杀死米塔的也是你。”

兀鹰面露惊色但并不承认：“少绕来绕去地说废话，你亲眼看到我杀人了？”

黎斯还没回答，胖道士手捏下巴说：“常伯和边奎被害时大家睡着了，所以没看见凶手。但米塔受伤那晚我可醒着，至今仍记忆深刻……那双仿佛划破黑暗虚空的光手扼住了米塔的脖子！如果凶手不是魑魅魍魉，而是兀鹰。他又是怎么做到的？”

兀鹰冷笑：“问得好，黎斯你倒说来听听。”

黎斯感受到兀鹰挑衅的视线，毫不退让地说道：“首先我并不相信世间有鬼，所以抚瓦村的凶案一定是有人在搞鬼，只为干扰我们的判断。静下心来仔细想想常伯、边奎被杀以及米塔受伤的情形可有什么相同点？那些显而易见却因惊恐被我们忽略掉的。”黎斯转身看向胖道士和米塔，希望得到两人的答案。

胖道士挠挠头：“相同点呀，三起案子都发生在半夜三更算不算？”

黎斯未表态。米塔想想说：“案发点都在抚瓦村。”

“这不是最紧要的。”黎斯视线越过两人，落在阿木恬静的面庞上。阿木漆黑的眼眸眨了眨开口说：“死而复活的尸体。”

兀鹰冷峻面容莫名一僵，黑鞭攥得咔咔作响。

黎斯笑了：“没错，除了常伯被杀的第一晚，之后两晚都诡异地出现了死而复活的尸体，第二晚是常伯，第三晚是常伯和边奎。即便把他们都埋了，尸体还是会跑回我们面前，这自然不是诈尸，是凶手故意为之。一开始我以为凶手是想装神弄鬼来吓唬人，但到了后来我怀疑凶手另有目的。”

“另有目的？除了吓人，那尸体还能做什么？总不能让尸体去搬东西吧？”胖道士一脸莫名其妙。

“胖道士你识数吗？”黎斯忽然问。胖道士眼皮翻了翻：“我怎么可能不识数，又不是白痴。”

“那你算算常伯等三起凶案发生时在场的人数。”黎斯补充道，“死人也算。"

胖道士眼睛往上瞟了下，须臾惊诧道："算起来三起凶案在场的都是七个人……等会儿，难道你想说尸体死而复活是为了凑人数，凑够七个人？"

"正是，你果真不是白痴。"黎斯眼中闪现异彩，"七个人只是相同点之一，第二个相同点是驱虫香。我们在抚瓦村住了三晚，前两晚边奎都点了驱虫香，而在第三晚边奎死后我又嗅到香气，但这一次却不知是谁点的，总之三起凶案发生时全燃着香。"

胖道士和米塔表示对第三晚的驱虫香有印象，阿木并未说话。

黎斯沉吟片刻："接下去的最后一个相同点，可能你们都不曾留意，而我也是在第二晚才察觉到它。它是一种……"

阿木轻露贝齿打断黎斯："它是一种如泣如诉、如真似幻的悲恸之音，又仿佛来自于古老未知的靡靡咒音。"黎斯眼睛一亮："就是这种悲涩之音，原来你也听到了。"

阿木莞尔一笑。

黎斯从头整理："七个人、驱虫香、悲涩古老之音，现在再回到最初的问题——兀鹰大长老可见过古族祖庙内的四个漆盉？不管你见没见过，我见过。在祖庙隐藏的四个漆盉中，左数第三个漆盉内有一本似帛非帛的古卷名曰'七人咒'，虽然是用失传文字所撰写，但其中我还是捕捉到了'七人''香''咒音''隐杀'等几个能看懂的关键词！由此我推想七人咒是古族先辈流传下来的暗杀之术，可隐身匿踪，杀人于无形，不过此术施展需要满足几个条件。第一，就如其名，杀人现场必须有七人。第二，须燃古族特制的黑香。第三，须配合神秘咒音施展。"

黎斯目转神动："兀鹰大长老，你就是利用七人咒在我们眼皮子底下杀了常伯和边奎，又险些杀害米塔，而那惊鸿一瞥的虚空光手就是七人咒隐身杀人的功效！"

"你、你……"兀鹰从心底内感受到了可怕，与这个叫黎斯的青袍男子接触得越多越觉得胆战心惊。兀鹰脑门沁出冷汗，想否认却不知如何否认。

"还不承认的话，我还有这个。"黎斯取出小半截黑香，"这半截黑香就来自于古族祖庙，其颜色、气味跟边奎的香一模一样。言已至此再明白不过，黑香是你交给边奎的，你就是掌控边奎的刑天城某人。”

“至于你所预谋的事，首先是命令边奎将我们带入抚瓦村，然后铲除掉阻碍你或者威胁到你的目标。接着指引我们去刑天城，最终的目的则是让我们来充当你弑父夺权的替罪羊。兀鹰大长老，我可有说错？”黎斯将一个邪恶的阴谋完整地娓娓道来。

胖道士和米塔听得脸色几变，云眼缩在角落目瞪口呆，兀鹰则面色深沉杀机显现。阿木凝望着黎斯侧脸，久久不曾移开。在场几人神情变化都被黎斯看在眼里，黎斯干脆地说下去：“但你最大的疏漏就是太过急躁。祭宴上兀岩中毒暴毙，别人尚在思索，你却冲出去认定是公羊雁在酒里下毒。你如何知道酒里有毒的？要知道当时石桌上摆放的珍馐美味不下十盘，清水素果也俱全，你难道跟云眼一样会占卜星算算出来？非也，那是因为毒是你下的，你当然知晓毒在酒里。”

黎斯又顿了下：“还有公羊雁暗兜里的凤凰胆。试问有哪个下毒的人会把毒药带在身上，除非他是傻子或白痴，这显然是一个设计好的李代桃僵栽赃嫁祸的诡计。至于凤凰胆，想来是你前晚灌醉了公羊雁藏在他暗兜里的。”

“你完美地隐藏了弑父真相，又找来了板上钉钉的替罪羊，继而威勇擒凶顺理成章地继承大长老之职，这可谓是不可多得的一箭三雕。只可惜天网恢恢疏而不漏，杀人者必自诛！你的罪行终将被公布于世。”黎斯义愤填膺地说。

兀鹰突然阴恻恻地一笑：“黎斯啊黎斯，你真出乎我的意料，也让我大开眼界。我本以为天衣无缝的计划却被你不断找出破绽，真厉害！我兀鹰欣赏有智慧的人，可惜你站在了米塔那边，不过事已至此我也没必要隐瞒了。”

“你说得没错，杀常伯、边奎，刺伤米塔的人就是我，用的正是七人咒。”兀鹰放慢语速，“七人咒真本藏在祖庙隐室中，我一直未发现隐室所以没见过。至于我得到的七人咒是第三代大长老洇鱼氏从祖庙偷抄来的假本，因为七人咒过于血腥残忍，连同‘十方毒种’‘惑骨’两种凶法被古族先人一并列为三大禁术，不允许古族后人再使用。”

“同你所猜的一样，七人咒的施展需要集齐三个条件：七人、焚香、咒音。所以我把古族黑香交给了边奎，再配合蛊迷咒音和七人数我就可以毫无顾忌地杀人了。杀常伯是因为我锁定了公羊雁做替罪羊，常伯是个累赘。杀边奎则是因为这家伙太胆小，在常伯死后他竟然告诉我不想干了。哼！自寻死路的笨蛋。至于米塔，我同她是旧怨。”兀鹰冷漠道，“而毒杀蛮夸是因为他该死！”

“你这个弑父的畜生！”米塔怒视兀鹰。

兀鹰毫不在乎，像是同人讲述心事般缓缓而谈：“从我降生那刻起，蛮夸就从未关心过我，对于我来说他只是一尊遥不可及的冰冷石像。我的至亲是嬷嬷和弟弟兀灵，我没有过多奢望，只想跟他们平静地生活，但一切都在某天清晨被毁灭了。蛮夸抢走了兀灵，说他是异徒要送往放逐地，嬷嬷追出去很远，结果伤心欲绝地从山崖滚了下去。我一觉醒来便成了孑然一身，而蛮夸却未曾因为嬷嬷和兀灵流露出哪怕一丝的伤心难过，我恨他！恨他的漠不关心，恨他的冷血无情，恨他的古宥教狗屁圣规……他们一同毁掉了我的家，夺走了我的亲人。”

兀鹰表情冷酷道：“也是在那一天清晨我下定决心要复仇！对所有伤害过我和我至亲的人报复……蛮夸、古宥教，还有圣女，我每一个都不会放过。米塔你说得对，我就是畜生，哪怕将来永坠畜生道我也断然无悔。”

米塔从兀鹰的言语间感受到了他刻骨铭心的恨，他就是靠着这股仇恨支撑下来的吧。兀鹰仰天嘶吼大笑：“哈哈哈，生命多舛本无常！我已经说出了真相，你们死得不冤了。”

兀鹰眼中划过冷芒，黑鞭昂首。胖道士嗅到危险气息，忙张嘴说：“等一下，我插嘴说一句。其实造成异徒出现的罪魁祸首根本就不是天罚诅咒，也跟圣女无关，原因是古族人喝的银河水里蕴含冰焰奇毒。”胖道士清晰扼要地介绍了冰焰奇毒，又把兀岩托他解毒的事也讲了，就是为了让兀鹰相信。

兀鹰眼中流露出迷茫：“冰焰石？”

“正是，冰焰石乃地髓石的一种奇特变异，它的形成至少需要三千年以上，所以它跟圣女没关系。况且地髓石深藏于万丈地心，又怎么是人类可以影响到的？”胖道士对黎斯悄悄眨眼，意思是说兀鹰就靠他摆平了。

“万丈地心，人类的确办不到，但拥有‘神迹’能够带来天崩的圣女就可以做到。对了，就是五百年前毁天灭地的天崩才令地髓石脱离了地心，银河因此受到毒污，古族的灾难才真正开始。难道不是？”兀鹰咄咄逼人地瞪着胖道士。

胖道士对地髓石为何脱离地心也有困惑，支支吾吾道："天崩，天崩的话……或许是地髓石脱离地心的原因，但这也只是可能啊！"

"不管是不是天崩造成的，总之跟圣女脱不了关系，此仇必报！"兀鹰黑鞭一甩，冰面再添一道碎痕，"恭请圣女仙子魂归九天。"

杀气激荡，兀鹰如同黑鹰般扑向古窅教圣女。班西也挥舞鹰剪冲上去。

黎斯断喝："救人！"黎斯和胖道士纷纷抵住兀鹰和班西，四人两对缠斗在一起。米塔趁机来到阿木身边，紧紧抱着她："别害怕，这次换我来保护你。"

阿木笑如孩提，纯真美好。身披圣袍的圣女默无声息地站立在两人身后。

"杀，杀，杀，杀！"兀鹰双目血红，黑鞭更似一条嗜血的毒蟒荡起层层黑影罩在黎斯四周，只待机会便是致命一击。黎斯却把三尺青锋舞得滴水不漏，不给兀鹰丝毫突破的机会。兀鹰瞥眼看了一下不远处的圣女，声音如锥刺耳："黎斯，我没时间陪你玩。"

兀鹰突然按下鞭首机关，只听得"噌噌噌噌"鞭身钻出几百根尖针，绿光莹莹，不用说尖针已淬了剧毒。兀鹰狞笑着横甩长鞭，目标变成了胖道士。胖道士这会儿正跟班西斗得起劲并未注意到这头，黎斯暗叫不妙飞身推开胖道士，再回首却不见了兀鹰。原来兀鹰只是虚晃一招，他的真正目标是圣女。

兀鹰的黑鞭蓄劲如同一柄黑枪，阿木面不改色地站在圣女身前，米塔一咬牙又挡住了阿木。兀鹰瞪眼怒吼："让开，要不然都得死！"

"阿木！"黎斯追不及，忙叫道。

黑鞭呼啸而至，千钧一发时沉默至今的圣女突然纵出，圣袍挥出一股气将黑鞭震回，同时声如冰山说："退下。"

兀鹰已被仇恨压抑了太多年，这一刻他只求发泄。他不顾一切卷起黑鞭再次挥出，圣女闪烁奇光的深蓝面具宛如一面幽镜，兀鹰在蓝镜中看到了无数自己，喜怒哀乐悲欢离合无一相同。兀鹰正自出神，忽觉得幽镜里众多自己变成了无数异徒呼啸着向自己扑来。

"啊！"兀鹰痛苦地掩面。同一瞬间，圣女长袖撩中兀鹰，兀鹰如似脱线纸鸢远远飞坠。

而在这一瞬间后的下一瞬，一支仿佛穿破幽冥而来的黑箭深深刺入了圣女的胸膛。

深蓝面具下的圣女一阵剧烈抖动，她将手伸向缥缈虚空，圣洁长袍伴随她一同静静地落下。阿木双眼泛白，也随之倒在了米塔怀里。

十丈外坠落的兀鹰，听到自己全身多处骨骼碎裂的声音，神志溃散地笑道："死了，终于……死了。"

第十三章 波澜惊变

圣洁白袍徐徐如同白云铺在冰面上，黎斯惋叹一声，同时追寻黑箭射来的方向。在巨冰上百丈高的墨星岩顶趴伏着四个黑氅裹身的男子，黑箭正是从他们中间射出。四个黑氅人接触到了黎斯的目光，便扔下藤绳如壁虎“嗖嗖”滑下，落在距离黎斯三丈外的冰面上。

四人中最前面的两人身形瘦如竹竿，但露出的手掌青筋虬扎充满了力量。稍后一人身形矮壮像一块山石般牢稳，最后一人高大伟岸锋芒内敛。四个人都裹着大黑氅，面上蒙着黑纱，不动声色地与黎斯等人对峙。黎斯的直觉告诉他，其他三人都在等待身材高大的黑氅人一声令下。

米塔泫然泪下，搂着面容煞白的阿木：“你们究竟是谁？为什么要暗杀圣女？”

胖道士凑到黎斯身边，低声说：“莫非兀鹰还有同党？”

黎斯不置可否，眸光闪现异彩，冷不丁突然道：“本以为阴阳相隔，永难相见，没想到又在圣地仙境遇见了。您可安好，兀岩大长老？”

黎斯语出惊人，胖道士、米塔，包括云眼，都目瞪口呆凝视黑氅人，四个黑氅人也都身形震动，最后一个高大黑氅人缓缓走到前头，摘下黑纱，仿佛自言自语，又像跟老友攀谈：“兀鹰糊涂透顶，不过有一句话他没说错。黎斯，你的确是一个让人大开眼界的聪明人。”

高大黑鹫人真真切切是已经被毒死的兀岩，其他三个黑鹫人也摘了黑纱。两个枯瘦老人乃是古族难以匹敌的高手，矮壮男子赫然是游槐。米塔震惊地张开嘴，游槐心有愧疚地避开不看米塔。

“惭愧，惭愧。”黎斯平平淡淡地说。

“不过也有句古话说得好，越聪明的人死得越快，因为聪明人总是知道太多秘密。”兀岩浑浊的瞳中掠过锋芒，突兀地一笑，“但我更好奇你是怎么知道我还没死。”

黎斯不卑不亢地说：“你处心积虑演了出好戏，但可惜从一开始就露出了马脚。”

“哦。”兀岩笑容消失，“我洗耳恭听。”

“马脚就是凤凰胆的毒。”黎斯回头望了眼“毒手圣医”胖道士，这才道，“凤凰胆乃大世七大奇毒之一，剧毒无比至今仍无人能解。凤凰胆最可怕之处在于毒发快，人在中毒一霎全部毒素都会急攻心脏，心脏麻痹停止后再流入其他部位。而毒素最后流经的地方是人的眼睛，整个过程大概得两刻钟。”黎斯停了一下，继续说道：“但在祭宴上的大长老暴毙时双目已有紫色毒瘀，说明他至少被毒死了两刻钟，并非刚刚被毒毙。所以真相是兀岩大长老根本没死，死的只是一个与其容貌相似的倒霉鬼。”

“祭宴中油盏曾被两股疾风吹熄，大殿内陷入一片黑暗。我推测你在那时用了调包计，将冒牌货跟自己互换。”黎斯顿了顿又道，“你的未雨绸缪表明你早就洞悉了兀鹰的谋划，继而将计就计，引诱兀鹰入局。兀鹰虽然阴狠却从未想过会被身边的人出卖，对不对，班西？”

班西身体猛地一僵，不自觉瞅了瞅血肉模糊、生死未卜的兀鹰，厉色道：“哼，怪只怪兀鹰自不量力，妄想篡夺大长老之位。我乃古窅教圣徒，怎可跟他狼狈为奸？所以我早暗中禀明了大长老。”

“好一个冠冕堂皇的由头，好一张吃里爬外的嘴脸，实实在在的不要脸！”胖道士厌恶地吐了口口水，班西拿着鹰剪悄无声息地靠近兀岩一伙。

云眼胸口的卜石晃荡，他忙不迭道：“兀鹰的阴谋我丝毫不知情，我是无辜的，大长老。”兀岩露出一抹意味深长的笑容：“你是无辜的，但你也是第一个拥护兀鹰上位的人，我的祭从。”

云眼摇头摆手，却无法辩解。

“诸位少安毋躁，我的话还未说完。”黎斯望着兀岩，“在刑天城绑走并殴打胖道士的也是你吧，你担心胖道士去了祭宴会识破凤凰胆的阴谋，于是你安排人对付胖道士不想让他及时赶到十方殿。以你的判断，少了胖道士别人是认不出凤凰胆的，只可惜我恰巧有一个老朋友，几十年来最大的嗜好就是研究死人和研究怎么样可以让人死，他对于毒药的诠释可谓已到大师级。他无聊时也总跟我念叨各种毒药，我耳濡目染也就略略懂点，偏偏凤凰胆就在这略懂的一点范围之内。”黎斯的老朋友正是被称为大世第一仵作的古怪老头——老死头。

“其实识破你假死之后，我跟米塔去过古族祖墓想确认中毒者的身份，但在祖墓中只找到了一副空棺椁，替死者的遗体早不翼而飞了。这也是你早筹划好的吧，把替死者处理掉。”黎斯滴水不漏地道出了兀岩的诡局。

兀岩面上不动声色，内心早已跌宕起伏：“你揭穿兀鹰时已让我刮目相看，不曾想你还洞悉了更多的人和事，我的局也骗不了你。由此看来我还是低估了你，你真切地让我也开了一次眼界。”

黎斯一笑：“惭愧，惭愧，既然大长老的好奇心我满足了，不如你也来满足一下我的好奇心。”

“你想知道什么？”兀岩声如坠石，压抑沉重。

黎斯视线从已死圣女身上转到了兀岩皱纹纵横的脸颊上：“你已是古窅教一人之下众人之上的大长老，为什么还要做这些事？为什么对兀鹰母子那般冷漠？为什么非要杀死圣女？你究竟想得到什么？给我一个答案。”

“答案，很简单。”兀岩扔掉黑氅，缓缓脱掉了上衣，露出脊梁。天啊，兀岩脊梁上横突竖支着十几根白骨，瘆人白骨犹如兀岩生长出的白色手脚，早成为他活着的一部分。米塔捂着嘴巴惊呼，黎斯和胖道士等人也瞪大了眼珠子，游槐悄然闭目。黎斯惊诧道：“你、你也是异徒？”

“是。”兀岩语气冰寒，“不过我没有完全转化成异徒，当年蛮夸为了救我，从祖庙中偷来了三大禁术之一的‘十方毒物’，从万千毒物中寻出了一种可让人脱胎换骨的毒药来抑制我的畸形。虽然最终畸形停在了萌芽形态，我的智慧和意识也并未受影响，但毒物恐怖的副作用让我每隔一个月就饱尝噬骨爆筋的痛楚，整个人在生不能死不得之间苦苦徘徊，转眼就是整整七十年。我在地狱里生活了七十年，如今灯尽油枯后等待我的又是另外一个泥犁狱，我不甘心，所以我要重活一次！”

“我的蛮夸曾告诉我，十方山长生不老拥有神迹的古窅教圣女秘密守护着一样宝物，没人知道这样宝物是什么，更不曾有人见过，历代古窅教大长老口口相传宝物就藏在圣地冰宫内。我杀圣女就是为了进入宫殿，得到宝物。我笃定宝物可以令人重生不死，这也是圣女不死的根源。”兀岩一口气道出了隐藏心底多年的辛酸秘密，不由得心怀怅然。

“圣女，宝物。”黎斯喃喃自语，此刻晶亮而寒冷刺骨的冰面下真藏着一样让圣女守护了几百年的宝物？如果真的有，那么宝物究竟会是什么？黎斯也难免按捺不住好奇，心荡神摇。

兀岩瞬间捕捉到每个人流露出的贪婪之情，森然一笑：“至于为何对兀鹰母子冷淡，这里面或许有件事你还不了解。”

黎斯等候着兀岩将要说的话。兀岩瞟了瞟生死未卜的兀鹰，浑浊瞳子爆发出一抹凌厉：“这件事就是异徒是无法生育的，我也不例外。所以兀鹰和兀灵并非我的亲子，他俩的生父是……你的蛮夸。”兀岩面孔移向米塔。

米塔耳畔嗡鸣，心中五味杂陈：“你骗人，你骗人！”

“我没骗你，这也是你蛮夸必死的原因。”兀岩缓缓道。米塔幡然回神：“难道蛮夸的死……是你干的？”

兀岩不置可否地笑了笑，算作默认。

“你为何不干脆也杀了米塔灭口？”黎斯疑窦道。兀岩声调变尖细：“那多无趣，整日看着他们亲兄妹杀来杀去岂非更精彩？”

“我要杀了你为蛮夸报仇！”米塔放下阿木，抽出匕首冲向兀岩。兀岩眼带蔑视，仿若米塔是脚底下的蝼蚁，两名枯瘦老人臂灌内劲将米塔震飞。米塔落地后口吐鲜血，但仍奋力爬起，再次扑上。

“找死！”兀岩冷言。

两名枯瘦老者正准备对米塔下杀手，突然间半空飞来两道人影，正是黎斯和胖道士。胖道士大声喝道："这两个老家伙交给我们了。"米塔紧咬嘴唇："谢谢。"

米塔晃过两名枯瘦老者，面前出现游槐。游槐表情复杂地望着米塔，米塔抬头道："你是让开路，还是杀了我？"游槐神情捉摸不定，花骨弯刀在露与不露之间犹豫，终是没有出手，米塔感激地看了游槐一眼。

匕首刺向兀岩，兀岩面无表情地轻轻抬手，手缝间赫然钻出一根尖锐的骨刺跟匕首碰撞，发出"锵锵锵"的响声。米塔勉力支撑两招就门户大开，兀岩嗓音沙哑道："去找你蛮夸吧。"

兀岩骨刺刺入米塔胸膛，将要刺入更深的一霎，时间和空间倏地仿若停滞了，一条白纱飞奔而来，细腻轻盈地卷住米塔拽至安全的冰面。兀岩转头看去，与空灵神秘的眸光相交，他整个人都愣住了，因为那抹眼神来自于原本以为已死去的圣女。

她死了，还是没死？兀岩心中震颤。

圣女毫无动静，反倒是她身前的阿木悠悠醒来，水灵灵深幽幽的瞳孔将巨冰上的景物映在其中，她柔弱无骨的手掌轻轻弹指，仿佛整个世界都开始急速流转。

而阖然而逝的圣女竟也照样地轻弹一指。

"该结束了。"阿木的声音宛如空谷幽兰。

阿木与世无争的恬静面容消失了，取而代之的是一脸遗世冷肃。她缓缓地平伸左手，轻轻弹指仿佛无声之怒。圣女不知不觉间重新站起，胸口摇曳着黑箭，再一次做出跟阿木相同的弹指动作。一瞬间风云突变，冰亭整个发出轰鸣，开始颤裂，上百道冰光脱离冰亭射向二十丈外的黎斯、胖道士、兀岩、游槐等人。

黎斯只觉得白光闪烁，一股冰寒顺着长剑传入他的四肢百骸，仿佛连呼吸都要被凝结，黎斯不由得丢掉了长剑。同一时间，胖道士也扔掉短剑，班西扔了鹰剪，游槐强忍了片刻后也扔下了花骨弯刀，两名枯瘦老者的铁拳被白霜冻结，而兀岩手缝间的骨刺"咔咔"被白光削平，骨刺碎成粉状随风飘扬。兀岩目光骇然，视线锁定死而复活的圣女："不可能！黑箭上淬着凤凰胆奇毒，你就算没被射死也应当被毒死了！我隐忍几十年就为了等待你死的这一刻，你怎么又站起来了……你应该死了，你应该死了。"

兀岩在重度刺激下神情扭曲。阿木眼神飘忽，目光游离于所有人之外，轻轻说道："你不可能杀了她。兀鹰也不能，任何人都不能杀她，因为她本来就没有生命。"

阿木揭下圣女的深蓝面具，面具下的圣女竟然只有一双空洞无声的眼眸，没有鼻子、眼睛和耳朵。她的整张脸都是用棱角分明的蓝冰所雕，不具备半分人类的表情。黎斯怔忪呆望："圣女的伤口没流血，莫非她只是……一个冰人？！"

阿木笑了，如同黎斯初见般纯净："她是个冰人，也是我留下守护冰宫的机关人。"

"这么说你才是古窅教圣女？"黎斯出声问。

米塔不知所措地说："阿木……"

"阿木。"胖道士喃喃道。

兀岩浑浊的眼睛恨意汹涌，似乎要将阿木挫骨扬灰。

阿木轻轻地点头，像是未涉世事的幼童："我就是圣女。"

"究竟是怎么搞的？我完全糊涂了。阿木，你为什么会变成古窅教圣女？"米塔困惑纠结地说。

阿木目光湛然："米塔，这是一个很漫长很漫长的故事，但我愿意告诉你。"

所有人屏住呼吸，甚至包括以杀死圣女为目的的兀岩等众，显然对于圣女神秘来历的好奇心暂时掩盖了一切。每个人都伸长脖子，聚精会神地等待阿木的故事。

"漫长的故事开始于六百五十五年前的春秋末期，那时在鲁国目夷氏后裔中出了一位雄才伟略的大师墨翟，后被尊称墨子。墨翟一生以兼爱、非攻为核心推广他的墨家学说，墨家也成为战国时期重要的学派之一。而墨子除了墨家学说之外，另外一项对于后世有深远影响的成就便是他的机关术。墨子将目夷氏传统的机关术传承发扬，创造了震惊当时的机关术，自己也成为名扬天下的机关大师，他创造的藉车、铁鸢鸟等无一不被当时的世人惊叹。但天下人只知有一个机关大师墨子，却不知道在目夷氏后裔中还存在另一个惊世骇俗之人，那就是开创了形人师一脉的机关大师师从。师从在机关术造诣上的天赋甚至超越了墨子，但是他同墨子却走了两条不同的道路。墨子主修心，向和平，他所创作的机关成品大多是为了和平而制造，同时也让百姓的生活得到改善。但师从却不是这样，他爱好杀戮和战争，他在三十岁之后就将全部精力投入到一件作品的制作中，便是形人师。”阿木稍作喘息。黎斯听得心中一颤——形人师！他早在金岛蚁骨楼中就听闻过形人师鼻祖师从的事迹，如果阿木作为圣女真存活了五百多年，那么她或许也是形人师？！黎斯唏嘘不已。

阿木缓过神，继续道：“形人师也称为机关人，师从设想中的形人师，具有无所畏惧的意志、铜筋铁骨的身躯、所向睥睨的锋芒，他甚至想到用形人师结束春秋百年的征战。师从狂妄的念头让目夷氏族人对他嗤之以鼻，他们认为师从就是个疯子。师从被赶入荒山野岭，以采果捕猎为生，靠天地山河而眠，到他五十岁时终于制造出第一个可以像人那样行动的形人师。但师从并不满意，因为他制造的形人师没有智慧，很容易就会被陷阱或诡计所欺骗，于是师从走遍天地间每一个角落，寻找绝世材质来试图改变形人师的智慧。又过了二十年，当所有人都忘记师从这个人的存在时，他带着一个身高丈余的形人师出现在了氏族领地，他回来找墨子了。”

“形人师？”兀岩意味深长地端详着讲述故事的阿木。

“师从找墨子是为了挑战，他要证明自己才是当世第一的机关大师。他的形人师轻松地击溃了墨子的机关兽，而形人师在战斗中表现出的无与伦比的智慧更让墨子感到震惊，墨子询问师从，才知道师从找到了改变形人师智慧的原材。师从击败墨子，想制造更多的形人师来称霸天下，但兴奋之余他却因为几十年夙愿得偿而突然病倒了。墨子收留了重病的师从，悉心照顾他之外，还为他灌输了自己所推崇的墨家思想，师从渐渐被墨子的至诚所感化，继而打消了称霸天下的念头。又过了十年师从即将死去，他不希望毕生研制的形人师就此湮灭人世，他委托墨子帮他找到他一系血脉的后人，替他将形人师之术传承下去。”阿木一顿，“但锋芒毕露的形人师早已引起诸国君主的觊觎，他们遣派刺客意图杀人夺术，墨子为了保全师从血脉以及形人师之术，于是将一本真假参半的赝本交给师从后人，这样即使遭遇叵测也不至于流失全本贻祸天下。墨子同师从后人定下五十年约期，希望时间沉淀可以令诸侯遗忘掉形人师。谁料五十年后师从家族仍然处于颠沛流离的逃亡中，族长哀求墨子继续保管形人师之术，同时族长率领族人隐入黑山白水之间就此隐世匿迹。双方再定下百年之约，一百年后若师从家族无人赴约则意味着凶多吉少，约定期限自动延长一百年，然后再一百年，直至五个百年满期则约定消弭，形人师之术将永远留在墨子手里。”

“但并非只是师从后人处境艰辛，墨子大师饱尝春秋各国的种种尔虞我诈，早已对天下大势心感失望，而且刺客也屡屡对墨子一系下手，心灰意冷的墨子在第二个五十年便携带亲信族人隐遁出海，于茫茫大海中的神秘海岛隐居。但墨子并未忘记对于师从的承诺，怎奈其垂垂老矣无法熬到下一个约期，于是墨子萌生想法，他要自己制造形人师。因为他所隐遁的炎月岛乃是师从采取形人师之心‘五色修罗石’时所发现的海岛，其上材料丰富，且存有少量五色修罗石。”阿木脸色越发苍白，但故事尚未讲完，“放弃了其他事情的墨子全身心投入到形人师的制作中，首次参详形人师之术的墨子对此惊叹不已，但他并未一成不变地完全按师从的想法制作，而是利用多年积累的机关术经验进一步完善形人师。老人展现出了无与伦比的创造力，形人师一步步成形。而炎月岛此时发生了一场意外，整座岛屿忽然地动山摇，墨子赶到海边一看，原来从大海深处漂来了一座万年甚至更久的冰川小岛。墨子顿感此乃天地兆示自己将完成一场夺天地造化的鬼神之工，于是墨子指挥族众以冰川小岛为模建造一座旷古烁今的冰之宫殿。历时十年的呕心沥血，形人师和冰宫终于同时完成，墨子在沿袭给予形人师智慧的同时又赋予其细腻情感和累积记忆的能力。至于冰宫，墨子几乎耗尽炎月岛资源将其打造成璀璨夺目的旷世之作。完成两项奇迹的墨子心力交瘁一病不起，他将最后遗愿委托给形人师，那就是对师从的承诺。形人师感恩墨子，于是拜其为师，答应将恪守约定，墨子微笑着阖然而逝。形人师在墨子坟前叩别，驾驭奇术遍布的冰宫驶往内陆，通过参照星宿历经半年终于抵达北海，不过在达到北海海面后骤然遭遇的一场罕见的海上飓风令冰宫失去了掌控。整座冰宫犹如一枚无坚不摧的冰锥凿穿阻碍的山脉，十方山迎来一场天崩地裂，冰宫往前推移万丈钻入内山腹地，紧邻地心炎泉。形人师猝不及防地在剧烈撞击中昏迷过去，待形人师醒来发觉已身处万籁无声的地下幽境。天崩中亲眼看见冰宫魅影的古族莳泽不畏艰险追来，发现了居住在此的形人师，莳泽敬尊如天神并自愿率众臣服。次年莳泽便创立了信奉形人师的古窅教。”

“讲了这么多，你们应该明白了。”阿木声音悠扬，“我就是如约而来的形人师。”

第十四章 天之尽头，星河之畔

寒冷空旷的冰面上，虽然大家都隐隐猜测到了真相，但等到阿木亲口说出形人师的身份，每个人仍旧惊骇不已。米塔颓唐地望着熟悉又陌生的少女，她还是以前在危险时紧抱自己的阿木吗？胖道士虬髯微翘，神情微妙不知思索何事。兀岩目中浑浊，杀机时隐时现。云眼、班西、游槐等人俱都惊魂未定。黎斯望着阿木，捕捉着少女飘忽的眼神。

阿木轻露瓠犀：“故事还未讲完，还有关于他的。”

“天崩之后跟随莳泽潜入幽境的还有另一个人，他叫宿生花，是一个喜欢跋山涉水的云游公子。”阿木将关于“他”的故事娓娓道来。

宿生花偶然路经十方山，被云雾环绕的巍峨山势所折服，故率性入山，谁知却遇上了千古罕见的天崩奇迹，于是宿生花惊心动魄地踏踪寻觅。途中宿生花碰见莳泽，两人结伴而行潜入幽境，共同目睹了翩然绝尘媠婳如仙的阿木。宿生花惊为天女下凡，不同于尊敬于心的老迈莳泽，宿生花对于少女一见倾心。

“你、你好，我叫宿生花，古姓之宿，遍地生花的生花。因为我娘生我时一直以为会是个女孩，所以起了这么个名字。”宿生花摸着后脑勺像幼童般微笑。

少女莞尔一笑：“我叫木三星，师父说有我的那一晚天上有钐宿三星熠熠生辉，故取名三星。”阿木的真名原来叫木三星。

青涩纯真的少男少女在我言你语中渐生情窦，少年悄悄告诉少女，他的目标是可以像游士徐飘零那般遨游星辰下每一座发光动人的山脉。少年询问少女，少女说她只想等来她要等的人。少年闻言顿时沮丧，支支吾吾地问少女要等谁。少女掩嘴轻笑，说那是师父让等的人。少年傻笑不已。

少年宿生花，少女木三星，两人不知不觉间在幽境度过半年之久，两人心底情愫渐深。宿生花白天带着木三星追逐山鸟清风，晚上两人躺在冰宫之上仰望墨星石的繁星点点，宿生花侧过头说："传说在天之尽头，星河之畔有一个神秘古老的国家，那里的每一位少女都通透清澈如水晶一般，你是不是就来自于星之畔？"

"星之畔。"木三星婉然摇头，"那一定很美丽，可惜我不是来自于星之畔，我的家在……另一个遥远的地方。那儿有我的师父。"

"可以带我去吗？"宿生花直爽地问。

木三星羞涩道："我不知道等多久才能回去。如果到时候你还想去，我愿意带着你。"

宿生花开心地点头。他望着心爱少女的眼角眉梢，呢喃道："我少时学过风水命理，阿木你属于凶魁水火双命格，每十万人中才有一个这样的命格。拥有水火命格的女子冰冷与热情都藏在她胸怀里，时而冷若寒冰，时而热情澎湃，但最重要的是她有一颗真诚善良的心。我毕生都在渴望一颗真诚与善的心，三星记住我说的话，我爱你！"

木三星俏脸飞红，声如柳絮："我也是，喜欢你。"

"若刹那可作永恒，那我们就能永远在一起了。"宿生花轻揽木三星入怀，冰宫上眨眼的星星都似害羞地闭上了眼。那一晚那一刻木三星以为她和宿生花会将刹那化作永恒，再也不分离。但她没想到的是三天后宿生花就说要离开。

"山外有一件必须去做的事，我去去就回，你啊，乖乖在这里等着我。听到了吗？"宿生花捏着木三星粉嫩脸颊说道。

木三星难掩分离伤情，泪珠闪烁，但她的语气坚定不移："我会等你回来。"

这一生，这一辈子守在这里，直到你回来。这是木三星对于宿生花的承诺，只在木三星心底，不让宿生花听见。

"我走了。"宿生花挥手告别，如同以往清晨醒来的挥手呼唤。

木三星看着他转过身，转过脸，身影变成背影直至消失，她的脸上始终挂着初见时的笑容。如果要离开，她希望将最好的一面留给他。而那日清晨宿生花最后的记忆就是在纯净明亮的冰宫之上、挥手微笑衣袂纷飞如同仙子的女孩儿。他回过头，一抹清冷顺着眼眶滑下，但女孩儿已经看不到了。

宿生花一走再未回来。女孩坚守自己的承诺，等着他。一年，两年……十年……百年，转眼五百多年过去了。女孩依然站在两人分别的地方，凝望他背影消失的角落，面带微笑，眼泪却往往不争气地滑落。

“我一直害怕他忘记我，更害怕我忘记了他。”阿木眸光湿润闪烁，“所以当宿生花的面容在我脑中开始变得模糊的一刻，我决定去找他。”

黎斯、胖道士、米塔不由得为阿木的痴情所感动。阿木微微闭目，继续把故事讲下去。

“然而我无法背弃对于墨子老师的承诺，所以在五百年期限里我不能离开十方山，但我渴望知道宿生花的消息，哪怕只是捕风捉影的也好。我想起了宿生花对于水火命格女孩的欣赏，所以我借助莳泽创立的古宥教以‘圣少女’名义搜罗符合的人选，不过选中的女孩并没有被吞噬灵魂，而是只需要回答我一个问题。”阿木慢慢说着。米塔忍不住问：“什么问题？”

阿木眸光深邃：“你是否听人讲过‘在天之尽头，星河之畔有一个神秘古老的国家，那里的每一位少女都通透清澈如水晶一般’？”

米塔心底的柔软被触动，泪水模糊了眼眶。

“我等来了总共十六位圣少女，她们都没听过这句话，更没有见过宿生花。”阿木垂下蝤蛴白项，“时光荏苒，跟师从后人的五个百年期满，我始终没等来要等的人，不管是师从后人还是宿生花。第五百零一年，我踏出了十方山进入繁华喧嚣的尘世。尘世歌舞笙箫、靡靡之音跟淳朴的十方山太不一样，五彩斑斓的人与物令我精神紧张、头晕眼花，我强忍心中不适穿梭于城池之间寻找宿生花的点滴。但到头来还是一无所获，我逃似的回到十方山，回到熟悉寒冷的冰宫才觉得可以顺畅呼吸。之后的四十五年中，我每隔五六年会踏入山外世界一次，然后狼狈地逃回。四十五年中，我仍旧没有宿生花的任何线索。”

阿木转向米塔：“最后一次我被你当成了圣少女的目标，当时我怅然失落，突兀地听你说‘我要等的人就在刑天城里’，我忽然觉得时光倒流，仿佛过去的自己跟我开了一个玩笑，一个称之为命运的玩笑。既然是自己的玩笑就要自己去面对，所以我跟你回到十方山。”

米塔恍然明白了七七八八，神情凝重：“那么之前的十六位圣少女去哪里了？祭从说火穴每隔十五到二十年才会熄灭一次，具体时辰还得通过星辰推衍才可确定。难道每位圣少女都得等十五年才能离开？”

阿木回望钻壁而出的冰宫：“并非只有从火穴才能到这里，五百多年前冰宫凿穿山腹，留下了一条通往北海的密道，十六位圣少女就是从密道逃离十方山。至于我，也是从密道踏入的山外世界。”

“原来如此呀，我就说我的卜算推衍不会出错。”沉闷许久的祭从云眼忽然说。

“但宿生花只有百年寿命，这都已经五百多年了，他早死了，你何必再苦苦地去找他？”米塔心怀怜惜地说。阿木婉然一笑：“米塔，你不明白。有些人即便你知道他已经死了也还是会去找他，因为人与人之间除了生死，还有承诺。我想要的并不是答案，而是对于他的承诺。”

阿木目光决绝，光彩夺目。黎斯脸上闪过一抹深藏不露的表情。

“在刑天城引我入祖庙的神秘古族人是你吧，阿木？虽然你隐藏得很好，但你身上独有的幽香暴露了你。在圣礼上你从我身边走过，我才恍然明白过来。”黎斯沉稳道，“照此推测你应当早就知道七人咒的存在，引我入祖庙也是为了揭露常伯和边奎之死的真相。”

阿木轻轻颔首：“以前莳泽曾对我提过三大禁术，当时我并未留意。在抚瓦村常伯、边奎的死令我百思不解，后来到了刑天城我才突然记起七人咒的内容。我知道七人咒就藏于古族祖庙，所以乔装引你去那里，但不曾想最终还是被你发现真相。”

“如果我可以早一点想起七人咒，或许常伯和边奎就不用死了，不过时间相隔太久远了，在岁月荏苒中总会流逝许多东西，最后留下来的往往只有最深刻的部分。”阿木喃喃不知对谁语，倏尔又望向黎斯，“在古族祖庙之事之前你就开始怀疑我了吧，我能感觉到你的眼神不同以往。”

黎斯扬了扬嘴角："看来我的一举一动也难逃你的双眼。不错，祖庙之事之前我就对你有所怀疑，但我并不认为常伯和边奎的死跟你有关，只是觉得你底细难捉摸。具体是因为在黑石桥上三手异徒扑向米塔时骤而退却。当时我脑子里首先闪过持剑的公羊雁，但立即排除了。公羊雁之前遇过三手异徒，异徒即便被割断手指都未对剑锋胆怯，所以它惧怕的并不是公羊雁的剑。米塔，也不是。她当时的惶恐是真实的，并非虚假。剩下的只有面对异徒毫无畏惧的你，三手异徒接触到了你凛冽含着杀气的眼神，所以才选择了狼狈回退。"

"你不是普通的少女，你究竟是谁？这就是黑石桥时我对你的疑窦。"黎斯摊摊手，"但哪怕诸葛复生恐怕也算不出你竟是古窅教圣女、墨子大师的弟子。"

阿木笑了："你也不一般。你已经知道我是谁了，能告诉我你是谁吗？"

"我叫黎斯，就是个不招人待见的捕快。"黎斯也曾回答过胖道士类似的问题。

阿木莞尔："我记住了。你叫黎斯，是一个不招人待见的捕快。"

"说够了没有！古窅教历代相传圣女守护的宝物就是什么形人师之术？"兀岩再也按捺不住了，他冷森森地插嘴道，"不管有没有跟人约定，你把形人师之术交给我，我就放了你。否则，我不介意再多杀你一次！"

阿木美目生寒："古族莳泽帮过我，古窅教五百年来也为我屡次奔波，我亏欠莳泽和古窅教的，所以无论是你还是兀鹰的险恶阴谋我都可以既往不咎。你们走吧，但从此别再踏入圣地半步。"

"好狂妄的口气，氐豹、氐狮，杀了她！杀了她！"兀岩撕碎了沉着表情的外衣，整个人变得暴躁凶怒。

两名枯瘦老者狂风骤雨般扑向阿木，阿木闭眼再弹一指，冰机关人同样弹指，只听闻"砰砰"两声，两道丈长冰凌刺入两名老者胸膛。冰凌入体后瞬间冻结了血液，两名老者惊恐地呼出半口冰气，四肢五官霎时蒙上白霜，被活活冻僵了。

兀岩睚眦狰狞，猛甩手掌，突兀地从掌缝中钻出了十根锋利骨刺，背凸胸陷宛如变形异徒。兀岩狂吼："重生，我要重生，谁也不能阻拦我！"

阿木惋叹一声，从冰亭分离出三尺宽的一根冰柱，戳中凶神恶煞的兀岩，骨刺被撞得连根断裂，兀岩也被撞飞至巨冰边缘。兀岩口鼻眼耳汩汩淌出鲜血，瞳孔扩大，仍不死心地眺望阿木，仅能看到模糊的轮廓，身形摇飏，最终坠入翻滚的岩浆深渊。

“我要……重生！”兀岩发出最后执念的咆哮，随热风飘远。

“一切终将尘埃落定。”阿木平静地说。

云眼望着血腥一幕颤抖不已。班西胆战心惊地挪向铁索桥，正当他踏上铁索的瞬间，一柄黑刃割穿了他的喉咙。班西惊诧万分地望着黑刃，缓缓回首，身后站着的是宛如血人一般的兀鹰。

“你……还没死？”班西喷出一口血箭，倒地身亡。

兀鹰并未死去，他双眼滴血，仿若恶鬼：“这就是背叛我的下场。”

阿木等人也注意到了兀鹰，兀鹰的血目与少女深邃眼神对视，许久后爆出一声怒吼：“我不甘心，我不甘心啊！”喊完，兀鹰一瘸一拐走上铁索，缓缓消失。

“你就这么放过他？”米塔迟疑地问。

阿木嚅嚅道：“他已经受到惩罚，而且在冰宫中已经流了太多的鲜血，我不希望这里再受玷污。”

巨冰之上一时间陷入沉默，阿木徐徐望过剩下的人，黎斯、米塔、胖道士、游槐、云眼，毅然道：“我要完成……”

“喂，我来了！”铁索上突然有人打断了阿木。黎斯定眼一看，铁索上倏然闪现一个黑点，等黑点靠近些，才看清正是单独留在刑天城中的公羊雁。

公羊雁跳上巨冰，惊异四顾，而后来到黎斯等人中间。

“你怎么来了？”胖道士先开口问。

公羊雁神神秘秘地从怀里摸出一样金光灿灿的事物，乃是一朵璀璨动人的金花。公羊雁道：“我来为你送这个。”

“这是什么？”黎斯瞧着有些眼熟。

“我怎么知道？但胖道士做实验的灰石里的银水都变透明了，那只灰纹蟾蜍也变回原先的样子，洼石里还多了这么一朵金花，我瞅着挺重要的就给胖道士送来了。”公羊雁急急忙忙说完。

“天啊，我想起来了！这是只在传闻里出现的仙花——坐地金仙。”胖道士眼珠子恨不得瞪出来，不停地啧啧称奇，“没错，没错，就是它。”

黎斯双眼凝视："等会儿，这明明是我遗失的紫梦萝呀！"

"那到底是坐地金仙，还是紫梦萝？"公羊雁迷糊了。

黎斯也茫然地看向胖道士，胖道士猛一拍自己脑袋："原来如此，坐地金仙就是紫梦萝变化而来。"

四周投来诧异的目光，胖道士哼哧两声，开始解释道："坐地金仙是两千年来最神秘瑰丽的六大仙花之一，见过它的人总共不超过十个人。传闻坐地金仙只在午夜子时盛开，开放时金光铺洒如同坐地金仙，故有此名。年少时我曾寻觅过六大仙花，但最终空手而归，没想到过了三十年终能亲眼看见梦寐已久的它。而且多亏黎斯，让我明白了坐地金仙的成因。从此花来看，之所以坐地金仙难寻罕见，是因为它并非落籽生根，而是由紫梦萝蜕变升华所得。紫梦萝吸收银河水中的冰焰奇毒，剧毒促使紫梦萝脱胎换骨蜕变成坐地金仙。这也怪我七年来一直心浮气躁，为了化解冰焰奇毒我想过配制解药，也想过了生生相克，甚至想到以毒攻毒，就是不曾想出吸收毒素的法子。"

胖道士微一沉吟："不过紫梦萝吸毒一例在古今典籍中从未提及，由此判断紫梦萝并非吸收任意毒素，而是只针对特殊毒素进行吸收。那么千年来凤毛麟角的坐地金仙恐怕都是紫梦萝吸收冰焰奇毒或者其他水火毒素演变而来的，太奇妙了，太不可思议了！我恐怕是第一个破解了坐地金仙之谜的人。"

米塔难掩激动情绪，目光明亮地望向胖道士："紫梦萝可以吸收银河毒素，是不是说异徒就有救了？"

"已经变异的恐怕无能为力了，但是有了紫梦萝从今往后古族就不会再出现新异徒。"胖道士不免嗟叹，"笼罩刑天城几百年的阴霾也可以烟消云散了。"

米塔从胖道士手里接过坐地金仙，眼泪簌簌落下。游槐同样难以自制地走过来，仰天握拳道："古族有救了！"

阿木如释重负地轻言："太好了。"

米塔朝着阿木笑了笑，然后她变得坚定，问游槐道："游槐护堂，古族现在群龙无首，危在旦夕。我要回去救古族，救古族无辜的孩子，你愿不愿意和我一同去？"

游槐重重点头："米塔你是对的，以后你说什么我做什么。"

米塔凝视阿木：“阿木，我要回刑天城了，你以后还会留在这里吗？”

阿木眸光飞掠过墨星石，轻轻道：“我也不知道。或许会留下，或许会回到炎月岛，也或许会去寻找那个传说里星河之畔的古老国度，去看一看那里的天与地。”

米塔心中悲伤不已，咬牙不让泪水滚落，她要学着一个人坚强地生活。米塔心中的千言万语只化作两个字：“保重。”

阿木回复她：“你也多保重，米塔。”

米塔、游槐连同还在颤抖的云眼一起走了。米塔再未回头，阿木欣慰地笑笑：“她真的变坚强了。”

又是一个熟悉的身影变成背影直至消失，她还会回来吗？阿木没有想下去，她转过脸望着黎斯、胖道士和公羊雁，神情平静道：“我要完成墨子老师的承诺，跟我来。”

阿木揭下冰机关人脸上的深蓝面具，戴在自己脸颊上，然后走到冰琴旁。深蓝面具反射流动奇光照耀在冰琴表面，冰琴徐徐下沉露出了一个丈宽的小型冰台，阿木走上冰台。

黎斯三人互相望了望，继而也踏上冰台跟阿木并肩而立。

一阵摩擦的轧然声，冰台往下沉落……

第十五章 形人师之殇

冰台匀速稳定地垂直向下，黎斯穿过一层又一层五光十色的冰宫界面，无数高轩玉栏、云顶深殿如同过眼云烟在黎斯视野中掠过，虽已知春秋墨子的鬼斧神工，但此时才真正领略到冰川寒宫之旷古绝有。胖道士和公羊雁也是一般心思。

冰台持续降落，阿木一言不发，黎斯也不知如何开口。就在空间转移中时间流逝，当黎斯心觉这冰台会一直降落时，它倏然停下了。黎斯置身冰宫最深寒的一层，周围滃翳着仿佛活了的冰气，这也是唯一没有亭台楼榭的冰宫界面。空间四周都是纵横交错的冰洞阡路，阿木缓缓下了石台："小心跟好我，如果在这里迷路了就只有被冻死。"

黎斯对阿木的话深信不疑，老实地跟着阿木。阿木转左而行，在第一排有十个冰洞的冰厅中选择了第二个冰洞。由冰洞出来，进入寒冷凛冽的冰晶甬道，甬道尽头是第二排更大些的十洞冰厅，阿木选择了第五个冰洞深入。再出冰洞来到了一座令人叹为观止的残存冰山前，崚嶒不凡的冰山高约二十丈，黎斯还没来得及继续感叹，阿木已转入冰山左侧更狭窄的冰晶甬道。又走了一刻钟，甬道左右的冰壁颜色变深，渐渐令人有了冰壁在流动的幻觉，置身其中如同行走于深海龙宫中。

甬道尽头是一座半封闭的冰洞，四周冰壁呈现深蓝耀眼的色彩，而在冰洞中央有一根巨大高耸的冰柱。冰柱泛着深邃流转的蓝光，恍若一小片海洋，黎斯望着阿木面上深蓝色面具，觉得其材质跟冰柱几近相仿。而在冰柱中心是一张石桌，上面摆放着石匣，形人师之术应当就在其中。

“整根冰柱像是在流动，这真是太神奇了！”公羊雁忍不住惊叹。

阿木声音悠悠响起：“这根冰柱乃万年冰川的蓝心冰髓，万年沉浮令冰髓拥有了十万细微棱面，可将射入的光线无限切割分离成迷离流转的色彩，正如你们此时所看到的一幕。除此之外洪荒原始部落曾把亿万年冰髓叫作仙玉，已超脱凡尘，可将腐朽化为神奇。”

“你的面具也是蓝心冰髓？”黎斯倏然问。

阿木轻启樱唇：“是的。这是墨子老师为我所做，冰髓面具也是掌控冰宫诸多机关的枢纽。”

“开始吧。”阿木声如幽兰。她缓缓走近冰柱，冰柱表面和面具相对，二者同时开始飞速旋转如同深蓝色旋涡，倏尔“咔嚓”一声冰柱缓缓地向左右分开，露出了其内石桌。阿木从桌上取出石匣，走到黎斯三人面前：“我恪守墨子老师之言整整五百四十五年，今日终可完成老师嘱托，兑现百年一诺。”

阿木蓦地一顿，转望黎斯：“黎斯捕快，你猜我要把石匣交给谁？”

黎斯神情微妙，淡淡一笑：“自然不是我。但我不用猜，我肯定是他！”

黎斯随手一指，指向的正是胖道士。

胖道士傻呵呵地笑着，没说话。阿木好奇地问：“为什么？”

“初入抚瓦村时公羊雁曾遭遇三手异徒的袭击，所有人都赶去了，只有昏迷的你和贪睡的胖道士没去。后来胖道士却从跟睡觉地方相反的方向来了，而那边正是你的木楼。另外胖道士回来时身上有一股淡淡青蛇尖的酒味，你则因为体虚刚喝了青蛇尖的酒，也就是那时起吧，我总觉得你与胖道士之间有种看不透的关系。从抚瓦村开始，胖道士也曾屡次三番对你的情况表现出紧张。”黎斯目光熠熠，“你同胖道士应该是那时挑明了身份，可对？”

阿木笑了，眨眨眼：“你真是个厉害的捕快，我不得不这么说。”

“在十方山为躲避毒瘴时我差点滚落石坡，关键时刻胖道士救了我。而我无意间瞥到他褴褛道袍内的一个怪异补丁，补丁抻破个口子露出小半边木符，木符上刻着一只九婴凶兽。九婴乃目夷氏所信奉供养的远古神兽，五百多年前墨子就是将刻有九婴图案的木符交由师从家族作为信物。当时我就想莫非眼前邋里邋遢的胖道士就是师从后人，我心绪难平，一路上总想跟胖道士单独私聊，但直到昏迷前我才对胖道士说出‘形人师’的口型，所幸胖道士发现了。”阿木微微停顿，“至于昏迷，是真的，每次出山我都会大病一场。我从未饮酒，更别说青蛇尖这种烈酒，所以我酒醉后不小心呕在胖道士道袍上，这也留下了疏漏。胖道士来到木楼跟我表明身份，并拿出木符，木符上除了九婴图案，还有墨子老师亲刻的本名‘翟’字，其乃真迹无疑。胖道士又将刑天城兀岩种种恶迹相告，为避免打草惊蛇我和胖道士决定按兵不动。”

“刑天城里我被兀岩软禁于星宫，虽然我逃脱束缚去寻胖道士，但在石舍中却怎么也找不到他。无意间我倒是被你撞到，于是我心绪一转将你带去了祖庙，这是后话。胖道士手握圣牌，我并不担心他，我便顺从地跟儿鹰返回了圣地幽境，再之后种种状况你已亲眼看见，无须赘言。”阿木将与胖道士之间的事情讲完。

黎斯瞅了胖道士：“既是来赴五百年之约，为何又延误了四十五年？”

胖道士吹胡子瞪眼道：“这还不都怪兀岩那老鬼！我师从后人屡遭迫害，过着颠沛流离的生活，几任族长为保万全决定等候五百年，谁知等完五百年后族人刚到十方山就被兀岩虏获。古窅教历代大长老都奉有等候圣女仙友的使命，但兀岩丧心病狂，竟然将我族族人羁押并残忍地折磨致死，幸亏我族族长深谋远虑派遣了两拨族人，第二拨族人奋死抗争抢回了尸体和木符，但从此跟古窅教结了梁子，再想见圣女只能另辟蹊径。我这个毒手圣医也是无奈之下的做法，只为博取兀岩信赖，创造跟圣女见面的机会。”

“兀岩想获得重生的宝物想疯了，他恐怕认为你们跟圣地宝物有关所以想斩草除根。”黎斯长吁叹息。

“所幸老天有眼，恶人终得恶报！”胖道士气哼哼地说。

“前缘已尽，后事随缘。轮回有因果，人亦难逃其中。”阿木举起木匣，“话已至此，开匣吧。”

木匣无锁，正面有三寸宽凹痕。胖道士从破道袍里扯下木符，黎斯这回明白为啥胖道士舍不得扔了这件破道袍了，原来另有玄机。胖道士颤巍巍地将木符按入凹痕，只听“咔咔”几声脆响，石匣缓缓开启，露出一本薄薄的帛书。

帛首有三个龙飞凤舞的篆体——形人师。

胖道士小心翼翼地接过帛书，恭恭敬敬藏于怀中。阿木安然道："五百年承诺已了。"

"你们走吧。按照原路返回，冰台还停在原地。"阿木目光幽幽不知看向何处。

胖道士担心地问："那你呢？"

"我怎么了？这里是我待了五百年的家。放心，我不会有事的。"阿木看看胖道士，"你现在身负重任，如何把帛书安全带回族中才是你最该考虑的，多耽搁一时就多一分危险，快走！"

胖道士两鬓滚落豆大的汗珠，阿木说的话如醍醐灌顶让他怵惕不宁。胖道士抿了抿干涩的嘴唇，深深望了眼阿木："你说得对。阿木，你……多保重。"

胖道士转身钻入甬道，身形消失。阿木呢喃道："走吧。"

黎斯小声跟公羊雁嘀咕了两句，公羊雁朝着阿木抱抱拳也走入甬道。

冰洞中只余下了黎斯和阿木。阿木久久凝看冰柱，看着眼花缭乱的深蓝波纹，过了一会儿，看见黎斯还在，她问："你为什么不走？"

"胖道士和公羊雁走是因为他们的事已了，我不走因为我的事未了。"黎斯平静地回答。

"喏，你还有何事未了？"阿木同样平静地说。

"你曾经说寻找宿生花已不为答案，而是为了完成对他的承诺。木三星，你矢志不渝的坚守让人感动，现在请允许我给你一个答案吧。"黎斯脸上露出含着深意的微笑，阿木愣愣地看向黎斯。

"我带你去找宿生花。"黎斯说。

"啊？"阿木羸弱身躯摇飏如风中细烛，看着黎斯坚定的眸光，阿木似乎重新焕发了生机，轻轻而坚决地说道，"我跟你走。"

生命中除他之外皆成泡沫。冰晶甬道，冰山，冰台，升上巨冰后已寻不见胖道士和公羊雁的身影。黎斯在前阿木随后，上铁索横穿墨星岩甬道，爬出火穴返回鹰嘴崖。鹰嘴崖上的古族余众已经不见，估计跟米塔回去了。接着原路重走暗林、荒丘、放逐地、刑天城。第七城中米塔和游槐正召集族人讲解坐地金仙的奇效，胖道士和公羊雁在石舍中等候。黎斯带领阿木如同幽灵般在旁人无暇他顾之际来到十方殿背后的破败木门前，推门而入，继而穿行祖庙甬道，在正殿寻觅到隐洞入口。然后是崎岖石阶、石厅中的碧绿水潭，黎斯停在水潭石壁前，忽然有种恍如隔世的感觉。

黎斯把藏于水潭中的五截断骨插入石壁上的凹洞，壁内一阵啁哳转轴之声，石壁先退再沉露出里面另外一层石壁。石壁上有一扇木门，黎斯吸口气转身对阿木说："他就在门后。"

阿木恬然平静的面庞上显出从未有过的激动，她伸手摸索几次终于摸到了木门。门后是一片乌黑，脚下深寒地缝中发出轰鸣地动之声，一团黑影于阿木头顶摇飏。

阿木徐徐仰首，那是……一口硕大无比的青铜棺!

青铜棺四角用八条铁链固定于坚硬的青灰石壁中，棺身丈许，横悬在幽冥般的黑暗里。阿木茫然凝望，黎斯在后面说："宿生花就在青铜棺中，我背你上去。"

黎斯将纤细少女背在身后，身似猱猿般手脚并用地在石壁上攀爬，挨近青铜棺，接着腾身一跃跳在青铜棺之上。青铜棺盖不知用何种透明的紫石所雕，朦胧地可以看出棺内清秀少年的面容。阿木只望了一眼泪水便簌簌扑落，她颤抖地用手沿着少年面庞勾勒，哽噎道："是他，是他，我找到他了……我找到你了，宿生花！"

"稍退后，我打开棺盖。"黎斯将失魂落魄的阿木安置于边沿，双手抠住棺盖缝隙猛地一提。紫色棺盖被提起，然后被推开，棺内闭目少年宛如刚刚睡去，嘴角还拢着一抹笑意。少年身穿素服，胸口披着雾縠绮罗，头侧有一个枣红漆盝。

漆盝已被打开，里面搁着一本不完整的古卷。

阿木紧紧搂住了少年宿生花，在他耳边呢喃，仿佛要将爱人唤醒。黎斯神色沉沉地看着阿木，待她耳语片刻后，才说："阿木，宿生花就在这里。你还没看出端倪吗？"

"什么端倪？"阿木摇头。

黎斯呼口气："五百多年过去了宿生花尸骨竟然未腐，你再摸一摸他的脸颊和四肢。”

触手光滑发凉，阿木刹那僵住了。她轻轻地掀开雾縠绮罗，绮罗下赤裸胸膛上赫然有一道触目惊心的伤口，伤口内没有心脏！

阿木浑噩喃喃：“五百年尸身不腐，弥久肌肤玉质化，不得所心，这一切都符合形人师之体……宿生花是形人师？！”

“宿生花怎么可能是形人师？不可能，这不可能的！”阿木双目无神地抓着宿生花摇晃，“宿生花，你告诉我究竟为什么？”

黎斯默默将漆盉交给阿木：“答案就在后半部‘古窅教理索’里，阿木，你自己看吧。”古窅教理索的前半部在隐洞水潭的漆盉中，后半部随宿生花长眠于青铜棺，黎斯首次探秘时已然发现。

阿木拭去清冷泪珠，轻轻翻开了后半部的古窅教理索。后半部同样是莳泽亲笔记录，但所叙述的不再是古窅教细琐，而是以另一个人的口吻所讲的故事。这个人就是宿生花。

从炎月岛历经半年辗转我终于抵达了北海，但一场海上飓风的突袭令冰宫失去掌控，撞入十方山腹地。我醒来时尚能感受到天崩地裂的余震，环顾四周乃是一座翻滚着汹涌岩浆的山底幽境。目睹天崩震撼的古族人莳泽来到幽境，同来的还有一位美貌可爱的少女。少女叫木三星，她是莳泽的女儿。

少女活泼开朗，眼眸闪亮。她莞尔一笑，开口说：“你好，我叫木三星。蚉夸说生我的那一晚天上轸宿三星熠熠生辉，故取名三星。”

“我叫宿生花，古姓之宿，无中生花的生花。师父取名时希望我能无中生花，坚强勇敢地生活。”宿生花摸摸后脑勺，不敢与少女热情的目光对视，傻傻地笑了。

故事跟阿木记忆中的片段渐渐融合又错开。少年的宿生花，少女的木三星，两人不知不觉间在幽境度过了半年之久。两人心底渐生情愫，宿生花白天带着木三星追逐山鸟清风，晚上两人躺在冰宫之上仰望墨星石的繁星点点，宿生花忽然说：“传说在天之尽头，星河之畔有一个神秘古老的国家，那里的每一位少女都通透清澈如水晶一般，就如你一样。”

“星之畔？”木三星憧憬向往，“那一定很美丽。可惜我不是来自星之畔。

对了，你的家乡在哪里？”

“我的家乡是在大海深处的一个岛屿，叫作炎月岛。那儿有我的师父。”宿生花望着幽境中眨眼的墨星石说。木三星直爽地笑问：“可以带我去吗？”

宿生花红了红脸：“我不知道等多久才能回去。如果到时候你还想去，我愿意带着你。”

木三星开心地点点头。宿生花望着心爱少女的眼角眉梢，亲昵地说：“师父教过我风水命理，阿木你属于凶魁水火双命格，每十万人中才有一个这样的命格。拥有水火命格的女孩冰冷与热情都藏在她胸怀里，时而冷若寒冰，时而热情澎湃，但最重要的是她有一颗真诚善良的心。我毕生都渴望遇到一颗真诚与善的心，三星记住我说的话，我爱你！”

那一晚那一刻宿生花以为他和木三星会将刹那化作永远，再也不分离。但他没想到的是木三星竟病倒了。莳泽伤心欲绝，木三星的嬷嬷就是因为心绞而病逝，没想到木三星竟也跟嬷嬷患上同样的重病。木三星心如刀绞，但还是将苍白笑容留给了宿生花：“别担心，我会好的。我还要……跟你去炎月岛哩。”

宿生花望着昏迷中的少女又看看空幽冰宫，陷入沉思。在木三星发病第五天，少女已陷入弥留之际，仍呼唤着宿生花的名字。宿生花紧握她的双手，感受少女生命正在一点点流逝，他下定了决心：他要救木三星，无论付出怎样的代价。

宿生花将后续托付给了莳泽。他抱着木三星深入冰宫底层，用底层万年冰髓制作了一张深蓝色面具，宿生花利用墨子增强记忆之法配合冰髓仙玉的玄妙莫测重塑了木三星的记忆，将与宿生花相识的诸般记忆掩盖移转。然后在氤氲的冰蓝寒气中，宿生花切开胸膛取出了形人师之心五色修罗石，颤抖地将五色石换入木三星体内。五色修罗石乃得天独厚之天地精华，可令世间万物生机复苏。宿生花望着渐渐恢复生色的木三星，紧紧搂住了她，仿若用尽余生之力。

第二日晨光中，木三星一觉醒来，在她的记忆中自己是形人师，宿生花则成为云游四方的公子。宿生花微笑着跟木三星提出离别，在少女依依眷恋的视线里宿生花悄然离去。他感受得到木三星深切期许的眼神但他无法回头，因为失去五色修罗石的形人师只能存活两日。

宿生花按照约定进入古族祖庙，长眠于莳泽准备好的青铜棺中，在紫色棺盖缓缓落下的刹那，他对莳泽说：如果有一天三星得知了真相，她若再想见我一面，我教你一个办法让她见我。那将是我们此生最后一面。

莳泽封了祖庙，并为了保护木三星创立古窅教。

还有，按照宿生花的办法，记录并遗留下“古窅教理索”。

转眼已是五百年光阴……

阿木读着古卷最后的内容，泪水早已潸然而下。阿木抽泣着：“为何要我孤苦伶仃地留下来，宿生花，你好残忍！你不能只丢下我一个人。”

“或许就是怕你寂寞，宿生花才没将他在你的记忆中抹杀，留下美好的念想比孤独的期盼要好得多。也或许宿生花至死都无法割舍对于你的牵挂，他还在等待着未来同你的最后一面。”黎斯感慨道。

“会吗？”阿木轻声问，然后自己回答，“会的。”

阿木抚摸着如婴儿痴睡般的宿生花，而后吃力地将他抱起，侧脸对黎斯灿烂微笑：“帮我一个忙，我要带他回冰宫。”

黎斯第一次看到阿木阳光明媚的笑靥，不禁怦然心动。他一手挟住宿生花，背着阿木，另一手稳健攀下。再次沿原路返回，黎斯和阿木回到了幽境中的巨冰上，从冰台降落至冰宫底层。阿木脸色越发苍白，黎斯记得古窅教理索中宿生花曾说五色修罗石替代人类心脏后，虽然它不会衰竭，但随着时间流逝亦会消殒。随着五色修罗石消弭，形人师生机也跟着减少，五百多年了不知修罗石究竟减陨了多少，黎斯瞅着面色苍白的阿木，不禁为其深深担忧。

黎斯和阿木回到最深处的冰洞，阿木戴上蓝心冰髓面具，蓝色奇光再次旋转如同旋涡，接着“咔嚓”一声冰髓冰柱缓缓左右分开。阿木抱过宿生花徐徐走入冰柱内，黎斯恍然道：“阿木，你要做什么？”

阿木微笑如海棠般惊艳，语气决绝地说：“我要把他的还给他。”

“不可以，你是人，取了五色修罗石你会死的！”黎斯想要阻止阿木，但机关启动，冰髓冰柱倏然闭合，黎斯重重拍着冰柱呼唤着阿木。阿木空灵之音依然传了出来，她莞尔说：“别担心，我不傻。我会将一半的五色修罗石还给他，因为我尝过百年孤独的凄苦等候，我不打算让我和他之中的一个再次忍受寂寞煎熬。我要我们都活着，如果不能，那么到地狱黄泉我也将陪着他。”

“阿木，你……”黎斯相劝阿木，但话到咽喉就变成了些许哽噎，若把阿木换作自己，恐怕自己也会做同样的事吧。黎斯脑海里蓦地闪过白珍珠噙着泪水的笑容，丫头也是会的。

“黎斯，你赶紧离开冰宫。五色修罗石的取动需要采集万年冰髓来保存，冰髓亦是冰宫凝结千年的根源，一旦冰髓耗尽则冰宫将消融崩塌。”冰柱内的阿木带着离别之意，轻快地说，“万一我们生还，我会跟宿生花去那个星畔之下的古老国度。那时再相逢吧。”

“冰宫崩塌你们怎么办？”黎斯焦急地说。

“在冰髓石柱中可保周全。你不用管我们了，时间无几，快点逃吧！”阿木已开始采取蓝心冰髓，急迫地催促黎斯。

黎斯朝着阿木点点头，想说些告别的话，但话到嘴边却跟米塔和胖道士一样，只是说了句：“保重。”

阿木深深凝望着黎斯，樱唇轻启：“保重。”

黎斯上了冰台，返回巨冰之上。在冰面略略失神，继而踏上铁索，在抵达对面甬道的同时他听见身后轰鸣巨响，再回首，千丈冰宫从底部消融崩塌。不绝于耳的轰隆震荡从无尽铁索另一头伴随冷风袭来。冰宫底部已化冰水坠入深渊，紧接着一层层雕龙画柱的高轩殿宇先后崩碎，同样坠入翻滚的火红色岩浆中。不消片刻，整座墨子大师呕心沥血才制作而成的神迹冰宫已彻底陨落，丝丝冷热相融之音回荡于寂冷黑暗的幽境中。

黎斯悲凉地回过头，自言自语道：“走吧。”

黎斯心神恍惚地回到刑天城。米塔和游槐已经得到全部族人的支持，取缔了古窅教，米塔被推举成为新一任古族族长。游槐言出必行，全力辅佐米塔挽救古族。云眼继续当他的祭从。紫梦萝也被古族人所熟知，从此古族再不受荼毒。

胖道士秘密联络了山外师从族人，等待他们来迎接自己。

公羊雁是第一个告别的人，他为了将坐地金仙送入圣地制服了班拿，但不曾想在火穴中被班拿反刺一刀受了伤。不过侥幸逃脱的班拿也没好下场，他被从墨星岩甬道奔出的血人兀鹰一拳锤在天灵盖上，脑袋都砸扁了。公羊雁自己说班拿的一刀不仅让他多了一道伤疤，更让他刻苦铭心地记住了在十方山的朝夕情景以及一群患难与共的朋友。公羊雁对黎斯、胖道士等人说：“我希望把这里的故事讲给我的后人，讲讲我在十方山的成长和经历，讲讲我认识的几个朋友，活着的，还有不在的。如果有那么一天，希望在他们津津有味地听故事的时候，剩下的你们都还能活着。这是我离开前的愿望。多保重。”

公羊雁走了，最后留在黎斯视线里的是一个逐渐饱满厚实的背影。

接下来胖道士也走了。胖道士始终没舍弃那件鹑衣百结的破道服，他打哈哈地说：“穿习惯了就真的习惯了，或许我会考虑真去做一个道士。如果哪一天你碰见一个鸠形鹄面可怜兮兮的道爷跟你讨口酒喝，你可千万得大方一回，哈哈哈哈！”

胖道士留下了他的笑声，同时还有帮助白珍珠化解暗血毒疫的方法，但胖道士说他也无法保证方法全然管用，如果有事可再去南仙州夫子洞寻他。

剩下的只有黎斯。黎斯跟米塔告别，他几次欲言又止想要把阿木的真相告诉米塔，但终究选择了缄默。阿木应该不想多一个人为她伤心难过，既然现在这样可以让大家快乐何必要多此一举。阿木和宿生花的故事就当成秘密深埋在自己心底好了，黎斯这般想道。米塔跟黎斯说了很久关于阿木的事，但她却没有勇气去找阿木。

“将来的某一天等我真正变强大了，我会去找阿木。让她看一看不一样的米塔。”米塔眼中闪烁着光彩。

黎斯挥手告别了米塔和游槐，也谢绝了要护送自己下山的古族族人。黎斯独自一人离开了刑天城，目光回转中露出一抹淡淡的惬意的微笑。耳边依稀飘来空灵之音：万一我们生还，我会跟宿生花去那个星畔之下的古老国度。那时再相逢吧。

“那就期待再相逢。”黎斯轻轻地说。

黎斯的背影渐渐消失。在内山一隅，形如丧家之犬的兀鹰躺在放逐地边缘，满身血污，碎裂的骨骼刺穿了肌肤令他痛得生不如死。他咬牙要活下去，因为他有太多的不甘。兀鹰奋力想要爬起但再次重重跌落，口中腥血流涌不止。他仰面躺在石面上，望着天空，天上的阳光竟出奇的刺眼。曾几何时，他曾这般愉快地一边望着太阳，一边跟弟弟嬉闹。

四肢渐渐冰寒，兀鹰意识涣散之际，倏然一只长满黑毛的手映入他的瞳孔里。那只异常肿大的手拉住兀鹰，恍恍惚惚中他听到一个声音响起：“哥……哥……”

兀鹰瞬间崩溃了，他的坚守与不甘瞬间坍塌，他像是一个孤苦无依的孩子般痛哭流泪，哭声悲切令人动容。黑毛的大手抱起兀鹰，大手的主人生涩地说：“回……家。”

兀鹰安详地睡去，他梦见了久远而熟悉的家。慈祥的嬷嬷，高兴的兀炅，他在他们中间如孩提般微笑。

“我要……回家了。”